REALI

Réalité et Fantaisie
Neuf nouvelles modernes

EDITED BY

Anthony M. Nazzaro
Skidmore College

Frank W. Lindsay
Russell Sage College

XEROX COLLEGE PUBLISHING

Waltham, Massachusetts — Toronto

CONSULTING EDITOR *André Malécot*
University of California
Santa Barbara

Foreword

This anthology of modern French short stories is designed for use in intermediate college courses. The editors have sought to present imaginative and timely material of high literary quality. The collection focuses in varying degrees upon two seemingly opposed worlds: reality and fantasy. The sequence in which the stories are presented leads the reader gradually from situations in which problems of everyday reality predominate into the mysterious realm of the imagination. In this latter world, the laws of physical nature are suspended, and anything becomes possible. The first story, Bazin's 'La Clope', portrays in concrete terms the inhumanity of the provincial bourgeoisie, whereas the final story, 'L'Ours' by Gripari, establishes an atmosphere of mystery from the outset; and although it involves problems of human relations, it resolves them in a supernatural manner.

This blending of the real and the fantastic occurs in differing proportions in the seven intervening stories. These encompass both down-to-earth themes—the complications of urbanization and ecology, and the quest for permanent values beyond materialism and historical contingencies—and such preternatural phenomena as Martin's intermittent disappearances from the face of the earth and Jean Monnier's ultimate escape from his impasse.

In the introductions the editors offer some critical insights into the stories while relating them to the primary interests and concerns of their authors. The questionnaire accompanying each story should help to bring out its main factual and literary features and to stimulate classroom discussion in French.

The editors wish to express their gratitude to François and Suzanne Habert for so hospitably making their wealth of contemporary short fiction available, and to Yvonne Lataste for her helpful suggestions during the preparation of the manuscript.

A.M.N.
F.W.L.

Acknowledgments

The editors gratefully acknowledge permission to reprint the stories which comprise this collection to the following:

Librairie Ernest Flammarion, Paris, for 'Thanatos Palace Hotel' from *Pour Piano seul* (1960) by André Maurois.

Editions Gallimard, Paris, for the following stories: 'Le Temps mort' from *Derrière chez Martin* (1938) by Marcel Aymé; 'Le Faux' and 'Un Humaniste' from *Gloire à nos illustres pionniers* (1962) by Romain Gary; and 'Jean sans terre' from *Objets perdus* (1949) by Jacques Perret.

Editions René Julliard, Paris, for 'L'Arme diabolique' from *Histoires charitables* (1965) by Pierre Boulle.

Librairie Plon, Paris, for 'Christine' from *Le Voyageur sur la terre* (1930) by Julien Green.

Editions du Seuil, Paris, for 'La Clope' from *Chapeau bas, nouvelles* (1963) by Hervé Bazin.

Editions de la Table Ronde, Paris, for 'L'Ours' from *Diable, Dieu et autres contes de menterie* (1965) by Pierre Gripari.

Contents

Hervé Bazin

Né à Angers en 1911, Jean Pierre Marie Hervé-Bazin — en littérature, Hervé Bazin — est issu d'une vieille famille bourgeoise qui compte parmi ses membres des hommes de science, des juristes, des artistes, des littérateurs, des religieuses, de nombreux prêtres, et deux cardinaux. Son grand-oncle, René Bazin (1853-1932) fut membre de l'Académie Française, romancier catholique et nationaliste, célèbre à l'époque (*Les Oberlé*, 1901), mais presque oublié aujourd'hui. Son père était professeur de droit à la Faculté catholique d'Angers et avocat à la cour d'appel.

L'enfance du jeune Hervé fut instable, la vie de famille lui semblait insupportable. Malheureux, indiscipliné, souffrant de la tyrannie maternelle, il se révolta contre sa famille et son milieu, rejetant les valeurs de cette bourgeoisie détestée, et surtout son hypocrite piété. Après son baccalauréat (1928), il refusa la carrière militaire à laquelle son père le destinait en l'envoyant à Saint-Cyr. Pendant quelque temps il fit toutes sortes de métiers — employé de banque, employé des postes, journaliste, représentant de commerce, valet de chambre. Il prépara aussi une licence ès lettres en Sorbonne et se maria.

Il débuta en littérature par des recueils de poèmes, *Parcelles* (1933), *Visages* (1934), puis *Jour* (1947) qui reçut le prix Apollinaire, et *A la recherche d'Iris* (1948). Mais ce n'est qu'avec le roman *Vipère au poing* (1948) qu'il gagna la renommée. L'audace de ce livre frappa le public. Il s'agit d'une autobiographie à peine déguisée où sont dépeints la dureté et l'autoritarisme de la mère et l'atmosphère de haine dans laquelle vivait la famille. Les trois enfants Rezeau essaient de tuer leur mère, Folcoche, et après leur échec, ils sont dispersés. Le sujet de *Vipère au poing* rappelle à la fois la mère despote du roman de François Mauriac, *Génitrix*, et le fameux cri de guerre d'André Gide, «Familles, je vous hais!»

Sept autres romans, deux recueils de nouvelles, d'autres poèmes suivirent. *La Tête contre les murs* (1949) est plutôt un plaidoyer contre les abus des hôpitaux psychiatriques qu'un véritable roman. Dans *La Mort du petit cheval* (1950) Bazin reprend l'histoire des Rezeau où il peint l'adolescence du héros Brasse-Bouillon. *Lève-toi et marche* (1952) est l'histoire touchante d'une jeune paralytique idéaliste que le pasteur Pascal essaie vainement de convertir; ainsi le roman est en partie une attaque contre la religion chrétienne. *L'Huile sur le feu* (1954) où Bazin étudie le cas d'un pompier pyromane, est suivi en 1956 par *Qui j'ose aimer* dont le sujet est l'inceste entre la fille d'une femme qui se remarie et son nouveau mari.

Bazin fut proclamé «le meilleur romancier des dix dernières années» dans un référendum des *Nouvelles littéraires* en 1956. En 1957 il reçut le Grand Prix de littérature de Monaco pour l'ensemble de son œuvre, et l'année suivante il fut élu à l'Académie Goncourt. Récemment il a donné dans *Au nom du fils* (1960) l'histoire de Daniel Astin, professeur de lycée et veuf, qui a trois enfants à élever. Ce père dévoué découvre que Bruno, garçon difficile et méfiant — pourtant son préféré — n'est pas son fils par le sang. Ce n'est qu'une raison de plus pour l'aimer et pour l'aider. Ainsi, la haine filiale de *Vipère au poing* est remplacée ici par l'amour paternel.

Les problèmes familiaux, traités avec réalisme, forment le sujet du dernier roman d'Hervé Bazin. Dans *Le Matrimoine* (1967) il examine le mariage qui devient, sous son regard lucide mais impitoyable, un marécage où s'enlisent la plupart des hommes et des femmes. Après douze ans de bonheur conjugal, un modeste avocat d'Angers, las de sa femme fanée et de ses quatre enfants, va tout abandonner pour une autre femme. Il y renonce, cependant, et finit par accepter sa vie et sa condition. Cette modification s'accompagne de maints détails vrais mais cruels, et la peinture de la vie conjugale est parfois inhumaine. Le thème principal de Bazin semble être que, si l'homme est victime de la femme, celle-ci l'est autant de la vie.

C'est pour la plupart un monde déséquilibré que cet auteur décrit dans ses livres où se manifeste également sa prédilection pour l'anormal et le monstrueux. Si ce goût est présent dans «La Clope», extraite du recueil *Chapeau bas* (1963), sa sympathie pour ces pauvres êtres difformes s'exprime dans cette nouvelle aux dépens des bourgeois «normaux» qui s'amusent à les torturer.

La Clope
Hervé Bazin

Son crin brunâtre, planté bas sur le front et tire-bouchonnant sur de
grandes oreilles, Marguerite le[1] tenait de sa défunte mère, rhabilleuse de matelas qui n'avait jamais su carder sa tignasse. Ses yeux
vairons, l'un bleuâtre, l'autre brun, sous de maigres sourcils, elle les
tenait de son défunt père, le coutelier, mort de cirrhose presque en 5
même temps que sa femme. Quant à son nez du genre champignon,
au-dessus d'une bouche en forme d'entonnoir, il était bien à elle,[2]
ainsi que sa peau rêche, trouée comme une carte de lune: alors que
personne ne l'a plus, elle avait trouvé moyen d'avoir, à douze ans,
la petite vérole. Bancale avec ça! Il y a des gens sur qui le hasard 10
s'acharne au point d'accréditer la légende qui voit en de telles
infortunes l'expiation[3] d'on ne sait quelles vies antérieures. En
allant remplir le pichet de sa tante—une sœur de son père, aussi
poivrote que lui et qui avait recueilli sa nièce pour se faire servir—
Marguerite s'était si mal cassé la jambe, dans l'escalier de la cave, 15
qu'aucun médecin n'avait su la remettre en état. D'où ce surnom
que, pour l'achever, la férocité villageoise avait très vite substitué à
son prénom et sous lequel il faut bien vous la présenter: *la Clope.*
    Disons-le tout de suite, la Clope avait tout de même quelque
chose pour elle:[4] sa soumission, d'abord, qui semblait proche de 20
l'inconscience et où elle vivait engourdie; sa santé aussi, faite
d'endurance, de cette longue résistance des malingres qui ont
triomphé du pire et qui finissent par venir à bout, sur leurs flûtes,
de corvées où s'essoufflent les plus gaillards. Enfin elle avait sa voix.
Les filles d'auberge—et, présentement au *Coq blanc,* où elle avait 25

---

[1] **le** = le crin. Notez l'inversion (ordre normal: Marguerite tenait ... son crin ...
    de sa mère).
[2] **il était bien à elle** i.e., elle ne l'avait pas hérité de ses parents.
[3] **qui voit ... l'expiation** selon laquelle de telles infortunes seraient l'expiation.
[4] **pour elle** en sa faveur.

échoué depuis la mort de sa tante, c'était son lot—les filles d'auberge, à force de tousser dans les fumées, graillonnent souvent. Quand le client de passage voyait arriver celle-ci, décoiffée, déhanchée, talonnant du gauche et encore avilie par ses nippes, il s'attendait au pire dans le genre rogomme. Mais dès que la Clope avait ouvert la bouche pour demander: «Monsieur désire?», il la regardait bouche bée; il se détournait, cherchait une autre responsable, un ventriloque capable de cette tricherie ou, si vous préférez, de ce miracle. Car c'était là le comble pour certains, une sorte de défi: La Clope avait une voix de petite fille modèle, une voix faite pour être enveloppée de mousseline, une de ces voix dont on dit qu'elle passe sur les dents comme sur des perles.[5] Chaque fois qu'elle ouvrait la bouche, il en sortait comme une rose d'un vase ébréché.[6] Dégoûté du reste, son ange gardien s'était réfugié dans sa gorge.

La Clope n'y gagnait rien,[7] d'ailleurs. Les uns la trouvaient aphone, d'autres sournoise. «Aussi bêcheuse que hideuse», grognait Marcel, le garçon boucher. Elle agaçait les habitués, amateurs de servantes accortes, aux[8] défensives un peu canailles, aux vives réparties. Pouvait-on pincer ça?[9] Pouvait-on blaguer avec ça? La plupart des gens aiment bien que les choses soient ce qu'elles sont, que les nuits restent des nuits et les déshérités des déshérités sans prétendre à des compensations dont leur disgrâce semble indigne. Pour Toussaint Larivault, patron du *Coq blanc*, pour Irma, sa femme, pour toute la clientèle, cette voix-là n'était pas une voix naturelle: elle renforçait le jugement et la condamnation.

La voix de sainte Nitouche, escroquée par sainte Maritorne! disait volontiers le docteur Bauffe, à l'heure de l'apéritif.

Lui-même et d'autres moins beaux sires traitaient la fille en conséquence. Quoi qu'on en dise au royaume des ivrognes, bec à boisson est rarement d'humeur tendre: la méchanceté se mesure au verre. Côté tables comme côté comptoir,[10] la Clope allait, venait,

---

[5] **elle passe sur . . . des perles** Parce que la voix est si belle et si rare.

[6] **une rose . . . ébréché** Le vase ébréché représente le corps de Manguerite, la roe sa voix.

[7] **n'y gagnait rien** i.e., sa belle voix n'était pas un avantage.

[8] **aux** qui ont des

[9] **ça** la Clope.

[10] **Côté tables . . . côté comptoir** La partie du café ou se trouvaient les tables . . . le comptoir.

charriant sa jambe et ses plateaux, torchonnant, rinçant, servant
juste à la raie, mais incapable d'annoncer un Pernod ou de réclamer
son dû autrement que sur le ton d'une nonnette filant des *Ave Maria*.

—Miaule donc plus fort qu'on[11] t'entende! beuglaient les
grossiers.   5

Alors elle répétait en souriant. Mais elle ne parvenait qu'à monter
d'un octave dans le suave. Quant au sourire, il avait beau être à
cent pour cent du sourire, il n'en devenait pas moins sur son visage
une si vilaine grimace, il provoquait si fort les rieurs que la Clope se
faisait rabrouer de plus belle: 10

—C'est ça, maintenant, fais du charme! T'as[12] bonne mine.

Dans le village même, jusque dans le coin[13] des bonnes âmes, la
pitié pour la Clope était mince. Il n'est[14] point de contenant qui ne
réponde un peu du contenu: la laideur est toujours suspecte. C'est
une offense aux yeux, à la fierté locale: faute de pouvoir, comme   15
jadis, supprimer les contrefaits dès leur naissance, le mépris, durant
toute leur vie, les précipite du haut de son Taygète.[15] Point de[16]
gamin qui n'eût, derrière la Clope, singé sa démarche en clochant
des deux genoux. Point de fille qui n'eût à son approche fait un
écart, pour se garder d'une espèce de contagion. Enfin, suprême   20
hommage—car la langue met toujours du temps à les accepter—du
quartier bas au quartier haut couraient les locutions toutes faites:
«moche comme la Clope, bête comme la Clope», ou encore ce
véritable proverbe à l'usage des garçons trop intéressés: «Sur un
sac d'or, il y en a qui épouseraient la Clope.»[17]   25

Eh bien, me croie qui veut, il en fut un[18] qui la remarqua, et point
pour son bas de laine, parfaitement vide. Les fatalités ont parfois
leur revanche: une oreille admira cette voix. Ne vous récriez pas, ne
dites pas: «Il devait être frais, l'amoureux! Un clochard, n'est-ce

---

[11] **qu'on** pour qu'on.

[12] **T'as** Tu as.

[13] **coin** quartier.

[14] **Il n'est** Il n'y a. L'idée c'est que la laideur (le contenant) correspond au caractère
(le contenu).

[15] **Taygète** Montagne du Péloponnèse, près de Sparte, aujourd'hui Monte di Maïna.
Les Spartiates tuaient les enfants nés difformes.

[16] **Point de** Il n'y avait point de. (Voir, plus loin, "Point de fille".)

[17] **Sur un sac . . . la Clope** i.e., Il existe des garçons qui épouseraient la Clope pour
de l'argent.

[18] **il en fut un** quelqu'un.

pas, un chemineau? Ou alors un vieillard, un infirme aussi peu
ragoûtant que l'infirmière?»[19] Vous seriez loin du compte. Sans être
un adonis, c'était un garçon au-dessus de la trentaine, avec les
cheveux et les dents de son âge, avec de bonnes épaules dans un bon
5   veston[20] et assez de figure[21] pour satisfaire son monde. Point fou du
tout, au surplus, ce Pierre Le Broqué. Peut-être un peu rêveur
comme le sont souvent ses pareils et sensible à ce qui nous échappe,
à nous, qu'abuse la tyrannie de nos prunelles. Je n'en dirai pas plus,
vous m'avez deviné: les miracles eux-mêmes ont leurs limites et le
10   garçon, bien sûr, était aveugle.

Arrivé dans le coin par hasard, il n'y avait trouvé ni concurrence
ni piano mécanique ni pick-up et s'y était fixé, vivotant de son
accordéon. On l'embauchait de-ci, de-là, dans les noces et le patron
du *Coq blanc* finit par se dire qu'il n'y avait point de raison de laisser
15   filer la jeunesse — et surtout l'argent de cette jeunesse — à la sous-
préfecture, chaque dimanche. Il disposait de deux salles: on pouvait,
l'une remplissant l'autre,[22] faire sauter les filles dans celle du fond
et les bouchons dans celle du devant. L'aveugle acceptait de
moudre des valses à petit tarif. Le jour de la saint-Louis,[23] fête du
20   village, *le Coq blanc* donna son premier bal et Pierre Le Broqué, pour
cinq cents francs, s'installa sur une grande caisse, tapissée d'une
couverture, qui composait l'estrade.

Ce fut un succès. On s'étouffa l'après-midi, on s'étouffa toute la
nuit chez Toussaint. Tandis que les fils, maniant la belle à pleins
25   bras, profitaient de chaque pause pour siffler chopine, les filles
sirotaient des flots d'orangeade, aidées par leurs mères qui s'écra-
saient sur des chaises de paille, côté tapisserie, et tricotaient d'un
œil en surveillant de l'autre le pas lourd des galants convenablement
pourvus d'hectares. Bousculée, ricochant de coude en coude, la
30   Clope s'affairait, vingt fois repartie, vingt fois rappelée. Sur son
perchoir l'accordéoniste fabriquait du rythme pour tympan solide,
passait d'un fox, trotté au pas de chasseur,[24] à un tango, pesamment

---

[19] **infirmière** i.e., un vieillard infirme qui accepterait d'épouser la Clope pour se
faire soigner par elle.
[20] **avec . . . veston** bien fait et bien habillé.
[21] **assez de figure** assez beau.
[22] **l'une remplissant l'autre** i.e., ceux qui venaient pour danser finiraient par boire.
[23] **la saint-Louis** le 25 août.
[24] **un fox . . . de chasseur** un fox-trot dansé comme une marche militaire accélérée.

chaviré. Il suait si fort que la patronne, satisfaite de l'encaisse, héla soudain la Clope:

— Porte ça au Broqué.

La Clope attrapa au vol un demi de petite bière et, sur une fin de morceau, traversa la cohue, se hissa jusqu'à l'aveugle qui, les prunelles fixes, l'air absent, s'épongeait le front d'une main lente. Dans le brouhaha, nul n'entendit ce qu'elle lui disait et ce fut sans doute bien banal. Mais Le Broqué soudain revenu de loin, se pencha pour dire, très haut:

— Merci, Mademoiselle.

La Clope, qu'on appelait quelquefois Margot, mais jamais Mademoiselle, en fut toute saisie. Une danseuse pouffa. Et ce fut du délire quand, l'aveugle ayant demandé dans le vide: «Qui est-ce? La fille de la patronne?» un luron crut malin de répliquer:

— Non, ce n'est que la servante. Mais comme pin-up,[25] je te la recommande!

La Clope avait déjà filé. Saoule de quolibets, comme un pâtissier peut l'être de gâteaux, elle n'y faisait même plus attention; et sûre de sa laideur, installée dans son humilité, elle eût haussé les épaules si quelque voyante lui avait prophétisé la suite.

A vrai dire la suite commença comme une farce et, même, une farce de très mauvais goût, signée Marcel.[26] Meneur de jeu dans tous les cas de ce genre, le garçon boucher, déjà cité, n'avait rien[27] du grand tueur qui sort de l'abattoir, un demi-bœuf sur l'épaule. C'était un malingre qu'un solide patron reléguait à l'étal et qui, pour détailler la viande, aiguisait curieusement ses couteaux. Amateur de petites victimes, susceptibles de ne pas trop se débattre, il avait depuis longtemps choisi la Clope et s'acharnait sur elle avec une constance qui devait bien quelque chose au dicton: «Aboyer aux vilaines soulage le vilain.»[28]

Ces gens-là, on le sait, possèdent de redoutables antennes: incapables d'éprouver certains sentiments, ils les détectent in-failliblement chez les autres, lors même que ceux-ci n'en[29] sont pas

---

[25] **comme pin-up** i.e., pour sa beauté.
[26] **signée Marcel** dont Marcel est l'auteur.
[27] **rien** aucun des traits caractéristiques.
[28] **Aboyer . . . le vilain** approximativement: *The cad delights in chiding the wretched.*
[29] **en** de certains sentiments.

encore avertis. Dans les semaines qui suivirent le premier bal, l'attitude de l'aveugle parut vite singulière à Marcel. Qu'il revînt chaque dimanche faire danser la jeunesse on pouvait l'admettre: il ne faisait là que son métier. Mais que ce grenouillard, abonné au
5 Vittel,[30] ait soudain pris l'habitude, en semaine, de rêvasser devant un verre, de préférence aux heures creuses et en s'asseyant à une certaine table, la plus proche du comptoir, voilà qui[31] devenait révélateur; aussi révélateur que sa façon de se taire, de feindre l'inattention, de tripoter sa canne, chaque fois que la Clope ouvrait
10 la bouche. Chez un aveugle, l'œil n'avoue rien, c'est l'oreille qui est mobile, qui le trahit. Quand Le Broqué tendait la sienne, à bout de cou, il avouait tout en ne soufflant mot. Amoureux de la Clope ou, seulement, attentif à la Clope, c'était risible! Et Marcel jubilait en se demandant si l'autre cachait son jeu ou si elle était vraiment trop
15 bête pour avoir remarqué le manège. De toute évidence, elle boitait autour de l'aveugle avec amitié; elle boitait même un peu moins bas, comme si elle se retenait. Mais l'indice était mince et Marcel, qui voyait pointer la blague énorme, la belle et saignante bouffonnerie, enrageait déjà, quand, un soir, il entendit pour la première fois la
20 Clope risquer un commentaire, en servant:

—Nature, le Vittel? Vous ne voulez vraiment pas un peu de citron?

L'intonation valait cher.[32] L'aveugle, lui aussi, marqua le coup,[33] en bafouillant le «Merci, Mademoiselle», auquel il s'accrochait
25 toujours. Marcel, qui achevait son troisième Ricard à la table voisine, se pencha vers lui:

—Gentille fille! dit-il, d'un ton pénétré.

Le Broqué sursauta, puis sourit.

—Oui, dit-il. Une gentille fille. Et malheureuse.

30 —Tu as deviné ça!

—Ce que j'entends, je l'entends bien, reprit l'aveugle, avec sévérité.

Puis il se tut. Les voix d'inconnus—et pour un aveugle il y a bien plus d'inconnus que pour un voyant—il les sentait tout de suite.

---

[30] **grenouillard . . . Vittel** buveur d'eau de source.
[31] **voilà qui** voilà quelque chose qui.
[32] **valait cher** était significative.
[33] **marqua le coup** i.e., ayant remarqué l'intonation, il réagit.

Celle-ci[34] ne lui inspirait aucune confiance. La présence même de Marcel, son souffle trop proche, commençaient à le gêner. Abandonnant son verre intact, il se souleva et, la canne en avant, se mit à tapoter le parquet, pour trouver son chemin entre les tables. Il arrivait au poêle, quand, se manifestant pour la seconde fois, avec 5 une grâce de canard, la Clope se précipita, le prit par le bras pour le conduire jusqu'à la porte.

— Eh bien! fit Marcel, à la cantonade.

Et comme la fille se retournait, déjà rouge, les yeux ronds, il répéta, doucereux: 10

— Eh bien, Margot, en voilà une nouveauté!

Le lendemain, l'exclamation, enrichie de commentaires, avait fait le tour du village, où les «Tu crois?» et les «Pas possible!» ricochaient de ruelle en ruelle. Au *Coq blanc*, plus achalandé que d'habitude, une goguenardise feutrée entourait la Clope. On n'y 15 croyait pas, on ne pouvait pas y croire et l'excès même de cette stupéfaction faisait taire les fielleux, les maladroits, les amateurs de gaillardises. De bouche à oreille, multipliant les allusions, les demi-rires, Marcel se donnait des airs de protéger sa victime:

— Doucement, doucement, n'effarouchez pas la bête. 20

Il avait même pris soin de neutraliser le patron qui, édifié sur le rendement des servantes que «ça occupe»,[35] fronçait déjà les sourcils et semblait d'humeur à mettre bon ordre à ces «bêtises»:

— T'es fou?[36] Tu ne vois pas que cette pièce-là[37] t'amène du client?

La pièce était mince, à vrai dire, et ses acteurs sans rôle. Mais on 25 aide les choses en y faisant croire[38] et une atmosphère de complicité — même s'il s'agit d'une fausse complicité — arrive à susciter l'improbable. Il suffit parfois de prêter des intentions aux gens pour qu'ils y réfléchissent et la dérision même, sans le vouloir, peut toucher juste. Résignée à son sort et n'imaginant même pas qu'on 30 pût s'intéresser à elle, la Clope n'aurait peut-être jamais éprouvé autre chose qu'une sympathie d'infirme pour un autre infirme, une gratitude servile pour des égards inhabituels; et Le Broqué, touché

---

[34] **Celle-ci** La voix de Marcel.
[35] **que ça occupe** que l'amour et les rumeurs empêchent de travailler.
[36] **T'es fou?** Es-tu fou?
[37] **cette pièce-là** i.e., le "drame" d'amour.
[38] **en y faisant croire** en les rendant croyables.

par sa voix, n'en aurait sans doute jamais rien dit. Mais les mal-
habiles le sont en tout: à s'offrir comme à se refuser. Les marieuses
le savent bien qui commencent par allumer les partenaires en
affirmant à chacun que l'autre l'a distingué. Liés par la rumeur
5 publique, la Clope et Le Broqué allaient penser tous deux la même
chose.

Ce n'était plus le seul Marcel, du reste, mais dix, vingt curieux qui
poussaient à la roue. A peine sorti de chez lui, l'aveugle trouvait dix
bras complaisants pour lui faire[39] traverser la rue et il était à peu
10 près sûr de s'entendre demander:

—Alors, tu vas la voir, au *Coq*?

Il ne répondait guère et remerciait, d'un sourire étroit. Une seule
fois, il se permit de dire, avec un singulier accent:

—Tu sais bien que je ne vais jamais *voir* quelqu'un.

15 Quant à la Clope, plus franchement entreprise—parce qu'on la
croyait un peu simple—il ne se passait pas de jour sans qu'un client
ne lui lançât:

—Tiens! Je viens de croiser ton amoureux.

—Mon amoureux, chantait-elle, c'est vous qui dites ça!

20 Mais sa réserve semblait fort loin de l'indifférence. Si d'aventure
l'aveugle n'était pas venu, elle regardait furtivement du côté de la
porte. Son passage chez le coiffeur où elle se fit faire une de ces
indéfrisables moutons, à pointes brûlées, qui ne sévissent plus qu'à
la campagne, fut très commenté. Son embarras, aussi, qui lui nouait
25 maintenant la gorge, dès qu'apparaissait Le Broqué. Marcel grinçait:

—Ça mord, je vous dis! Ça mord.

A vrai dire, il n'était plus très content de lui. Non qu'il éprouvât
des scrupules: il détestait la bancale et se fichait bien de l'aveugle.
30 Mais la farce prenait un tour imprévu. Au nez des rieurs, voilà
qu'ils y croyaient, ces grotesques, voilà qu'ils mystifiaient les
mystificateurs! Ils commençaient à s'appeler par leurs prénoms,
devant tout le monde, sans paraître autrement gênés des brocards:

—Un Vittel, Marguerite.

35 —Tout de suite, Pierre.

L'imagination ne les étouffait pas, mais chaque jour le ton se
faisait plus familier. Une semaine plus tard, l'aveugle avait déjà pris

---

[39] **lui faire** l'aider à.

l'habitude de demander à la Clope, au moindre bruit insolite, au moindre mouvement de salle:

— Qu'est-ce que c'est? Dis voir.

Il y avait dans ce «dis voir» une intolérable confiance. Ce n'était plus amusant, mais dégoûtant. Avec sa petite voix, cette fille, elle était bel et bien en train de l'empaumer, son aveugle, en train de le faire rêver à la viande fraîche. Certes, une fois loti, il le serait bien et il ne l'aurait pas volé,[40] l'imbécile! C'était même tentant de laisser aller les choses jusqu'au bout, d'offrir à un tel couple, à la sortie de l'église, le plus beau charivari du siècle. Mais le mariage de la Clope, la nuit de noces de la Clope, le bonheur de la Clope, non vraiment, cela sonnait comme un défi; cela devenait un scandale, un renverse- ment des valeurs, une injure faite à toutes les femmes du canton. Il fallait renverser la vapeur, arrêter ça, faire comprendre au Broqué quelle sorte de souillon était en train de l'abuser.

Prononcées comme par hasard sur son passage, des phrases se mirent à voler autour de l'aveugle: «Une gaupe pareille! C'est moche tout de même de profiter de ce qu'il ne peut pas la voir.» Ou encore: «Que veux-tu? Ce sont les plus affreuses qui sont les plus malignes!» Mais son accordéon en bandoulière et le bout de sa canne glissant sur le bord du trottoir, Le Broqué passait, impassible. Au bout d'une quinzaine, il n'avait pas renoncé. Ses affaires avançaient, au contraire, et les gens, blasés, commençaient à hausser les épaules. Ce fut sans surprise ou du moins sans curiosité qu'ils virent, un mardi, jour de fermeture du café, Pierre et Marguerite se promener ensemble, l'une guidant l'autre qui, lui-même, retenait de son mieux, à chaque pas, le déhanchement de la boiteuse. Ils longèrent innocemment la boucherie et Marcel, en les apercevant, en eut le souffle coupé. Tout le jour il mania le tranchet, la scie à os et le hachoir avec une sorte de rage. Toute la nuit il se retourna dans son lit, cherchant un biais, une ruse, un dernier moyen qui lui permît, sinon de défaire ce qu'il avait fait, du moins de bien gâcher les choses. Au petit jour seulement il se calma: il croyait bien avoir trouvé.

Une nouvelle semaine passa, où deux fois par jour on le vit au *Coq blanc*, discrètement installé à la table voisine de celle de l'aveugle. Marcel se faisait tout petit, épiant l'occasion de lui rendre quelque

-----

[40] **il ne l'aurait pas volé** il l'aurait mérité.

menu service, d'accrocher la conversation. Ce n'était pas facile:
l'autre ne venait pas toujours aux mêmes heures et ne se livrait
guère, tandis que, du comptoir, la Clope surveillait le commis-
boucher, avec inquiétude. Mais la méfiance des innocents n'est
5 jamais aussi longue que la patience de leurs bourreaux. Un petit air
d'accordéon, joué en sourdine, fournit à Marcel l'occasion de parler
musique et Le Broqué sembla se dérider un peu. Le mercredi, jour
de marché, Marcel fit encore mieux: il sauta sur l'occasion de
rabrouer un des derniers mauvais plaisants qui asticotaient la
10 Clope.

— Tu ne peux pas lui ficher la paix, non? cria-t-il.

Sur le visage de l'aveugle, quelque chose changea, s'amollit et
Marcel sut qu'il avait fait mouche. La Clope le remerciait du regard.
Marcel lui fit un signe.

15 — Tu me donneras un Beaujolais, dit-il, quand elle fut là.

Puis, dosant sa voix au plus juste, il ajouta:

— J'en ai assez de cette persécution. Je me demande ce que vous
leur avez fait.

— Elle est ce qu'elle est et je suis ce que je suis, dit doucement
20 l'aveugle. Les gens n'aiment pas les infirmes: ils leur font peur, ils
ont l'air d'avoir été punis à leur place.

— C'est vrai! fit Marcel, pour une seconde sincère.

Mais sa sincérité même l'horrifia, le retourna. Il fallait enchaîner
tout de suite, à tout prix.

25 — Tu es aveugle de naissance, demanda-t-il, très bas?

— Pas tout à fait, fit l'aveugle, étonné. Je suis né voyant, mais
j'ai fait une ophtalmie, à huit jours.

Marcel avala sa salive, qui ne passait[41] pas et, détournant la tête
pour ne pas voir ces pupilles vitreuses, presque blanches et qui ne
30 regardaient rien, il murmura:

— Tu sais que ça s'opère[42] maintenant? Je l'ai lu dans le journal,
l'autre jour. On peut te greffer. Si quelqu'un te prêtait un œil, tu
aurais des chances d'y voir.[43] Une chance sur deux, il paraît.

— Quoi! cria l'aveugle, si soudainement et avec une telle force que
35 Marcel recula sa chaise.

————

[41] **passait** descendait.
[42] **ça s'opère** i.e., une opération est possible.
[43] **d'y voir** de voir.

L'infirme, pourtant, ne bougeait pas. Il avait l'air indigné. Mais il semblait aussi paralysé, divisé, tenté par l'expérience, incapable de faire taire le démon. Alors Marcel, très rouge et reculant encore, ajouta d'une traite:

— Et je suis sûr que, si tu le lui demandais, Marguerite t'en 5 donnerait, un œil!

— Un œil . . . vous croyez, balbutia la Clope.

Marcel ne regardait plus qu'elle, avec un sourire patelin où luisaient ses canines. Il avait tout de même un peu honte et le silence massif de l'aveugle l'inquiétait. Mais l'air effrayé de la Clope, 10 sa pâleur, sa façon de triturer son torchon le remboursaient de tout. Il aurait voulu crier: «Qu'en penses tu, ma Clope? On l'aime[44] ou on ne l'aime pas, le musiqueux et je te jure qu'elle l'intéresse, la petite preuve![45] Pour qu'il voie, il faut que tu lui donnes un œil. Mais s'il voit, tu seras vue[46] et ça demande réflexion!» La Clope vacillait, 15 muette; ses paupières battaient; elle regardait intensément Le Broqué, toujours immobile et tendu. Marcel retournait sa langue dans sa bouche et, d'une affreuse petite phrase, depuis longtemps préparée, il allait achever son travail, quand tout à coup la Clope se reprit, se pencha sur la table comme si rien ne s'était passé, se mit à 20 l'essuyer avec soin.

— Si c'est possible, dit-elle, moi je veux bien. Après tout, je ne serais pas plus laide.

Il y avait dans sa voix une telle humilité, une si parfaite absence de calcul ou de rancune que Marcel, aussitôt, sut qu'elle avait 25 gagné, que la manœuvre, une fois encore, se retournait contre lui. Il en resta bouche bée, une seconde, puis essaya de faire face:

— Au contraire, fit-il. Tu donnes le brun[47] et tu te fais faire un bel œil de verre . . . .

Il n'eut pas le temps d'achever. L'aveugle s'ébranlait, s'avançait 30 sur lui comme un mur, les mains en avant. Il grondait:

— Va-t-en. Va-t-en ou je t'étrangle.

Marcel cette fois, recula jusqu'au poêle. L'aveugle avançait toujours, droit devant lui. Alors le commis-boucher recula jusqu'à

---

[44] **On l'aime** Tu l'aimes.

[45] **qu'elle . . . preuve** i.e., que Le Broqué (le musiqueux) s'intéresse à la preuve d'amour (l'œil prêté).

[46] **tu seras vue** il pourra te voir.

[47] **le brun** l'œil brun.

la porte, jusqu'au trottoir, tandis que l'aveugle s'arrêtait enfin pour
crier à la Clope:

—Laide, laide . . . . Qu'est-ce que ça veut dire? Un nègre trouve
belle sa négresse, que vous trouvez affreuse, n'est-ce pas? C'est sa
5 façon de voir. Moi aussi, j'ai la mienne. Et puis tranquillise-toi, on
ne peut pas me faire de greffe, le nerf[48] est mort. Je serai toujours
aveugle.

Un mois plus tard, Le Broqué épousait la Clope sous les yeux du
commis-boucher—exécrable providence[49] de leur destin. La noce
10 réveilla un peu les plaisantins. On en fit des goguettes. Puis on en fit
moins. Au bout d'un an il ne restait plus de l'histoire qu'une
variante de l'ancien proverbe, bien encourageante pour les filles
laides: «Tout arrive, on a bien épousé la Clope.» Enfin le proverbe
lui-même perdit de sa force, avec le temps, qui distribue à toutes[50]
15 les mêmes rides et rend vaines les comparaisons. Quand la Clope
eut quarante ans, elle ne fut plus, sur une jambe un peu courte,
qu'une femme comme les autres: une femme qu'on n'apercevait
jamais seule, mais toujours accrochée au bras de son aveugle qui,
par instants, lorsqu'ils rencontraient tel ou telle, se penchait sur son
20 oreille pour demander:

—Qui est-ce? Dis voir.

La Clope souriait, de son sourire informe et pourtant exaucé.
Vingt fois répétée, au long du jour, la question gardait pour elle
toute sa saveur. *Dis voir*. C'était à peine une demande, un appel fait
25 à ses yeux vairons. C'était quelque chose comme une devise, une
définition: «Dis, pour que je sache, pour que je voie, pour que
j'échappe, grâce aux tiens,[51] au silence de mes yeux.» Et la Clope se
mettait à parler; elle disait, tout bêtement:

—C'est Mme Blin, avec son cabas.

30 Ou encore:

—C'est la bétaillère du charcutier, avec un cochon dedans.

Mais sa voix faisait le reste, comme au premier jour: sa voix qui
avait été sa part et où continuaient à passer,[52] sans qu'elle le sût,
toute la couleur, toute la douceur du monde.

---

[48] **le nerf** le nerf optique.
[49] **providence** Sens figuré: personne qui veille.
[50] **à toutes** à toutes les femmes.
[51] **aux tiens** à tes yeux.
[52] **passer** s'exprimer.

Questions

1. Quel effet l'auteur cherche-t-il à produire par la description détaillée de Marguerite?
2. De quoi l'infortune de Marguerite semble-t-elle l'expiation?
3. Quelle est l'origine du surnom 'la Clope'?
4. Montrez dans quelle mesure la Clope est présentée comme une victime.
5. Quelles qualités positives a-t-elle en sa faveur?
6. En quoi sa voix est-elle une sorte de défi?
7. Pourquoi la Clope agaçait-elle les habitués du *Coq blanc*?
8. Pourquoi la laideur est-elle toujours suspecte?
9. Comment s'explique, dans le village, le manque de pitié, le mépris et la moquerie générale vis-à-vis de la Clope?
10. Faites la description de Pierre Le Broqué. De quoi vit-il?
11. Pourquoi est-il sensible à ce qui échappe aux autres? Que signifie la remarque sur 'la tyrannie de nos prunelles'?
12. Commentez la mentalité et les valeurs du patron du *Coq blanc* et celles des mères qui tricotent.
13. Y a-t-il une intention satirique dans la description du premier bal? Discutez.
14. Résumez le premier échange de mots entre la Clope et Le Broqué. Que souligne le 'délire' des danseurs?
15. Pourquoi la Clope ne faisait-elle pas attention aux quolibets?
16. Résumez le caractère du garçon boucher, Marcel. Pourquoi l'auteur nous parle-t-il de sa façon d'aiguiser les couteaux?
17. De quoi Marcel est-il incapable et qu'est-ce qu'il déteste chez l'accordéoniste?
18. Qu'y a-t-il de révélateur dans la conduite de l'aveugle?
19. Qu'est-ce qu'il a deviné dans le ton de voix de la Clope?
20. Etudiez les réactions de Pierre Le Broqué aux paroles et au ton de voix de Marcel. Quel rôle joue ce dernier?
21. Quel est l'effet des commentaires des villageois?
22. Qu'est-ce que Marcel et les curieux du village vont précipiter malgré eux?
23. Quels signes montrent que la réserve de la Clope est loin de l'indifférence?
24. Quel tour imprévu prenait la farce, et pourquoi Marcel n'était-il plus content de lui?
25. Que signifie l'expression 'Dis voir' et qu'est-ce qu'elle exprime?
26. Selon Marcel, qu'est-ce qui devenait un scandale, un renversement des valeurs?

27. Qu'est-ce qui lui coupe le souffle, un mardi?
28. Quelle ruse, quel dernier moyen cherche-t-il?
29. Pourquoi se fait-il le défenseur de la Clope?
30. Selon l'aveugle, pourquoi les gens n'aiment-ils pas les infirmes? Que pensez-vous de son idée?
31. Quelle est l'intention de Marcel en proposant une opération?
32. Que révèle l'offre de la Clope?
33. Etudiez le sens profond de la défaite de Marcel et du triomphe du couple infirme.
34. Quels sens prennent les mots 'laide' et 'belle' dans cette nouvelle? S'agit-il de laideur et de beauté physique?
35. Résumez succinctement l'idée maîtresse de Bazin dans cette nouvelle.

Jacques Perret

Jacques Perret naquit en 1901 à Trappes, dans la banlieue de Paris. Après avoir fait ses études universitaires, dont il sortit licencié en philosophie, il passa un nombre d'années à voyager un peu partout dans le monde, ne s'établissant nulle part et faisant des métiers très variés, tantôt celui de soldat — il se battit pendant un temps comme guérillero sous le général Sandino au Nicaragua — tantôt celui de chercheur d'or en Guyane. De retour en France vers le milieu des années trente, il se fit journaliste. Avant sa mobilisation en 1939, il écrivit deux romans qui n'eurent guère de succès.

Sa conduite dans la deuxième guerre mondiale lui a gagné la médaille militaire. Il fut fait prisonnier en 1940, mais s'évada en 1942 pour se joindre aux forces de la Résistance dans le département de l'Ain. Ses expériences de guerre lui inspirèrent ses deux romans les plus réussis: *Le Caporal épinglé* (1947) et *Bande à part* (1951), dont celui-ci raconte d'une façon imaginative et émouvante ses aventures de maquisard. Après la Libération, il se consacra entièrement à la profession d'écrivain. Mises à part une tentative théâtrale peu réussie et ses chroniques de journaliste, l'œuvre de Perret se compose de quelques autres romans de qualité assez inégale et un nombre considérable de recueils de nouvelles, y compris *Histoires sous le vent* (1944), *Objets perdus* (1949) — dont est tiré «Jean sans terre» — et *Le Machin* (1955). Comme romancier, Perret tend à sacrifier l'intrigue au profit du vocabulaire et du style, procédé dont le résultat est parfois une impression assez confuse de la part du lecteur. Ceci n'est certainement pas vrai pour ses nouvelles, qui représentent le genre où il excelle, surtout à exploiter une certaine fantaisie quotidienne qui s'approche souvent de celle de Marcel Aymé. Plus rhétoricien qu'Aymé, Perret aime avant tout les mots pour eux-mêmes. Dans ses meilleures nouvelles il offre, dans un style plutôt exubérant que réfléchi, un mélange attrayant du pathétique et du cocasse qui se trouve, pour lui, dans toute aventure humaine même la plus triviale, comme celle de Jean Papeuil, le «héros» de «Jean sans terre».

Jean sans terre[1]

Jacques Perret

Employé de commerce et citadin à trois générations, de visage
moyen et d'allure probe, Jean Papeuil entra dans un grand bazar
pour acheter du savon dentrifrice. En passant devant le rayon de
jardinage, il ralentit et perçut en lui, distinctement, la nostalgie du
rustique.   5

Trop timide pour aller toucher aux arrosoirs, il avisa un plantoir,
le trouva bien en main, s'émerveilla de sentir à quel point cet outil
invitait à planter, mais bientôt le remit en place, l'idée ne l'ayant
même pas effleuré qu'il pût planter quoi que ce soit.[2] En revanche,
il se complut à feuilleter le tourniquet aux graines et, comme il   10
examinait tour à tour la capucine et le souci, faisant murmurer la
semence au fond des enveloppes, il se traita de petit fou.[3]

Trop aimer la nature est un penchant redoutable assurément: on
ne sait pas où ça peut mener, on commence par le myosotis et on
finit par le baobab.[4] Mais, sûr de soi, M. Papeuil poussait du doigt 15
le tourniquet des fleurs, sachant très bien qu'il ne s'adressait en
somme qu'à des plantes de bonne famille, élevées de graines en
graines sous le sage climat des cloches et des couches, instruites
depuis toujours dans la convenance des massifs et plates-bandes.

M. Papeuil arrêta son choix sur un petit sachet de pois de senteur. 20
Il songea que cette papilionacée[5] d'agrément se ferait une joie de
grimper à sa fenêtre; d'aspect robuste, la graine promettait une
germination sans faiblesse et la fleur était réputée pour fournir à
gros débit[6] un parfum loyal, à la fois populaire et de bonne

---

[1] **Jean sans terre** Référence ironique au roi John Lackland d'Angleterre (1199–
1216), qui, lui aussi, "manquait de terre".
[2] **quoi que ce soit** n'importe quoi.
[3] **se traita de petit fou** se dit qu'il était fou.
[4] **baobab** arbre africain de grandeur énorme.
[5] **papilionacée** genre de fleur dont les pétales sont en forme de papillon.
[6] **à gros débit** généreusement; en profusion.

compagnie. Une fois ma fenêtre garnie,[7] pensait-il encore, les mauvais relents d'autobus seront agréablement camouflés dès le seuil, comme une haleine fétide par une pincée de cachous.[8]

— Vous m'en direz des nouvelles[9] avait déclaré le vendeur; tout
5 est sélectionné là-dedans: graines, parfum et coloris.

— Et vous garantissez que ça pousse aux fenêtres?

— C'est étudié pour,[10] monsieur.

Il fit, au même rayon, l'acquisition d'un petit pot de terre cuite, pas trop petit cependant, afin que la semence y fût à l'aise et que les
10 racines ne vinssent pas trop vite se heurter aux frontières de leur enclos.

Arrivé chez lui, Jean Papeuil s'installa devant la table, sortit le sachet de sa poche, et pensa mettre ses pois en pot.

— Je vais confier la semence à la terre, se dit-il, séduit par la
15 noblesse de ces mots.

Alors seulement il s'aperçut qu'il n'y avait pas de terre dans son pot; il hocha la tête avec une indulgence amusée.

— Quel étourdi je fais! De quoi ai-je l'air devant ce pot vide?

Et, tout aussitôt, il ajouta:

20 — Dieu merci! Nous sommes sur terre et nous n'en manquons point.

Il se leva, fit quelques pas dans la chambre, l'allure un peu gauche et comme surpris de ne pas trouver une poignée de terre à portée de la main.

25 — C'est une histoire idiote, se dit-il en haussant les épaules, mais il avait un mauvais pressentiment.

Sans calculer davantage, il mit son chapeau, descendit avec son petit pot en poche et s'arrêta chez la concierge, une femme d'expérience, industrieuse et serviable environ un jour sur deux,
30 une lunatique à courte révolution.[11]

— Vous n'auriez pas, dit-il, un peu de terre à m'avancer?

— J'avance déjà les pourboires pour les recommandés, fit-elle

---

[7] **Une fois ma fenêtre garnie** Lorsque ma fenêtre sera garnie.
[8] **cachous** substance végétale très aromatique.
[9] **Vous m'en direz des nouvelles** Vous en serez très content.
[10] **C'est étudié pour** On l'a élevé à cette intention.
[11] **lunatique à courte révolution** personne dont l'humeur change rapidement.

observer, et à force d'avancer à Pierre et à Paul, j'en suis de ma poche.[12]

— Juste de quoi remplir ce godet.

— C'est encore un truc à faire des saletés partout, je parie. Qu'est-ce que vous allez mettre là-dedans?

— De la terre, pardi!

— Quelle terre? demanda la concierge avec cette moue qu'on oppose aux questions insolites.

— De la terre pour pois de senteur, expliqua M. Papeuil. C'est une petite fantaisie que je m'offre, j'ai envie de me planter des pois de senteur dans ce godet.

— Vous avez demandé au gérant?

— Non.

— Je vous dis ça vu que[13] les chiens sont défendus et les oiseaux tout juste tolérés. Remarquez, monsieur Jean, je vous connais et dans un sens, par le fait,[14] je sais bien que vous n'en ferez pas un mauvais usage, alors je veux bien fermer les yeux. Ne m'en demandez pas plus. Si tous les locataires en faisaient autant, rendez-vous compte!

Docile, M. Papeuil évoqua la chose, entrevit un immeuble transformé en tonnelle, une ville entière en corbeille de senteur, imagina la dévastation progressive des centres urbains par les papilionacées grimpantes et reconnut à part soi que le progrès serait mis en péril. Néanmoins, il avisa au fond de la loge un palmier nain dans son cache-pot et revint aussi poliment que possible à son idée:

— Ce charmant palmier ne pousse-t-il pas dans la terre?

— Il y a beau temps[15] qu'il a fini de pousser, d'abord.

— Dites-moi seulement où vous avez pris la terre?

— Elle a toujours été là.

M. Papeuil n'insista pas. Il sortit, fit quelques pas sur le trottoir dallé, traversa la chaussée en pavés de bois, puis un carrefour asphalté et remonta sur un trottoir bitumé. «Elle est bien bonne, se dit-il, je fais dix kilomètres à pied tous les jours et pas une fois ma semelle ne foule la terre.»

---

[12] **j'en suis de ma poche** je n'ai jamais d'argent en poche.
[13] **vu que** parce que.
[14] **par le fait** évidemment.
[15] **beau temps** longtemps.

Sans se laisser abattre, il convint qu'à la ville tout s'achète et rien ne se trouve, décida de faire l'emplette d'un demi-litre de terre et ajouta en souriant: «Acheter de la terre est un bon placement.» Mais il condamna sévèrement une civilisation qui l'obligeait à se
5　rendre chez le marchand pour acheter un demi-litre de terre. La découverte, à cette occasion, de quelques lieux communs sur la nature, l'homme et la corruption des sociétés lui procura quelques instants de joie amère.

«Bah! se dit-il en passant le seuil d'un fleuriste en renom, il faut
10　vivre avec son temps.» Un employé à blouse blanche vint à lui parmi les arums et les lis, comme l'interne d'une clinique pour fleurs aisées.

— Je voudrais, dit M. Papeuil, un peu de terre, et, plus exactement, reprit-il en consultant la notice du petit sachet, un peu de
15　pleine terre pour mettre dans un godet.

L'employé fronça les sourcils et hocha la tête comme on fait devant les clients qui, ne connaissant rien à la question, se figurent que tout est simple:

— Je ne vois pas bien ce que vous voulez dire, fit-il poliment.
20　Qu'entendez-vous d'abord par pleine terre?

M. Papeuil trouvait au contraire l'expression très heureuse et suggestive: pleine terre se comprenait d'emblée, comme pleine eau, plein ciel et plein feu, et c'est avec un rien d'humeur[16] qu'il en fit la remarque à l'employé.

25　— Justement, répondit ce dernier avec une douceur un peu pontifiante, justement, vous me demandez de la pleine terre pour mettre dans un godet. Il faut choisir. Ou bien la culture que vous entreprenez se fait en pleine terre, ou bien en couche, en serre, sous cloche ou en godet.

30　— Je m'en tiens au texte, dit M. Papeuil agacé, en tapotant l'index sur le sachet bruissant. D'une part le texte me prescrit la pleine terre et, d'autre part, j'ai un godet qui ne m'a pas été vendu pour rester vide, non?

— Je vous répète, monsieur, que qui dit godet dit . . . .
35　— Brisons là, et dites-moi plutôt que vous ne vendez pas de terre.

— Nous ne vendons pas de terre? dit le vendeur avec un fin sourire en invitant M. Papeuil à le suivre. Si, monsieur, nous en

---

[16] **un rien d'humeur** un peu de mauvaise humeur.

vendons et sur ce terrain-là, si j'ose dire, nous avons quelque réputation. Ce qui se fait de mieux en terre synthétique et rationnalisée. J'ajoute que tous nos produits sont irradiés, vitaminés et hormonisés.[17]

— C'est intéressant, dit M. Papeuil, sincèrement intéressé. Mais ce que j'aurais voulu, voyez-vous, c'est de la terre, comment dirais-je, de celle qu'on ramasse comme ça avec la main ou bien à la pelle; enfin de la terre, quoi.

— De la terre en soi, si je comprends bien? C'est une vue de l'esprit, monsieur, vous ne trouverez ça nulle part, dit-il.

— Remarquez bien, dit encore M. Papeuil avec humilité, que je vous demande ça plutôt comme un service, comme je demanderais ailleurs un verre d'eau pour boire ou du feu pour ma cigarette.

Touché par cet argument, le vendeur proposa, pour en finir, de soumettre le cas à la direction technique:

— Peut-être qu'en nous adressant à nos établissements de province . . . je peux toujours prendre la commande.

— Ça n'en vaut pas la peine, merci, je me débrouillerai.

M. Papeuil sortit du magasin sans trop savoir en vérité comment il allait se débrouiller et passablement surpris du tour que prenaient les choses. Il résolut d'envisager le problème avec méthode et se tint[18] le raisonnement suivant: si hermétique que soit le revêtement de la chaussée, si loin qu'on ait refoulé l'humus, si attentifs que soient nos édiles à colmater la surface urbaine, il y a sûrement des coins où la terre ressurgit, des failles, des lézardes et même des lacunes, délibérées ou non.

Il pensa d'abord aux jardins publics, à ces réserves botaniques où certains échantillons végétaux sont pieusement conservés dans une terre à ciel ouvert, une terre qui offre encore toutes les apparences de la terre autochtone, de la terre à l'état natif.

Une fois dans le parc, ayant avisé un coquet massif d'arbustes groupés autour d'un marronnier, M. Papeuil, décidé à tout, enjamba les fils de fer. Il avait déjà rempli goulûment son petit pot au pied d'un fusain quand un garde survint:

— Qu'est-ce que vous faites là?

---

[17] **vitaminés et hormonisés** artificiellement imprégnés de vitamines et d'hormones.
[18] **se tint** se proposa.

—Je prenais seulement un peu de . . . .

—Vous vouliez voler le fusain, hein?

—Eh non! je . . . .

—Et conséquemment, si ça se trouve,[19] le marronnier?

5   —Vous plaisantez . . . .

—Vous allez peut-être me dire que vous cherchiez tout bonne-ment[20] des vers de terre pour aller à la pêche? On m'a déjà fait le coup,[21] mon ami.

—Eh non! fit M. Papeuil en montrant loyalement son godet, je
10   prenais tout simplement un peu de terre dans ce pot.

—Par exemple! dit le gardien visiblement intéressé par la nouveauté du larcin.

Surpris dans sa besogne, le chercheur de trésor était à genoux dans l'herbe interdite, son petit pot à la main.

15   —Videz-moi ça tout de suite et n'y revenez pas. Il faut avoir non seulement un sacré culot, mais un drôle de vice pour faire ce que vous faites! Voler la terre publique! Mais dites-moi un peu, si tout le monde en faisait autant, réfléchissez une seconde!

Docile et s'éloignant dans l'allée, M. Papeuil imagina le doulou-
20   reux spectacle d'un jardin exclusivement fréquenté par un public fouisseur, dénudant à grands coups de godets les racines de rhododendrons et de lilas, les feuillages flétris, les troncs affamés chancelant sur leur base et le vol éperdu des pigeons dans la ramure abattue du jardin déraciné.

25   Il reconnut son tort et se dirigeant vers le boulevard, il avisa un groupe de terrassiers occupés à défoncer une portion de la chaussée. Bonne aubaine à première vue. Il admira comme là terre était bien défendue; il avait fallu pour l'atteindre le tonnerre des marteaux pneumatiques et l'on distinguait aux parois de la tranchée l'épaisse
30   cuirasse de béton bleuâtre. Quelques pelletées vinrent s'écraser à ses pieds. Etrange terre, pierreuse, avec des zones meringuées et des grumeaux de coagulation ochracée. Terre comprimée, congestionnée par le piétinement séculaire des foules urbaines, stérilisée par les vibrations du métro, terre déchue de ses fonctions traditionnelles,
35   desséchée par les poussières de voies romaines, asphyxiée par les

---

[19] **si ça se trouve** si vous en trouvez l'occasion.
[20] **tout bonnement** simplement.
[21] **fait le coup** raconté cette histoire.

infiltrations de catacombes et de gaz d'éclairage. Autant planter[22] mes pois, songea-t-il, dans un mélange de brique pilée et d'ossements en poudre.

En passant devant un petit café-restaurant, M. Papeuil eut une bonne idée et reprit espoir: les troènes! Bien que la température fût 5 assez fraîche et qu'il n'eût pas grand faim, le chercheur de terre, l'humu-sagète[23] inassouvi se mit à la terrasse contre une caisse où végétaient trois troènes sans âge, domestiqués jusqu'à la décrépitude par l'odeur des frites. La table était encore garnie d'un couvert sale. Le garçon qui vint la desservir en profita pour vider une demi- 10 carafe d'eau sur le pied des arbustes. Il y ajouta un fond de verre de beaujolais en disant:

— Ça fortifie les racines et ça fouette la sève.

— Vraiment? dit M. Papeuil, désormais curieux de petites recettes de jardinage. 15

— Oui, reprit le garçon en raflant les miettes du tranchant de la main. Le picon[24] donne aussi un coup de fouet à la floraison, mais il faut y aller mollo, ça leur met les feuilles à l'envers.[25] Hors-d'œuvre ou potage?

— Potage. 20

M. Papeuil mangea rapidement, sans grand appétit, un peu irrité quand même de voir à quelles extrémités ridicules le contraignait cette histoire. Après le potage, il commanda un marengo et demanda au garçon:

— Au fait! d'où vient-elle cette terre? 25

— Quelle terre?

— Celle-là, fit M. Papeuil en donnant un petit coup de pied dans la caisse.

— Il y a de la terre là-dedans? fit le garçon, qui ajouta aussitôt: C'est curieux, on ne pense pas à ces choses, c'est comme l'air qu'on 30 respire, on n'y pense pas. L'air, on ne le voit pas, et la terre elle est toujours cachée, pas vrai? Et ce sera?[26]

---

[22] **Autant planter** Je ferais aussi bien de planter.
[23] **humu-sagète** Jeu de mots. Dans la mythologie grecque, le dieu Apollon fut appelé "musagète" parce qu'il était le patron des Muses. Monsieur Papeuil est, dans un certain sens, le patron de l'humus.
[24] **picon** vin apéritif de la marque "Amer Picon".
[25] **leur met les feuilles à l'envers** gâte leurs feuilles.
[26] **Et ce sera?** Que désirez-vous encore?

— Un brie. Et alors, d'où vient-elle, votre terre?

— Sais pas.[27] Elle a toujours été là, fit le garçon en s'éloignant.

M. Papeuil paya au garçon le fromage, le laissa partir, jeta un dernier coup d'œil dans la salle, sortit son godet et piocha dans la
5 caisse. A deux mains, il tassa rageusement la terre, fit bonne et débordante mesure, engouffra le pot dans sa poche et s'enfuit, légèrement voûté, derrière le rideau des troènes en évoquant les drames préhistoriques du feu sacré qu'on se dérobe de clan à clan.

Au tournant de la rue, voulant jouir de son butin, il contempla
10 son pot garni. Ce prélèvement frauduleux lui enseigna de curieuses choses sur le milieu vital des troènes citadins. Son pot était rempli jusqu'au bord d'une matière composite et relativement légère où il put identifier le bout de mégot, le ticket de métro, la boulette de mie de pain durcie, l'arête de colin, l'allumette à demi consumée, le
15 cure-dent, le culot de pipe, la pelure de crevette, plusieurs espèces de noyaux et de pépins, le papier à plum, le cordon rose des blocs Job et la peau de raisin mâchée. L'excipient était fourni par la miette de pain et la sciure.

Sans doute, avec le temps et après avoir franchi les étapes
20 successives de la gadoue, du compost et du terreau, tout cela ferait-il une terre honnête, une bonne terre populaire apte à féconder une semence pas trop regardante. Pour l'instant, c'était un peu jeune, comme on dit, et M. Papeuil, ayant tristement vidé son petit pot au bord du trottoir, poursuivit sa course à la découverte de la terre.

25 — J'aurais dû y penser plus tôt, se dit-il peu après en franchissant le portail d'un cimetière. C'est un lieu où, par définition, je dois trouver de la terre.

Le mot inhumation évoquait même une terre grasse et riche, un humus fécond. Il repoussa néanmoins l'idée un peu cynique de terre
30 fumée par des générations de cadavres; il n'en demandait pas tant.[28] Avisant la tombe d'une certaine famille Lafenestre, coquettement garni d'une plate-bande ratissée de frais pour y recevoir géraniums ou bégonias, il mit un genou en terre, ce qui faisait très bien dans le paysage, et remplit son petit pot.

35 — Hep! Qu'est-ce que vous faites là?.

Un gardien, qui ressemblait comme un frère à celui du jardin

---

public, venait de surgir entre deux cyprès. M. Papeuil aurait pu dire
qu'il recueillait comme une relique un peu de la terre où reposait son
vieil ami Lafenestre, mais il n'eut pas cette audace et raconta mo-
destement son histoire de pois de senteur. Le gardien n'était pas
plus méchant qu'un autre mais il prenait la vie au sérieux et possé- 5
dait à fond le sens de la mort. Il croisa donc les bras et hocha la tête
dans une attitude de profonde affliction:

— Ainsi, commença-t-il d'une grosse voix de colonel sentencieux,
ainsi vous ne craignez pas de dérober la terre sacrée pour vos
besoins profanes et frivoles! Vous violez les sépultures pour fleurir 10
vos boudoirs! On vole un peu de terre, pour commencer, et puis
après c'est une dalle, une mauvaise pente, rien ne vous arrête plus,
je connais ça. Videz-moi votre machin et allez-vous-en.

Tandis que M. Papeuil se coulait à toute vitesse parmi les ifs, le
gardien lui lançait un dernier argument: 15

— Voler la terre des morts! Si tout le monde en faisait autant, ça
ferait du joli.

Docile, M. Papeuil évoqua le spectacle des morts patiemment et
laborieusement déterrés par la foule des vivants puisant à pleins
godets parmi les tibias exhumés sous le ciel obscurci de tous les 20
corbeaux de la ville attirés par l'aubaine.

— Zut! se dit-il, la terre est d'abord aux vivants, après tout.

M. Papeuil regagna son domicile, mais loin d'abandonner la
partie, il se buta et, puisque la terre se dérobait à ses appels, il prit
la décision d'aller la chercher chez elle, à la campagne. Avant de se 25
coucher, il agita doucement le sachet de graines comme pour
s'assurer qu'elles ne rendaient pas un son de graines mortes, puis il
le vida dans le creux de sa main, compta les pois, en fit rouler
quelques-uns sous l'index et les réunit en petit tas sur la table,
estimant qu'à l'air libre ils supporteraient mieux l'attente. 30

Le lendemain, il partit pour la banlieue, à Clamart[29] exactement.
Tant qu'à faire de[30] planter des pois de senteur ou autres, autant[31]
fixer son choix sur un terrain qui a fait ses preuves. Vers midi, alors
que les groupes s'égaillaient dans le sous-bois pour choisir leurs

---

[29] **Clamart** village situé à 13 kilomètres au sud de Paris. La forêt de Verrières,
très fréquentée par des familles en pique-nique, se trouve tout près.
[30] **Tant qu'à faire de** Quand il s'agit de.
[31] **autant** il en vaut autant de.

quartiers de pique-nique, un père de famille aperçut un individu, correctement habillé, accroupi au pied d'un chêne et se livrant à de singulières pratiques. Il avait soulevé un pan de mousse et rassemblait un petit tas de terre au milieu d'un journal déployé. Le père de
5 famille considéra la scène d'un œil sévère, puis, saisissant par la main ses enfants, il les éloigna en toute hâte comme pour les écarter d'un spectacle immoral:

— Certains nègres de l'Afrique sauvage, expliquait-il, ont coutume de manger de la terre; on les appelle des géophages. Ecoutez-moi
10 bien, mes enfants; quand un blanc s'abaisse au point d'assouvir en public des instincts dégradants . . . .

La voix se perdit dans les taillis. Tout entier à sa besogne, M. Papeuil pétrissait à pleines mains la terre fraîche et franche, rugueuse sous les ongles, moelleuse aux paumes et vivante entre les
15 doigts. Et cela sentait bon le mycélium, la sève crue, la saine pourriture animée de germinations frétillantes. Il fit un paquet, bien soigné, et s'en revint à la gare.

De la terre pliée dans un journal, c'est mou, instable, décevant. Debout dans le compartiment bondé, M. Papeuil avait posé son
20 paquet dans le filet, mais bientôt, comme si la terre impatiente de libérer ses forces eût brusquement augmenté de volume, le papier creva, laissant échapper une mince coulée d'humus froid dans le cou d'une voyageuse entre deux âges qui poussa un hurlement de frayeur.

25 — Ce n'est rien, dit M. Papeuil, c'est de la terre.

Tout le compartiment se mit à regarder l'homme qui transportait de la terre et le bruit s'étant répandu dans le couloir, on vit se coller aux vitres plusieurs visages curieux d'entrevoir le joyeux drille qui envoyait des mottes de terre dans le corsage des dames. Un homme,
30 abonné au réseau, dit à haute voix:

— Quand on voyage avec de la terre, monsieur, on la surveille.

M. Papeuil reprit son paquet avec mille précautions, passant la main par en dessous et la portant comme un bébé mouillé, tandis que la victime se plaignait sans retenue:
35 — J'en ai partout, disait-elle, en se tortillant, se pinçant la robe et la secouant à petits coups au niveau de l'estomac pour faire glisser la terre.

— Ce n'est pas sale, dit M. Papeuil.

— Ce n'est pas sale, ce n'est pas sale! S'il fallait se mettre tout ce qui n'est pas sale entre la chemise et la peau, ça ferait du propre! Vous vous rendez compte?

Docile, Jean Papeuil essaya de se rendre compte, mais aussitôt effrayé par l'énormité de l'entreprise, se confondit en excuses.

Avant de rentrer chez lui, M. Papeuil s'arrêta chez la concierge qui prenait le frais sur le pas de la porte et ne put résister au désir de lui annoncer la bonne nouvelle:

—Ça y est, j'en ai trouvé.

—De quoi?

—De la terre.

—Allons bon! Et où ça?

—Dame, j'y ai mis de la peine et du temps. Je suis allé la chercher où elle était, à la campagne.

—Elle va crever en ville, fit sèchement la concierge.

—Vous croyez?

—Enfin, c'est votre affaire. Et je vous répète que je ne veux pas savoir que mes locataires introduisent de la terre en appartement.

M. Papeuil monta rapidement les escaliers, inquiet à la pensée que la terre étouffait dans son gilet; puis, songeant à ses pois, il s'emballa, quatre à quatre, se disant qu'il arriverait peut-être trop tard et que, las d'attendre, à bout de force, les graines étaient mortes.

Il claqua la porte et tout de suite chercha les pois de senteur, mais ne put les trouver. La veille, pour compter les graines, il avait vidé le sachet sur la table de la cuisine et sans doute la femme de ménage les avait-elle serrées dans un coin, avec sa manie des rangements.

Fortement déçu, après un quart d'heure de recherches, il dut remettre au lendemain les plaisirs de l'emblavement et déposa son paquet sur la table, bien ouvert, pour que la terre pût respirer.

Dès le matin, il fut dans la cuisine où vaquait déjà la femme de ménage et constata tout d'abord que la terre avait disparu de la table.

—Qu'avez-vous fait du paquet qui était là?

—Le paquet de saleté?

—La terre.

—C'est ce que je voulais dire. Je l'ai descendu à la poubelle. Avec moi, monsieur Jean, la saleté, ça ne traîne pas et hop là! du balai!

M. Papeuil qui, toute sa vie durant, avait souffert d'une incapacité totale à se mettre en colère, s'assit sur une chaise et comprit sur-le-champ la vanité de toute explication. Les femmes de ménage dignes de ce nom ne reviennent jamais sur leurs notions du sale et du non-sale. Il alla jusqu'à dire lâchement:

— Oui, bien sûr, vous avez raison.

Puis sans impatience, il ajouta:

— Au fait, les graines qui étaient là? Les pois?

— Ça cuit, dit la femme en désignant d'un clin d'œil le réchaud, ça cuit avec vos pois cassés de ce midi, vous n'avez plus qu'à acheter une paire de chipolatas. Avec ça vous aurez un plat qui vous tiendra l'estomac.

— Ces pois n'étaient pas cassés, dit-il, c'étaient des pois de senteur.

— Ça donnera du bouquet.

— Je les avais achetés, continua-t-il d'une voix rêveuse, pour les mettre dans un petit pot.

— Ils seront mieux dans votre assiette.

A déjeuner, M. Papeuil, solitaire et docile, mangea ses chipolatas, mais ne put finir sa purée. Toute la matinée, il eut le cœur sur les lèvres[32] à cause des pois de senteur qui se traînaient, pleins de reproches, parmi les promiscuités du cheminement intestinal. Tantôt c'était un gonflement de l'estomac comme si les graines eussent décidé de fleurir brusquement en gerbe pour châtier l'insolent, tantôt un point de côté comme si l'une d'elles, d'un sursaut rageur, eût poussé dans son flanc une radicelle vengeresse.

A son bureau, il fut sombre et taciturne. Impossible de s'intéresser aux factures comme souvent il réussissait à le faire. Il avait le nez pincé tel qu'on le voit au masque des possédés et parfois cette moue particulière à ceux qui, par veulerie, ont mangé le poisson rouge familial ou le canari domestique.

Ces détails n'ayant pas échappé à ses collègues, c'est d'un ton très affectueux que son voisin lui dit:

— O Papeuil!

— Hein?

— Ton buvard est tombé par terre.

— Par terre? répéta M. Papeuil en posant tranquillement son porte-plume pour s'allonger sur sa chaise, les mains dans les poches,

---

[32] **il eut le cœur sur les lèvres** il sentit de la nausée.

en[33] homme résolu à prendre le temps qu'il faut pour mettre les choses au point. Par terre, vraiment?

— Je te le dis.

Jean Papeuil le taciturne avait si bien l'air de méditer une allocution que le bureau tout entier se fit attentif pour festoyer l'aubaine.

— Ah! par terre, dis-tu! fumiste!

Cette fois, ça y était, la colère libératrice, enfin mûre, éclatait:

— Ah! par terre! cynique! Et qu'est-ce que tu veux me faire croire? Par terre! Est-ce que je travaille sur une table de jardin, dis? Mes pieds de chaise sont-ils fichés dans un frais labour? Qu'est-ce que tu viens ici me parler de terre? Il faudrait voir un peu à surveiller tes expressions et tu as tort de vouloir m'épater avec tes grands mots. Par terre! Ça te ferait plaisir que je m'y laisse prendre, hein? Je vais peut-être me baisser pour écarter l'herbe, chasser les sauterelles, ramasser mon buvard en le secouant pour faire tomber une limace, souffler dessus pour enlever le pollen?

— Oh! Papeuil, tu me cherches des histoires?[34]

— Non. Je t'invite seulement à ne pas essayer de me bluffer. Tu n'as qu'à me dire tout bonnement et tout honnêtement: «Papeuil, ton buvard est tombé», c'est tout, pas besoin d'aller chercher des chutes extraordinaires et mirobolantes; il le sait très bien, mon buvard, qu'il n'est pas une feuille morte à joncher les guérets; alors fous-lui la paix,[35] je t'en prie.

A ces paroles inattendues, les collègues ne firent aucune réponse explicite. Les uns ricanaient ou chuchotaient entre eux, les autres s'étaient pris la tête à deux mains,[36] le reste faisait semblant de retourner à ses écritures, mais les esprits battaient la campagne. Et Papeuil, pantelant, vidé de sa colère, se baissait comme un homme harassé vers son papier buvard. A la pensée qu'il n'avait plus les pieds sur terre, à la pensée qu'il crevait tout doucement, avec ses racines pendantes et rabougries, il se sentit brusquement sec, archi-sec, affreusement sec.

------

[33] **en** comme un.
[34] **tu me cherches des histoires?** tu veux me quereller?
[35] **fous-lui la paix** laisse-le tranquille.
[36] **à deux mains** entre les mains.

Questions

1. Faites le portrait moral de Jean Papeuil.
2. Par quelles étapes M. Papeuil est-il arrivé à la décision de planter quelque chose?
3. Pourquoi M. Papeuil a-t-il choisi des graines de pois de senteur?
4. Pourquoi a-t-il acheté un pot qui était plus grand qu'il ne fallait?
5. Pourquoi, en rentrant, M. Papeuil n'a-t-il pas pu planter les graines tout de suite?
6. Où M. Papeuil est-il allé tout d'abord pour chercher de la terre?
7. Quelles objections la concierge a-t-elle opposées au projet de jardinage de M. Papeuil?
8. Quels effets sur la vie urbaine M. Papeuil a-t-il envisagés dans le cas où tous les habitants planteraient des fleurs?
9. Selon la concierge, d'où venait la terre dans laquelle poussait son palmier?
10. En quittant la concierge, où M. Papeuil est-il allé chercher de la terre?
11. Quelle sorte de 'terre' le fleuriste a-t-il proposée à M. Papeuil?
12. Qu'entendait M. Papeuil par 'pleine terre'?
13. De quoi le garde du parc accusait-il M. Papeuil?
14. Quelle idée M. Papeuil se faisait-il du parc si tout le monde y venait chercher de la terre?
15. Pourquoi M. Papeuil a-t-il trouvé inacceptable la terre mise à nu par les ouvriers dans la rue?
16. Quelle raison le garçon du café a-t-il donnée pour avoir versé du beaujolais dans les troènes?
17. Qu'est-ce que M. Papeuil a fait pour avoir de la terre des troènes?
18. Faites une description générale de cette terre.
19. Quelle idée le cimetière a-t-il suggérée à M. Papeuil?
20. Quel prétexte M. Papeuil aurait-il pu donner au gardien qui l'a surpris à remplir son petit pot au tombeau des Lafenestre?
21. Quelle attitude le gardien prenait-il devant cette action de M. Papeuil?
22. Pourquoi M. Papeuil a-t-il sorti les graines de leur sachet?
23. De quel malentendu M. Papeuil a-t-il été le sujet en creusant la terre à Clamart?
24. Racontez l'incident de la voyageuse qui recevait dans son cou la terre de M. Papeuil.

25. Qu'est devenu le paquet de terre que M. Papeuil avait laissé sur la table de la cuisine?

26. Pourquoi la femme de ménage avait-elle pris les graines de pois de senteur? Qu'est-ce qu'elle en avait fait?

27. Après avoir mangé de la purée, quelle idée M. Papeuil se faisait-il de ce qui se passait dans son estomac?

28. Quels changements a-t-on remarqués dans la personnalité de M. Papeuil quand il est retourné à son bureau?

29. Pourquoi M. Papeuil s'est-il mis en colère contre son collègue?

30. M. Papeuil vous paraît-il fou à la fin de cette nouvelle? Expliquez.

31. A quelles réflexions philosophiques sommes-nous portés par cette nouvelle?

Pierre Boulle

Pierre-François Boulle naquit à Avignon le 20 février 1912. Ni ses études universitaires ni sa première profession ne donne la moindre indication de la vocation littéraire qu'il devait suivre à partir de l'année 1950. Muni de la licence ès sciences et du brevet d'ingénieur de l'Ecole Supérieure de l'Electricité, Boulle s'est lancé, en 1936, dans une carrière de planteur de caoutchouc en Malaisie. En 1939 il fut mobilisé en Indochine, et à la chute de la France il alla se joindre aux forces françaises libres à Singapour. Il eut pour un temps une charge diplomatique auprès du Kuomintang, combattit de nouveau en Indochine et en Inde, et fut décoré de la Croix de Guerre et de la Médaille de la Résistance. De retour en France après la guerre, il se consacra à la littérature à partir de la publication de son roman *William Conrad* en 1959. Sa réputation d'écrivain s'établit solidement en 1952 avec *Le Pont de la rivière Kwaï*.

La plupart des œuvres de Pierre Boulle sont des romans d'aventures dans lesquels l'action et la couleur locale ont une grande part; mais le lecteur attentif y découvre aussi un grand nombre des qualités que possède tout ouvrage sérieux et durable: la recherche de vérité psychologique, l'analyse des complexités de la condition humaine, le sens du drame, l'ironie. Il y a dans l'œuvre de Pierre Boulle une riche veine d'humour qui prend le plus souvent un ton ironique ou sardonique, et son style, admirable de précision, de clarté et d'esprit, a été comparé avec celui de Voltaire. Ses trois recueils de nouvelles et d'essais, *Histoires charitables* (d'où est tirée «L'Arme diabolique»), $E = mc^2$ et *Contes de l'absurde* nous offrent une variété de contradictions et d'absurdités philosophiques où s'empêtre l'homme du vingtième siècle qui essaie de justifier ou de mitiger les conséquences potentiellement destructrices de ses propres triomphes technologiques. Le titre *Histoires charitables* nous suggère l'attitude ironique de l'auteur, car chaque nouvelle du recueil commente bien peu charitablement sur les victimes de ce dilemme contemporain. On peut donc voir en «L'Arme diabolique» un «conte philosophique» moderne que Voltaire serait fier de reconnaître comme sien.

L'Arme diabolique

Pierre Boulle

Tous les membres du comité se dressèrent lorsque le prince pénétra
dans la salle où se tenait la conférence. Les militaires se raidirent
dans un garde-à-vous irréprochable; quelques talons, même,
claquèrent imperceptiblement. Les civils adoptèrent d'instinct une
5 attitude presque identique. Ces marques de respect n'étaient pas
seulement commandées par l'étiquette et la hiérarchie, mais
correspondaient à l'estime et à l'admiration réelles qu'ils éprou-
vaient tous pour le chef de l'Etat. Le prince s'était imposé par sa
jeunesse d'esprit, son intelligence et sa force de caractère.

10 Il répondit par un signe de bienvenue à cet hommage, serra la
main du général Perle, qui présidait le comité, et s'assit. Le général
déclara aussitôt la séance ouverte, sachant combien le prince
détestait les palabres inutiles.

Le comité avait terminé ses travaux et ses principaux membres
15 s'étaient réunis ce jour-là pour en examiner les résultats, dégager de
ceux-ci une conclusion pratique et mettre au point le rapport final
qui serait soumis au gouvernement. Leur étude durait depuis plus
d'un an. Le prince la considérait comme d'une telle importance qu'il
avait tenu à assister à cette ultime conférence. Il aimait les contacts
20 personnels et désirait discuter avec les hommes qu'il avait chargés
d'une mission essentielle pour l'avenir du pays, avant de lire leur
rapport officiel.

C'était lui-même, en effet, qui avait eu l'idée de ce comité
exceptionnel, et inspiré le choix de ses membres. Les militaires y
25 étaient en majorité. Ils appartenaient tous, certes, à l'élite des
officiers, mais le chef de l'Etat avait exigé pour leur sélection certain
trait de caractère rare qu'il estimait par-dessus tout: un esprit à la
fois réaliste et imaginatif, jamais obnubilé par la tradition et la
discipline au point de sombrer dans la routine. Tous possédaient

une forte personnalité et la plupart étaient jeunes. Il y avait quelques civils aussi, le prince y avait tenu, l'importance des questions à débattre lui paraissant dépasser la compétence de techniciens spécialistes et nécessiter l'objectivité d'une vue extérieure à l'armée. Ils avaient été désignés, eux aussi, parmi des hommes capables de recherche et d'assimiler des idées nouvelles, prêts à donner des solutions originales aux grands problèmes du présent. Le prince avait éliminé par principe les autorités officielles, considérant qu'elles ont toujours tendance à piétiner dans la poussière du passé. Il avait toujours été, lui-même, un farouche adversaire de la routine. Depuis qu'il était au pouvoir, il s'ingéniait à réveiller dans le pays cet esprit de recherche et de nouveauté qui semblait s'être assoupi au cours des dernières décades et sans lequel il n'est pas[1] de grandes réalisations. Lors de l'instauration du comité, il avait résumé les qualités qu'il attendait de ses membres par une phrase qui n'était pas de lui, mais qui correspondait exactement à sa pensée:

— Des hommes qui ne soient pas en retard d'une guerre, qui soient capables de prévoir la guerre de l'avenir et qui ne s'épuisent pas à préparer celles du passé.

Car c'était de cela qu'il s'agissait, ainsi que le rappela le général Perle, prenant la parole au début de la réunion.

— ... Prévoir, Messieurs, les différentes formes que pourrait prendre une guerre, si le malheur voulait qu'elle éclatât dans quelques semaines, dans un an ou dans cinq ans — il a été admis que tout projet à plus longue échéance[2] serait dangereusement chimérique —, telle est la mission que le gouvernement nous a confiée, il y a un an. Prévoir et préparer un programme de mesures efficaces, de façon que l'armée soit prête à toutes les éventualités et non surprise, comme cela est arrivé trop souvent autrefois, par des situations que ses chefs, par nonchalance ou par timidité, n'avaient osé imaginer....

Un sourire approbateur se dessina sur les lèvres du prince. Le général continua, encouragé.

— ... Prévoir, préparer et, en conclusion, proposer au gouvernement une politique militaire conforme aux résultats de cette étude. Ces travaux ont été entrepris par vous tous, représentants des

---

[1] **il n'est pas** il n'y a pas.
[2] **à plus longue échéance** qui ne se compléterait qu'après une période de plus de cinq ans.

diverses armes, avec une liberté d'esprit, une absence d'idées préconçues que je veux souligner. Je crois devoir ajouter dès maintenant qu'ils ont été utiles, car ils convergent vers une ligne de conduite bien définie, unique, que nous sommes tous d'accord pour
5   recommander au pouvoir.

Ici, le prince, malgré son intention de ne pas intervenir dans l'exposé préalable,[3] ne put s'empêcher de faire un geste et de poser une question.

— Tous d'accord?
10   — Tous d'accord, dit le général.

— Tous, renchérirent[4] d'une seule voix les membres du comité répondant à un coup d'œil interrogateur du prince.

— Une ligne de conduite unique? Vous voulez dire qu'il n'y a pas une seule opposition au sein de votre assemblée?

15   — Il n'y en a plus, Sire, dit fermement le général Perle. Il y en eut beaucoup, au contraire, lors de nos premières réunions. Je puis vous assurer que toutes les objections imaginables ont été faites et tous les points de vue possibles scrupuleusement analysés. Mais, à mesure que nous avancions dans notre enquête, la conclusion s'est
20   imposée à nous tous, j'insiste sur ce point. Elle s'est imposée avec la rigueur d'un raisonnement mathématique, à la suite d'une analyse rigoureuse de toutes les données du problème et d'une synthèse absolument objective de toutes les déductions. Elle s'imposera à vous-même, Sire, j'en ai la conviction. Je puis affirmer que la
25   politique militaire que nous suggérons est la seule logique et raisonnable, dans les circonstances présentes.

Le prince le regarda un assez long moment. Les mots rigueur, analyse, synthèse ne lui déplaisaient pas, en principe, et ils ne pouvaient guère le surprendre dans la bouche de Perle. Celui-ci
30   sortait d'une des plus grandes écoles du pays, où l'enseignement des sciences, et en particulier des mathématiques, tenait une place essentielle. Quoi-qu'on lui donnât encore le titre de général, il avait quitté l'armée quelques années auparavant et occupait un poste important dans l'industrie privée. En désignant ce logicien pour
35   diriger les travaux du comité, le prince s'était soucié de donner un contrepoids à l'ardeur et aux tendances «avant-garde» des jeunes

---

[3] **intervenir dans l'exposé préalable** interrompre les remarques préliminaires.
[4] **renchérirent** confirmèrent.

délégués enthousiastes, dans l'espoir d'obtenir ainsi cet équilibre *réalisme et imagination* qui étaient les deux pôles de son propre esprit. En écoutant ses dernières phrases, il s'était cependant demandé tout d'un coup s'il n'avait pas eu tort de lui confier cette mission. Il ne laissa rien paraître de ce doute et demanda simple- 5
ment.

— Quelle est donc la substance de votre conclusion?

— Si vous le permettez, Sire, il serait préférable d'entendre auparavant nos rapporteurs; celle-ci se dégagera alors naturellement de faits prouvés et incontestables. 10

— Je vous écoute, dit le prince.

Le général donna la parole à un très jeune colonel, qui avait été chargé de l'étude concernant l'armée de terre. C'était un soldat plein de foi, en même temps qu'un esprit brillant et subtil. Il avait participé à plusieurs conflits et étudié dans les plus fameuses écoles 15 militaires, mais il n'était pas homme à se fier aveuglément aux expériences passées ni aux théories abstraites. Des travaux person-nels, originaux, que certains tenaient pour révolutionnaires, l'avaient déjà signalé à l'attention de ses chefs. Le prince en avait pris connaissance avec intérêt et insisté pour qu'on lui confiât une 20 des sections principales de l'enquête.

La première partie de son exposé fut faite avec méthode, d'une voix claire. Il s'excusa d'abord de rappeler beaucoup de faits déjà connus, mais cela était essentiel pour donner une idée complète de la situation. Puis il commença un large tour d'horizon,[5] passant 25 successivement en revue les diverses armes classiques.

L'infanterie? Il était bien obligé d'en parler, car elle tenait une place importante dans l'organisation militaire actuelle. Mais, après un examen approfondi, il ne semblait pas raisonnable de lui assigner un rôle de premier plan dans la guerre future. Il était même 30 personnellement convaincu, et ne craignait pas de le proclamer, que ce rôle devait être tenu pour à peu près nul.

Il en fournit une démonstration rapide. Dans la défensive, toute concentration importante d'unités de ce genre était un objectif beaucoup trop vulnérable pour l'arme nucléaire ennemie et devait 35 aboutir fatalement à une hécatombe de vies humaines, un massacre s'ajoutant inutilement aux dégâts matériels.

[5] **large tour d'horizon** analyse compréhensive.

Le même raisonnement interdisait toute offensive de grande envergure, semblable à celles du passé.

—... Dans ce domaine, précisa le colonel, c'est tout juste si l'on peut[6] concevoir quelques opérations de petits groupes isolés, ayant
5 des objectifs limités de destruction. Et, dans ce cas, nos propres armes nucléaires, qui n'ont rien à envier en puissance et en précision à celles des autres pays, nous permettent d'obtenir des résultats beaucoup plus rapides et plus sûrs.

—La notion même d'occupation du terrain, Sire, poursuivit le
10 colonel en s'échauffant un peu, cette grande mission de l'infanterie d'autrefois, apparaît périmée.[7] Car pourquoi occuper un terrain, ami ou ennemi, quand les armes nucléaires de l'un et l'autre camp l'auront nécessairement rendu intenable dès les premières heures du conflit?

15 —Les chars d'assaut? Les blindés de toute sorte? Il avait spécialement étudié l'emploi de ces engins, qui jouèrent un rôle si important dans la dernière guerre mondiale. Il n'eut aucune peine à montrer que leur ère était révolue, qu'il ne fallait plus en espérer aucune action d'envergure et qu'il était chimérique, dans l'état actuel des
20 choses, de penser accroître la sécurité du pays par des recherches et une préparation quelconque dans ce domaine. La raison? La même, à peu près, que pour l'infanterie. Avec les moyens modernes de détection, un rassemblement important des unités mécanisées appelait leur destruction immédiate par l'effet d'une ou deux
25 bombes atomiques judicieusement placées. Même si quelques engins échappaient à la désintégration subite, les stocks de combustible, les ateliers et les services qui leur étaient indispensables seraient obligatoirement anéantis.

—Quant à imaginer une percée brutale préparée en secret, en
30 admettant même, Excellence, que ce soit réalisable, ce qui est beaucoup concéder, son effet de choc et de surprise apparaît littéralement dérisoire si on le compare à celui que produirait une seule de nos fusées portant une bombe nucléaire.

Dérisoire était le mot qui revenait le plus souvent dans l'exposé
35 du colonel. Il l'employa encore à propos de l'artillerie, du génie et de quelques services auxiliaires pour lesquels son enquête aboutissait

---

[6] **c'est tout juste si l'on peut** on a de la difficulté à.
[7] **périmée** démodée.

au même résultat: l'arme nucléaire rendait *dérisoire* toutes les autres.

Dans la récapitulation qui suivit, le colonel insista encore sur cette évidence, se haussant à des considérations plus générales et mettant en pleine lumière des conséquences qu'il avait seulement 5 effleurées.

— Devant la suprématie de cette arme, dit-il, nous avons acquis la conviction que nos troupes et notre matériel actuels sont sans objet. Non seulement, nos méthodes classiques d'utilisation de ces unités sont inefficaces, mais encore, et c'est là sans doute le point le 10 plus grave, aucun être sensé ne peut imaginer une manière rationnelle de les employer avec fruit. Je regrette d'avoir à présenter la situation sous un jour aussi sombre, mais je croirais manquer à mon devoir en cherchant à travestir la vérité. C'est ainsi. Toute manœuvre est devenue puérile. La stratégie et la tactique sont aujourd'hui 15 des mots vides de sens. L'enseignement dispensé par nos écoles d'officiers n'a plus aucune valeur pratique, et le métier militaire en général n'apparaît plus que comme un passetemps futile tout juste bon[8] à distraire les vieillards.

Le colonel, ayant fait une pause, crut voir passer une ombre sur 20 le front du prince. Sentant que ses déclarations risquaient d'être interprétées à son désavantage, il crut devoir présenter à l'avance une justification. Il devint plus véhément, et ses accents se chargèrent d'une passion douloureuse.

— Oh! ne croyez pas, Sire, dit-il, que cette opinion soit une excuse 25 facile pour voiler une certaine paresse et une certaine inertie chez les chefs militaires. Ne la croyez pas non plus basée sur des données abstraites. Je ne l'ai adoptée qu'après constatation de faits irrécusables. La situation actuelle est déplorée par toute l'armée et j'en ai eu confirmation sur le terrain même. Au cours des dernières grandes 30 manœuvres, je suis entré en contact avec des centaines d'officiers de tout grade et de tout âge. J'ai constaté chez tous la même inquiétude, le mot n'est pas assez fort, le même désespoir devant le drame actuel. Ensemble, mille fois, dix mille fois, nous avons cherché un remède . . . 35

C'était vrai. Durant les dernières manœuvres, qui avaient duré fort longtemps et qui avaient été recommencées plusieurs fois, le

---

[8] **tout juste bon** bon seulement.

jeune colonel n'avait pas ménagé sa peine. Abandonnant pour un temps les spéculations théoriques, il s'était tout d'abord mêlé à la troupe. Il avait très vite constaté que les officiers commandant les unités combattantes étaient parfaitement conscients de la menace
5 qui planait sur leur tête et tentaient par tous les moyens d'y échapper, en restant dans le cadre des thèmes qui leur étaient imposés. Il avait collaboré étroitement avec eux pour s'apercevoir très vite que leurs efforts, comme les siens, étaient parfaitement vains. Toutes les expériences concluaient dans le même sens. Les
10 robots qui figuraient les fusées nucléaires tombaient toujours au point et à l'instant voulus[9] pour ruiner les plans les plus savants, détruire les formations les plus prudentes et s'opposer à toute évolution. L'arbitre le plus partial, l'observateur le plus partisan des armes conventionnelles, était bien obligé de conclure à leur
15 anéantissement.

Alors, son mandat lui permettant d'accéder aux plus hauts échelons, il était entré en contact avec les états-majors et avait insisté pour qu'on modifiât les thèmes de manœuvre. Là aussi, il n'avait rencontré la plupart du temps que compréhension et bonne
20 volonté. Lui et les savants officiers brevetés[10] s'étaient mis à travailler sans relâche, avec une ardeur fébrile, une passion de découverte suscitée par l'angoisse. Les vieux généraux eux-mêmes retrouvaient leur jeunesse dans cette recherche désespérée d'un thème qui ne fût pas ridicule, d'un plan stratégique possible, en un mot d'une forme
25 de guerre compatible avec la puissance diabolique de l'arme nucléaire.

— Nous n'avons rien trouvé, conclut d'une voix tremblante et un peu solennelle le jeune colonel. Nous n'avons rien trouvé, Sire. Nous n'avons rien trouvé, Messieurs. C'est pourquoi, mon devoir
30 m'oblige à déclarer aujourd'hui: en ce qui concerne l'armée de terre, la menace atomique conduit fatalement à la mort de l'art militaire.

Il se rassit dans un silence profond. Les regards se tournèrent vers le prince qui resta muet, le sourcil froncé. Le général Perle donna alors la parole à l'enquêteur désigné pour la marine, un capitaine de
35 vaisseau.

Celui-ci s'exprima avec autant d'énergie que son collègue et

---

[9] **voulus** qu'il fallait.
[10] **brevetés** diplômés de l'Ecole Militaire.

l'esprit de son rapport était le même. Il commença seulement par là où le colonel avait terminé, en mentionnant les innombrables recherches effectuées par les marins pour trouver une utilisation possible des flottes conventionnelles et en affirmant qu'il avait versé des larmes, lui et beaucoup d'autres, devant la vanité de leurs 5 efforts. Mais c'était une évidence que son premier devoir était de signaler: ces gigantesques porte-avions, ces cuirassés, ces croiseurs et autres bateaux classiques étaient voués, eux aussi, à une destruction à peu près totale dès le début d'un conflit, et les coups qu'ils pouvaient porter n'avaient aucune mesure avec les dégâts 10 causés par la moindre fusée à tête nucléaire.

— Notre seule arme efficace, affirma-t-il, consiste en de petits sous-marins, opérant isolément et capables de lancer de telles fusées. Comme nous possédons aujourd'hui assez de ces unités pour ravager un continent, on ne peut concevoir à quoi pourraient servir les 15 autres, si ce n'est pour la parade. J'ajoute, et je répète, que nous sommes nombreux à le déplorer, que ces sortes d'engins ne peuvent en aucune façon être considérés comme constituant une *marine*. Il ne saurait être question avec eux de navigation, d'évolutions ni d'aucune de ces manœuvres qui forment le fond de notre métier. 20 Celles-ci se réduisent pour eux à un déplacement en ligne droite, à une grande profondeur, jusqu'à ce que soit atteint un point de coordonnées données. Quelques mathématiciens armés de machines calculatrices constituent tout l'état-major nécessaire. En ce qui concerne la marine, la guerre presse-bouton exclut toutes les autres. 25

Cette forme de guerre était également la seule réalité concevable aux yeux du spécialiste de l'armée de l'air, qui succéda au capitaine de vaisseau et qui fit des démonstrations aussi convaincantes que les précédentes. Il n'eut aucun mal à prouver que toutes les escadrilles actuelles étaient aussi utiles que des jouets d'enfant et 30 que l'existence des armes nucléaires rendait vaine la recherche de nouveaux prototypes d'avions. Quant à l'entraînement que l'on faisait subir aux pilotes des bombardiers comme à ceux des chasseurs, c'était proprement du temps perdu. Dans les airs, comme sur terre ou sur mer, la fantôme atomique rendait impossible toute 35 conception classique de la bataille.

Les principaux membres du comité avaient terminé leur rapport. Le général Perle se tourna vers le prince. Celui-ci n'avait encore fait aucune remarque, mais il était visiblement soucieux et peu satisfait. Certes, les idées qui avaient été développées n'étaient pas nouvelles pour lui. Certes, elles signifiaient la mise au rancart de vieilles conceptions, et ce point n'était pas pour lui déplaire. Mais il était mal à l'aise, presque effrayé, devant l'aspect négatif que semblait prendre la conclusion du comité. S'il avait ainsi assemblé des énergies, suscité des recherches, c'était pour parvenir à une solution de ces problèmes délicats, et non pour constater simplement un état de fait connu depuis longtemps. Voilà que, dans leur crainte de passer pour des esprits routiniers, voilà que tous ces officiers d'élite semblaient tendre vers la résignation passive et adopter le culte du néant. Ils en étaient marris? La belle affaire! Ce capitaine de vaisseau qui avouait avoir versé des larmes en percevant cette situation! Il s'agissait bien de se lamenter! En somme, tout ce qui se dégageait de leur étude, c'était l'opportunité d'une abdication totale de l'armée.

Il traduisit son impression sur un ton qui laissait prévoir un orage.

— Résumons-nous, dit-il au général Perle. Si je vous ai bien compris, vous êtes tous convaincus que notre matériel militaire classique, chars, artillerie, bateaux, avions, ne nous sert plus à rien?

— A rien, Sire, approuva fermement le général. A rien, depuis le développement de l'arme nucléaire.

— Qu'il représente une quincaillerie inutile.

— C'est exactement notre point de vue.

— Qu'il en est de même de la troupe, de nos états-majors et de nos écoles militaires.

— Il en est de même, Sire.

— Et que par conséquent vous n'avez rien de mieux à faire que vous tourner les pouces en pleurnichant! éclata le prince.

— Oh, mais pardon, Sire!

La protestation, et surtout le ton furieux, presque irrespectueux, sur lequel elle était faite rendirent quelque espoir au chef de l'Etat. Regardant autour de lui, il constata avec plaisir que son accusation indignait tous les autres membres du comité. Il fut satisfait de lire sur leur visage des sentiments bien différents de la résignation. Les yeux du colonel qui avait parlé pour l'armée de terre, en particulier, lançaient des éclairs. Il se félicita en lui-même de sa sortie. Rien de tel que quelques coups d'épingle de ce genre pour émoustiller les esprits et en obtenir le maximum. Il était sûr, maintenant, qu'une idée constructive allait jaillir de cette assemblée. Il avait mal jugé ces officiers. Ils n'étaient pas hommes à admettre passivement une abdication aussi totale. Ils n'avaient pas tout dit. Leur pensée profonde lui échappait encore. Il fut complètement rassuré dès les premiers mots du général Perle, qui reprenait la parole, un peu 5 calmé, mais avec des accents qui laissaient encore percer son courroux.

— Sire, je crois que vous ne nous avez pas parfaitement compris. A aucun moment, nous n'avons perdu de vue que notre mission comportait l'obligation de faire des recommandations *positives* au 10 gouvernement.

— Je pensais aussi . . . marmonna le prince sur un ton conciliant.

— Si nous avons montré la situation telle qu'elle est, insisté sur l'étendue du mal, ce n'est que pour justifier ces recommandations, qui sont d'une nature assez révolutionnaire. 15

— L'esprit révolutionnaire ne m'effraie pas.

— C'est pour faire apparaître *indispensable* la politique militaire que nous suggérons, car elle est en complète opposition avec celle que le gouvernement a suivie ces dernières années et qu'il a cherché à faire triompher dans toutes les conférences internationales. 20

— Quelle est donc votre conclusion, à la fin?

— Permettez-moi, Sire, d'ajouter un dernier mot aux exposés qui ont été faits: la puissance maléfique de l'arme nucléaire rend impossible, non seulement la guerre conventionnelle, mais la *guerre* tout court. La guerre presse-bouton est une utopie. La menace 25 d'anéantissement est trop grande pour qu'aucun Etat puisse en prendre la responsabilité. C'est devenu une vérité banale, évidente.

— Admettons, fit le prince, impatient. Alors?

— Alors, clama le général Perle, la conclusion s'impose, comme je l'ai déclaré au début de cette conférence, avec la rigueur d'un 30 raisonnement mathématique. . . . Alors, poursuivit-il avec un accent triomphal, il faut avoir le courage de regarder la vérité en face et d'attaquer le mal à sa racine. L'arme atomique rend la guerre impossible, Sire. Il faut donc interdire cette arme diabolique. Il faut mettre ce fléau hors la loi! 35

Questions

1. Pourquoi le prince est-il universellement admiré?
2. De quelles sortes de personnes le comité est-il composé?
3. Quelles indications l'auteur nous donne-t-il de la grande importance du travail du comité?
4. Sur quelles qualités d'esprit le prince avait-il insisté pour former le comité?
5. Selon le général Perle, quel a été l'objectif principal du comité?
6. Quel effet Boulle tire-t-il du jargon officiel dont se sert le général Perle?
7. Comment le comité a-t-il pu arriver à une recommandation unanime?
8. Pourquoi le jeune colonel refusait-il à l'infanterie un rôle important?
9. Résumez les objections que faisait le colonel à l'usage des chars d'assaut.
10. Quelles conclusions le colonel prononce-t-il sur le métier militaire traditionnel?
11. Quelle confirmation pratique le colonel a-t-il cherché pour ses conclusions?
12. Selon celui qui parle pour la marine, à quoi se réduit la guerre maritime?
13. Comment le prince reçoit-il les conclusions des experts?
14. Quel effet le ton insultant du prince a-t-il eu sur les membres du comité?
15. Résumez la conclusion *générale* du comité.
16. L'ironie finale de cette nouvelle sort-elle d'une intention satirique? Expliquez.

Romain Gary

De descendance cosaque, tartare et juive, Romain Kacew naquit à
Moscou en 1914. Quand il avait cinq ans sa mère abandonna sa
carrière d'actrice et s'enfuit de Russie avec lui, s'établissant d'abord
à Wilno, ancienne capitale de la Lithuanie, et ensuite à Varsovie.
Mère et fils arrivèrent enfin à Nice en 1925. Dans son autobiographie,
La Promesse de l'aube (1960), Gary évoque ces années où la privation
et les vicissitudes alternaient avec une prospérité relative, années
dominées par l'amour aveugle de Madame Kacew pour la France et
par sa confiance en son fils qui, affirmait-elle, serait un jour «un
ambassadeur de France, un autre Victor Hugo».

Après ses études au lycée de Nice, Romain Kacew, devenu
Romain Gary, fit son droit à Aix-en-Provence et ensuite à Paris.
C'est pendant cette période qu'il publia ses premières nouvelles.
Lorsque les Allemands envahirent la France en 1940 Gary, qui avait
fait son service militaire dans l'aviation, passa en Afrique du Nord,
et de là en Angleterre. Pendant la guerre il se distingua dans des
campagnes qui décimèrent son escadron dont trois hommes seulement échappèrent à la mort. Son héroïsme lui valut la Croix de la
Libération, la Croix de Guerre, et il fut décoré de la Légion
d'Honneur. Après la guerre, il entra au service diplomatique français, fit partie de la délégation française à l'ONU à New York, puis
devint Consul-Général à Los Angeles.

Entre-temps il poursuivit sa carrière littéraire qui fit éclat en 1945
à la publication de son premier roman. *Education européenne*,
composé à la caserne entre ses missions de combat, dépeint la
résistance polonaise. D'autres romans suivirent. *Le Grand Vestiaire*
(1949) décrit l'adolescence pendant et après la Deuxième Guerre
Mondiale, *Les Couleurs du jour* (1953) une génération «perdue» à la
poursuite d'un but illusoire. L'action du roman *Les Racines du ciel*
(1956), qui reçut le Prix Goncourt, se passe en Afrique Equatoriale

Française et tourne autour des efforts du héros Morel qui cherche à sauver les éléphants de l'extinction.

Romain Gary est l'auteur d'une quinzaine de volumes, dont des romans, une pièce, une autobiographie et une collection de nouvelles, *Gloire à nos illustres pionniers* (1962). C'est une œuvre où le ton varie souvent, passant du comique au satirique, du sentimental au sérieux, extrêmes qui, selon certains critiques, s'harmonisent mal et aboutissent à une curieuse ambivalence.

Gary a une riche expérience de la vie. Il a beaucoup voyagé, il parle six ou sept langues et il est profondément conscient du dilemme de notre époque. Les bouleversements de ce siècle, les menaces faites à la civilisation au nom du progrès, la perte des valeurs et du sens de la vie sont des préoccupations qu'il partage avec beaucoup d'écrivains contemporains. Un thème qui revient souvent dans son œuvre, et dont les deux nouvelles que nous offrons ici sont des exemples, est une foi obstinée en la valeur et en la dignité humaines devant un monde hostile qui semble rejeter ces valeurs. Morel, le héros des *Racines du ciel*, personnifie le mieux ce thème. Il entreprend la préservation des éléphants, cause anachronique et démodée et même, sans doute, désespérée. Son refus de se soumettre, cependant, exprime une confiance ultime en l'homme, une conviction inébranlable que tout n'est pas perdu. S . . . dans «Le Faux» et Herr Loery dans «Un humaniste» sont également des solitaires ridicules qui se cramponnent à un idéal ou à une illusion. Mais leur «illusion» n'est-elle pas le seul espoir de l'homme? Si Gary dépeint leur obstination avec une ironie comique qui frise le cynisme, sa manière n'obscurcit pas son humanisme essentiel, humanisme qu'il exprime sous forme de question: Est-ce que ces idéalistes obstinés et démodés sont dans notre siècle un anachronisme, ou représentent-ils les «illustres pionniers» d'une humanité qui se cherche à tâtons et qui finira un jour par se trouver?

Le Faux

Romain Gary

—Votre Van Gogh[1] est un faux.

S . . . était assis derrière son bureau, sous sa dernière acquisition:
un Rembrandt[1] qu'il venait d'enlever de haute lutte à la vente de
New York, où les plus grands musées du monde avaient fini par se
reconnaître battus. Effondré dans un fauteuil, Baretta, avec sa   5
cravate grise, sa perle noire, ses cheveux tout blancs, l'élégance
discrète de son complet de coupe stricte et son monocle luttant en
vain contre[2] sa corpulence et la mobilité méditerranéenne des traits
empâtés, prit sa pochette et s'épongea le front.

—Vous êtes le seul à le proclamer partout. Il y a eu quelques   10
doutes, à un moment . . . Je ne le nie pas. J'ai pris un risque. Mais
aujourd'hui, l'affaire est tranchée: le portrait est authentique. La
manière[3] est incontestable, reconnaissable dans chaque touche de
pinceau . . .

S . . . jouait avec un coupe-papier en ivoire, d'un air ennuyé.   15

—Eh bien, où est le problème, alors? Estimez-vous heureux de
posséder ce chef-d'œuvre.

—Tout ce que je vous demande, c'est de ne pas vous prononcer.
Ne jetez pas votre poids dans la balance.

S . . . sourit légèrement.   20

—J'étais représenté aux enchères . . . Je me suis abstenu.

—Les marchands vous suivent comme des moutons. Ils craignent
de vous irriter. Et puis, soyons francs: vous contrôlez les plus grands
financièrement . . .

—On exagère, dit S . . . J'ai pris simplement quelques précautions   25
pour m'assurer une certaine priorité dans les ventes . . .

---

[1] Tableaux peints par Van Gogh (1853–90) et par Rembrandt (1606–69).
[2] **luttant en vain contre** i.e., ne pouvant pas cacher.
[3] **La manière** Le style (de Van Gogh).

Le regard de Baretta était presque suppliant.

— Je ne vois pas ce qui vous a dressé contre moi dans cette affaire.

— Mon cher ami, soyons sérieux. Parce que je n'ai pas acheté ce Van Gogh, l'avis des experts mettant en doute son authenticité a
5 évidemment pris quelque relief. Mais si je l'avais acheté, il vous aurait échappé. Alors? Que voulez-vous que je fasse, exactement?

— Vous avez mobilisé contre ce tableau tous les avis autorisés, dit Baretta. Je suis au courant: vous mettez à démontrer qu'il s'agit d'un faux toute l'influence que vous possédez. Et votre influence est
10 grande, très grande. Il vous suffirait de dire un mot . . .

S . . . jeta le coupe-papier en ivoire sur la table et se leva.

— Je regrette, mon cher. Je regrette infiniment. Il s'agit d'une question de principe que vous devriez être le premier à comprendre. Je ne me rendrai pas complice d'une supercherie, même par
15 abstention. Vous avez une très belle collection et vous devriez reconnaître tout simplement que vous vous êtes trompé. Je ne transige pas sur les questions d'authenticité. Dans un monde où le truquage et les fausses valeurs triomphent partout, la seule certitude qui nous reste est celle des chefs-d'œuvre. Nous devons
20 défendre notre société contre les faussaires de toute espèce. Pour moi, les œuvres d'art sont sacrées, l'authenticité pour moi est une religion . . . Votre Van Gogh est un faux. Ce génie tragique a été suffisamment trahi de son vivant — nous pouvons, nous devons le protéger au moins contre les trahisons posthumes.

25 — C'est votre dernier mot?

— Je m'étonne qu'un homme de votre honorabilité puisse me demander de me rendre complice d'une telle opération . . .

— Je l'ai payé trois cent mille dollars, dit Baretta.

S . . . eut un geste dédaigneux.

30 — Je sais, je sais . . . Vous avez fait délibérément monter le prix des enchères: car enfin, si vous l'aviez eu pour une bouchée de pain . . .[4] C'est vraiment cousu de fil blanc.[5]

— En tout cas, depuis que vous avez eu quelques paroles malheureuses, les mines embarrassées que les gens prennent en regar-
35 dant mon tableau . . . Vous devriez quand même comprendre . . .

––––––––––

[4] **si vous l'aviez . . . de pain** si vous l'aviez obtenu pour un rien (on aurait mis en doute son authenticité).
[5] **cousu de fil blanc** très évident.

— Je comprends, dit S . . . , mais je n'approuve pas. Brûlez la
toile, voilà un geste qui rehausserait non seulement le prestige de
votre collection, mais encore votre réputation d'homme d'honneur.
Et, encore une fois, il ne s'agit pas de vous: il s'agit de Van Gogh.

Le visage de Baretta se durcit. S . . . y reconnut une expression   5
qui lui était familière: celle qui ne manquait jamais de venir sur le
visage de ses rivaux en affaires lorsqu'il les écartait du marché.[6] A
la bonne heure, pensa-t-il ironiquement, c'est ainsi que l'on se fait
des amis . . . Mais l'affaire mettait en jeu une des rares choses qui
lui tenaient vraiment à cœur et touchait à un de ses besoins les plus   10
profonds: le besoin d'authenticité. Il ne s'attardait jamais à
s'interroger, et il ne s'était jamais demandé d'où lui venait cette
étrange nostalgie. Peut-être d'une absence totale d'illusions: il
savait qu'il ne pouvait avoir confiance en personne, qu'il devait
tout à son extraordinaire réussite financière, à la puissance acquise,   15
à l'argent, et qu'il vivait entouré d'une hypocrisie feutrée et confortable qui éloignait les rumeurs du monde, mais qui n'absorbait
pas entièrement tous les échos insidieux. «La plus belle collection
privée de Greco, cela ne lui suffit pas . . . Il faut encore qu'il aille
disputer le Rembrandt aux musées americains. Pas mal, pour un   20
petit va-nu-pieds de Smyrne qui volait aux étalages et vendait des
cartes postales obscènes dans le port . . . Il est bourré de complexes,
malgré les airs assurés qu'il se donne: toute cette poursuite des
chefs-d'œuvre n'est qu'un effort pour oublier ses origines.» Peut-
être avait-on raison. Il y avait si longtemps qu'il s'était un peu   25
perdu de vue[7] — il ne savait même plus lui-même s'il pensait en
anglais, en turc, ou en arménien — qu'un objet d'art[8] immuable dans
son identité lui inspirait cette piété que seules peuvent éveiller dans
les âmes inquiètes les certitudes absolues.[9] Deux châteaux en
France, les plus somptueuses demeures à New York, à Londres, un   30
goût impeccable, les plus flatteuses décorations, un passeport
britannique — et cependant il suffisait[10] de cette trace d'accent

---

[6] **écarter du marché** éliminer de la concurrence.

[7] **il s'était . . . perdu de vue** il avait oublié qui il était vraiment.

[8] **qu'un objet d'art**, etc. Complément de la proposition principale, 'Il y avait si
longtemps que'.

[9] **cette piété que . . . certitudes absolues** Ordre normal: seules les certitudes
absolues peuvent éveiller cette piété.

[10] **il suffisait** L'idée principale est: il suffisait de cette trace d'accents . . . et d'un
type physique . . . pour qu'on le soupçonnât.

chantant qu'il conservait dans les sept langues qu'il parlait couramment et d'un type physique qu'il est convenu d'appeler «levantin», mais que l'on retrouve pourtant aussi sur les figures sculptées des plus hautes époques de l'art, de Sumer[11] à l'Egypte et de l'Assur[12]
5   à l'Iran, pour qu'on le soupçonnât hanté par un obscur sentiment d'infériorité sociale — on n'osait plus dire «raciale» — et, parce que sa flotte marchande était aussi puissante que celle des Grecs et que dans[13] ses salons les Titien et les Vélasquez voisinaient avec le seul Vermeer[14] authentique découvert depuis les faux de Van Maage-
10   ren,[15] on murmurait que, bientôt, il serait impossible d'accrocher chez soi une toile de maître sans faire figure de parvenu. S . . . n'ignorait rien de ces flèches[16] d'ailleurs fatiguées qui sifflaient derrière son dos et qu'il acceptait comme des égards qui lui étaient dus: il recevait trop bien pour que le Tout-Paris[17] lui refusât ses
15   informateurs. Ceux-là même qui recherchaient avec le plus d'empressement sa compagnie, afin de passer à bon compte des vacances agréables à bord de son yacht ou dans sa propriété du cap d'Antibes, étaient les premiers à se gausser du luxe ostentatoire dont ils étaient aussi naturellement les premiers à profiter, et lorsqu'un restant de
20   pudeur ou simplement l'habileté les empêchaient de pratiquer trop ouvertement ces exercices de rétablissement psychologiques,[18] ils savaient laisser percer juste ce qu'il fallait d'ironie dans leurs propos[19] pour reprendre leurs distances, entre deux invitations à dîner. Car S . . . continuait à les inviter: il n'était dupe ni de leurs flagor-
25   neries ni de sa propre vanité un peu trouble qui trouvait son compte à les voir graviter autour de lui. Il les appelait «mes faux», et lorsqu'ils étaient assis à sa table ou qu'il les voyait, par la fenêtre de sa villa, faire du ski nautique derrière les vedettes rapides qu'il mettait à leur disposition, il souriait un peu et levait les yeux avec gratitude

---

[11] **Sumer** région de la Mésopotamie antique près du golfe Persique.
[12] **Assur** la plus ancienne capitale de l'Assyrie, située sur la rive droite du Tigre.
[13] **que dans** parce que dans (introduit la proposition principale: 'on murmurait que', ligne 10).
[14] œuvres du peintre vénitien Titien (1477–1576), du peintre espagnol Vélasquez (1599–1660) et du peintre hollandais Vermeer (1632–75).
[15] **Van Maageren** célèbre faussaire moderne de tableaux de Vermeer.
[16] **flèches** mots blessants.
[17] **le Tout-Paris** le beau monde parisien.
[18] **exercices . . . psychologiques** changement de conduite rapide et hypocrite.
[19] **ils savaient . . . leurs propos** ils savaient mettre dans leurs paroles l'ironie nécessaire.

vers quelque pièce rare de sa collection dont rien ne pouvait atteindre ni mettre en doute la rassurante authenticité.

Il n'avait mis dans sa campagne contre le Van Gogh de Baretta nulle animosité personnelle: parti d'une petite épicerie de Naples pour se trouver aujourd'hui à la tête du plus grand trust d'alimen- 5 tation d'Italie, l'homme lui était plutôt sympathique. Il comprenait ce besoin de couvrir la trace des gorgonzolas et des salamis sur ses murs par des toiles de maîtres, seuls blasons dont l'argent peut encore chercher à se parer. Mais le Van Gogh était un faux. Baretta le savait parfaitement. Et puisqu'il s'obstinait à vouloir prouver 10 son authenticité en achetant des experts ou leur silence, il s'engageait sur le terrain de la puissance pure[20] et méritait ainsi une leçon de la part de ceux qui montaient encore bonne garde autour de la règle du jeu.

—J'ai sur mon bureau l'expertise de Falkenheimer, dit S . . . Je ne 15 savais trop quoi en faire,[21] mais après vous avoir écouté . . . Je la communique dès aujourd'hui aux journaux. Il ne suffit pas, cher ami, de pouvoir s'acheter de beaux tableaux: nous avons tous de l'argent. Encore faut-il[22] témoigner aux œuvres authentiques quelque simple respect, à défaut de véritable piété . . . Ce sont après 20 tout des objets de culte.

Baretta se dressa lentement hors de son fauteuil. Il baissait le front et serrait les poings. S . . . observa l'expression implacable, meurtrière, de sa physionomie avec plaisir: elle le rajeunissait. Elle lui rappelait l'époque où il fallait arracher de haute lutte chaque 25 affaire à un concurrent—une époque où il avait encore des concurrents.

—Je vous revaudrai ça,[23] gronda l'Italien. Vous pouvez compter sur moi. Nous avons parcouru à peu près le même chemin dans la vie. Vous verrez que l'on apprend dans les rues de Naples des coups 30 aussi foireux que dans celles de Smyrne.

Il se rua hors du bureau. S . . . ne se sentait pas invulnérable, mais il ne voyait guère quel coup un homme, fût-il[24] richissime,

---

[20] **s'engageait sur . . . pure** i.e., il entrait dans le domaine où la puissance personnelle était tout et où l'authenticité du tableau était secondaire.

[21] **trop quoi en faire** précisément ce qu'il allait faire de l'expertise

[22] **Encore faut-il** On doit de plus.

[23] **Je vous revaudrai ça** J'aurai ma vengeance.

[24] **fût-il** même s'il était.

pouvait encore lui porter. Il alluma un cigare, cependant que ses pensées faisaient, avec cette rapidité à laquelle il devait sa fortune, le tour de ses affaires,[25] pour s'assurer que tous les trous étaient bien bouchés[26] et l'étanchéité parfaite. Depuis le règlement à l'amiable
5 du conflit qui l'opposait au fisc américain et l'établissement à Panama du siège de son empire flottant, rien ni personne ne pouvait plus le menacer. Et cependant, la conversation avec Baretta lui laissa un léger malaise: toujours cette insécurité secrète qui l'habitait. Il laissa son cigare dans le cendrier, se leva et rejoignit sa
10 femme dans le salon bleu. Son inquiétude ne s'estompait jamais entièrement, mais lorsqu'il prenait la main d'Alfiera dans la sienne ou qu'il effleurait des lèvres sa chevelure, il éprouvait un sentiment qu'à défaut de meilleure définition il appelait «certitude»: le seul instant de confiance absolue qu'il ne mît pas en doute au moment
15 même où il le goutait.

— Vous voilà enfin, dit-elle.

Il se pencha sur son front.

— J'étais retenu par un fâcheux . . . Eh bien, comment cela s'est-il passé?
20 — Ma mère nous a naturellement traînés dans les maisons de couture, mais mon père s'est rebiffé. Nous avons fini au musée de la Marine.[27] Très ennuyeux.

— Il faut savoir s'ennuyer un petit peu, dit-il. Sans quoi les choses perdent de leur goût . . .
25 Les parents d'Alfiera étaient venus la voir d'Italie. Un séjour de trois mois: S . . . avait, courtoisement mais fermement, retenu un appartement au Ritz.

Il avait rencontré sa jeune femme à Rome, deux ans auparavant, au cours d'un déjeuner à l'ambassade du Liban.[28] Elle venait
30 d'arriver de leur domaine familial de Sicile où elle avait été élevée et qu'elle quittait pour la première fois, et chaperonnée par sa mère, avait en quelques semaines jeté l'émoi dans une société pourtant singulièrement blasée. Elle avait alors à peine dix-huit ans et sa beauté était *rare*, au sens propre du mot. On eût dit que la nature l'avait créée pour affirmer sa souveraineté et remettre à sa place

[25] **ses pensées faisaient . . . le tour de ses affaires** dans son esprit il passait en revue ses affaires.

[26] **les trous . . . bouchés** i.e., qu'il était inattaquable.

[27] **musée de la Marine** musée parisien de l'art de la navigation.

[28] **Liban** Etat du Proche-Orient (*Lebanon*).

tout ce que la main de l'homme avait accompli. Sous une chevelure
noire qui paraissait prêter à la lumière son éclat plutôt que le
recevoir,[29] le front, les yeux, les lèvres étaient dans leur harmonie
comme un défi de la vie à l'art, et le nez, dont la finesse n'excluait
cependant pas le caractère ni la fermeté, donnait au visage une   5
touche de légèreté qui le sauvait de cette froideur qui va presque
toujours de pair avec la recherche trop délibérée d'une perfection
que seule la nature, dans ses grands moments d'inspiration ou dans
les mystérieux jeux du hasard, parvient à atteindre, ou peut-être à
éviter. Un chef-d'œuvre: tel était l'avis unanime de ceux qui   10
regardaient le visage d'Alfiera.

Malgré tous les hommages, les compliments, les soupirs et les
élans qu'elle suscitait, la jeune fille était d'une modestie et d'une
timidité dont les bonnes sœurs du couvent où elle avait été élevée
étaient sans doute en partie responsables. Elle paraissait toujours   15
embarrassée et surprise par ce murmure flatteur qui la suivait
partout; sous les regards fervents que même les hommes les plus
discrets ne pouvaient empêcher de devenir un peu trop insistants,
elle pâlissait, se détournait, pressait le pas, et son expression tra-
hissait un manque d'assurance et même un désarroi assez sur-   20
prenants chez une enfant aussi choyée; il était difficile d'imaginer un
être à la fois plus adorable et moins conscient de sa beauté.

S . . . avait vingt-deux ans de plus qu'Alfiera, mais ni la mère de
la jeune fille, ni son père, un de ces ducs qui foisonnent dans le sud
de l'Italie et dont le blason désargenté n'évoque plus que quelques   25
restes de *latifundia*[30] mangés par les chèvres, ne trouvèrent rien
d'anormal à cette différence d'âge; au contraire, la timidité extrême
de la jeune fille, son manque de confiance en elle-même dont aucun
hommage, aucun regard éperdu d'admiration ne parvenait à la
guérir, tout paraissait recommander l'union avec un homme   30
expérimenté et fort; et la réputation de S . . . à cet égard n'était
plus à faire.[31] Alfiera elle-même acceptait la cour qu'il lui faisait
avec un plaisir évident et même avec gratitude. Il n'y eut pas de
fiançailles et le mariage fut célébré trois semaines après leur
première rencontre. Personne ne s'attendait que S . . . se «rangeât» 35

---

[29] **prêter à la lumière . . . recevoir** rayonner au lieu de refléter la lumière (i.e., les
cheveux semblaient être la source de la lumière).
[30] **latifundia** mot latin désignant de grandes propriétés ou de vastes fermes.
[31] **n'était plus à faire** était bien établie.

si vite et que cet «aventurier», ainsi qu'on l'appelait, sans trop savoir pourquoi, ce «pirate» toujours suspendu ʾᵛᵃx fils téléphoniques qui le reliaient à toutes les bourses du monde, pût devenir en un tour de main un mari aussi empressé et dévoué, qui consacrait
5 plus de temps à la compagnie de sa jeune femme qu'à ses affaires ou à ses collections. S . . . était amoureux, sincèrement et profondément, mais ceux qui se targuaient de bien le connaître et qui se disaient d'autant plus volontiers ses amis qu'ils le critiquaient davantage, ne manquaient pas d'insinuer que l'amour n'était peut-
10 être pas la seule explication de cet air de triomphe qu'il arborait depuis son mariage et qu'il y avait dans le cœur de cet amateur d'art une joie un peu moins pure: celle d'avoir enlevé aux autres un chef-d'œuvre plus parfait et plus précieux que tous ses Vélasquez et ses Greco.³² Le couple s'installa à Paris, dans l'ancien hôtel des
15 ambassadeurs d'Espagne, au Marais.³³ Pendant six mois, S . . . négligea ses affaires, ses amis, ses tableaux; ses bateaux continuaient à sillonner les océans et ses représentants aux quatre coins du monde ne manquaient pas de lui câbler les rapports sur leurs trouvailles et les grandes ventes qui se préparaient, mais il était évident que rien
20 ne le touchait en dehors d'Alfiera; son bonheur avait une qualité qui paraissait réduire le monde à l'état d'un satellite lointain et dépourvu d'intérêt.

— Vous semblez soucieux.

— Je le suis. Il n'est jamais agréable de frapper un homme qui ne
25 vous a rien fait personnellement à son point le plus sensible:³⁴ la vanité . . . C'est pourtant ce que je vais faire.

— Pourquoi donc?

La voix de S . . . monta un peu et, comme toujours lorsqu'il était irrité, la trace d'accent chantant devint plus perceptible.
30 — Une question de principe, ma chérie. On essaie d'établir, à coups de millions,³⁵ une conspiration de silence autour d'une œuvre de faussaire, et si nous n'y mettons pas bon ordre,³⁶ bientôt personne ne se souciera plus de distinguer le vrai du faux et les collections les plus admirables ne signifieront plus rien . . .

---

³² **ses Greco** ses tableaux peints par le Greco (1541–1614).
³³ **Marais** vieux quartier de Paris où se trouvait jadis la Bastille.
³⁴ **à son point . . . sensible** à l'endroit où il est le plus vulnérable.
³⁵ **à coups de millions** en dépensant des millions (de francs).
³⁶ **si nous . . . ordre** si nous ne prenons pas soin de, si nous ne l'empêchons pas.

Il ne put s'empêcher de faire un geste emphatique vers un paysage du Caire, de Bellini,[37] au-dessus de la cheminée. La jeune femme
parut troublée. Elle baissa les yeux et une expression de gêne,
presque de tristesse, jeta une ombre sur son visage. Elle posa
timidement la main sur le bras de son mari.

— Ne soyez pas trop dur . . .

— Il le faut bien, parfois.

Ce fut un mois environ après que le point final eut été mis à la
dispute du «Van Gogh inconnu» par la publication dans la grande
presse du rapport écrasant du groupe d'experts sous la direction de
Falkenheimer que S . . . trouva dans son courrier une photo que
nulle explication n'accompagnait. Il la regarda distraitement.
C'était le visage d'une très jeune fille dont le trait le plus remarquable était un nez en[38] bec d'oiseau de proie particulièrement
déplaisant. Il jeta la photo dans la corbeille à papier et n'y pensa
plus. Le lendemain, une nouvelle copie de la photo lui parvint, et,
au cours de la semaine qui suivit, chaque fois que son secrétaire lui
apportait le courrier, il trouvait le visage au bec hideux qui le
regardait. Enfin, en ouvrant un matin l'enveloppe, il découvrit un
billet tapé à la machine qui accompagnait l'envoi. Le texte disait
simplement: «Le chef-d'œuvre de votre collection est un faux.» S . . .
haussa les épaules: il ne voyait pas en quoi cette photo grotesque
pouvait l'intéresser et ce qu'elle avait à voir avec sa collection. Il
allait déjà la jeter lorsqu'un doute soudain l'effleura: les yeux, le
dessin des lèvres, quelque chose dans l'ovale du visage venait de lui
rappeler vaguement Alfiera. C'était ridicule: il n'y avait vraiment
aucune ressemblance réelle, à peine un lointain air de parenté. Il
examina l'enveloppe: elle était datée d'Italie. Il se rappela que sa
femme avait en Sicile d'innombrables cousines qu'il entretenait
depuis des années. S . . . se proposa de lui en parler. Il mit la photo
dans sa poche et l'oublia. Ce fut seulement au cours du dîner, ce
soir-là — il avait convié ses beaux-parents qui partaient le lendemain
— que la vague ressemblance lui revint à la mémoire. Il prit la
photo et la tendit à sa femme.

— Regardez, ma chérie. J'ai trouvé cela dans le courrier ce matin.

---

[37] **Bellini** Famille de peintres vénitiens du 15ème siècle, dont le plus célèbre fut
Giovanni Bellini.

[38] **en** en forme de.

Il est difficile d'imaginer un appendice nasal plus malencontreux...

Le visage d'Alfiera devint d'une pâleur extrême. Ses lèvres tremblèrent, des larmes emplirent ses yeux; elle jeta vers son père un regard implorant. Le duc, qui était aux prises avec son poisson,
5 faillit s'étouffer. Ses joues se gonflèrent et devinrent cramoisies. Ses yeux sortaient des orbites, sa moustache épaisse et noire, soigneusement teinte, qui eût été beaucoup plus à sa place sur le visage de quelque carabinier que sur celui d'un authentique descendant du roi des Deux-Siciles,[39] dressa ses lances,[40] prête à charger; il émit
10 quelques grognements furieux, porta sa serviette à ses lèvres, et parut si visiblement incommodé que le maître d'hôtel se pencha vers lui avec sollicitude. La duchesse, qui venait d'émettre un jugement définitif sur la dernière performance de la Callas à l'Opéra, demeura la bouche ouverte et la fourchette levée; sous la masse de
15 cheveux roux, son visage trop poudré se décomposa et partit à la recherche de ses traits parmi les bourrelets de graisse.[41] S... s'aperçut brusquement avec un certain étonnement que le nez de sa belle-mère, sans être aussi grotesque que celui de la photo, n'était pas sans avoir[42] avec ce dernier quelque ressemblance: il s'arrêtait
20 plus tôt,[43] mais il allait incontestablement dans la même direction. Il le fixa avec une attention involontaire, et ne put s'empêcher ensuite de porter son regard avec quelque inquiétude vers le visage de sa femme: mais non, il n'y avait vraiment dans ces traits adorables aucune similitude avec ceux de sa mère, fort heureusement. Il
25 posa son couteau et sa fourchette, se pencha, prit la main d'Alfiera dans la sienne.

— Qu'y a-t-il, ma chérie?

— J'ai failli m'étouffer, voilà ce qu'il y a, dit le duc, avec emphase. On ne se méfie jamais assez avec le poisson. Je suis désolé, mon
30 enfant, de t'avoir causé cette émotion...

— Un homme de votre situation doit être au-dessus de cela, dit la

---

[39] **roi des Deux-Siciles** Roger II (1093–1154), petit-fils du Normand Tancrède de Hauteville.

[40] **dressa ses lances,** etc. Métaphore comique qui transforme la moustache en coursier prêt à charger.

[41] **son visage ... de graisse** Autre métaphore comique. Il s'agit ici de l'étonnement manifeste sur le visage de la duchesse.

[42] **n'était pas sans avoir** avait.

[43] **il s'arrêtait plus tôt** le nez était plus court.

duchesse, apparemment hors de propos, et sans que S . . . pût comprendre si elle parlait de l'arête ou reprenait une conversation dont le fil lui avait peut-être échappé. Vous êtes trop envié pour que tous ces potins sans aucun fondement . . . Il n'y a pas un mot de vrai là-dedans! 5

—Maman, je vous en prie, dit Alfiera d'une voix défaillante.

Le duc émit une série de grognements qu'un bulldog de bonne race n'eût pas désavoués.[44] Le maître d'hôtel et les deux domestiques allaient et venaient autour d'eux avec une indifférence qui dissimulait mal la plus vive curiosité. S . . . remarqua que ni sa 10 femme ni ses beaux-parents n'avaient regardé la photo. Au contraire, ils détournaient les yeux de cet objet posé sur la nappe avec une application soutenue. Alfiera demeurait figée; elle avait jeté sa serviette et semblait prête à quitter la table; elle fixait son mari de ses yeux agrandis avec une supplication muette; lorsque celui-ci 15 serra sa main dans la sienne, elle éclata en sanglots. S . . . fit signe aux domestiques de les laisser seuls. Il se leva, vint vers sa femme, se pencha sur elle.

—Ma chérie, je ne vois pas pourquoi cette photo ridicule . . .

Au mot «ridicule», Alfiera se raidit tout entière et S . . . fut 20 épouvanté de découvrir sur ce visage d'une beauté si souveraine une expression de bête traquée. Lorsqu'il voulut la prendre dans ses bras, elle s'arracha soudain à son étreinte et s'enfuit.

—Il est naturel qu'un homme de votre situation ait des ennemis, dit le duc. Moi-même . . . 25

—Vous êtes heureux tous les deux, c'est la seule chose qui compte, dit sa femme.

—Alfiera a toujours été terriblement impressionnable, dit le duc. Demain, il n'y paraîtra plus . . .

—Il faut l'excuser, elle est encore si jeune . . . 30

S . . . quitta la table et voulut rejoindre sa femme: il trouva la porte de la chambre fermée et entendit des sanglots. Chaque fois qu'il frappait à la porte, les sanglots redoublaient. Après avoir supplié en vain qu'elle vînt lui ouvrir, il se retira dans son cabinet. Il avait complètement oublié la photo et se demandait ce qui avait 35 bien pu plonger Alfiera dans cet état. Il se sentait inquiet,

---

[44] **n'eût pas désavoués** aurait été fier (d'émettre).

vaguement appréhensif et fort déconcerté. Il devait être[45] là depuis un quart d'heure lorsque le téléphone sonna. Son secrétaire lui annonça que le signor Baretta désirait lui parler.

— Dites que je ne suis pas là.

5   — Il insiste. Il affirme que c'est important. Quelque chose au sujet d'une photo.

— Passez-le-moi.[46]

La voix de Baretta au bout du fil était pleine de bonhomie, mais S . . . avait trop l'habitude de juger rapidement ses interlocuteurs 10 pour ne pas y discerner une nuance de moquerie presque haineuse.

— Que me voulez-vous?

— Vous avez reçu la photo, mon bon ami?

— Quelle photo?

— Celle de votre femme, pardi! J'ai eu toutes les peines du monde 15 à me la procurer. La famille a bien pris ses précautions. Ils n'ont jamais laissé photographier leur fille avant l'opération. Celle que je vous ai envoyée a été prise au couvent de Palerme par les bonnes sœurs; une photo collective, je l'ai fait agrandir tout spécialement . . . Un simple échange de bons procédés.[47] Son nez a été entièrement 20 refait par un chirurgien de Milan lorsqu'elle avait seize ans. Vous voyez qu'il n'y a pas que mon Van Gogh qui est faux:[48] le chef-d'œuvre de votre collection l'est aussi. Vous en avez à présent la preuve sous les yeux.

Il y eut un gros rire; puis un déclic: Baretta avait raccroché.

25   S . . . demeura complètement immobile derrière son bureau. *Kurlik!* Le vieux mot de l'argot de Smyrne, terme insultant que les marchands turcs et arméniens emploient pour désigner ceux qui se laissent gruger, tous ceux qui sont naïfs, crédules, confiants, et, comme tels, méritent d'être exploités sans merci, retentit de tout 30 son accent moqueur dans le silence de son cabinet. *Kurlik!* Il avait été berné par un couple de Siciliens désargentés, et il ne s'était trouvé[49] personne parmi tous ceux qui se disaient ses amis pour lui

---

[45] **Il devait être** Il était probablement.

[46] **Passez-le-moi** Mettez-le au bout du fil (S . . . accepte la communication téléphonique).

[47] **Un simple échange de bons procédés** i.e., la photographie agrandie est en échange de l'expertise du faux Van Gogh.

[48] **il n'y a pas . . . faux** ce n'est pas seulement mon Van Gogh qui est faux.

[49] **il ne s'était trouvé** il n'y avait eu.

révéler la supercherie. Ils devaient bien rire derrière son dos, trop
heureux de le voir tomber dans le panneau, de le voir en adoration
devant l'œuvre d'un faussaire, lui qui avait la réputation d'avoir
l'œil si sûr, et qui ne transigeait jamais sur les questions d'authenticité . . . *Le chef-d'œuvre de votre collection est un faux* . . . En face de   5
lui, une étude pour la *Crucifixion de Tolède*[50] le nargua un instant de
ses jaunes pâles et de ses verts profonds, puis se brouilla, disparut, le
laissa seul dans un monde méprisant et hostile qui ne l'avait jamais
vraiment accepté et ne voyait en lui qu'un parvenu qui avait trop
l'habitude d'être exploité pour qu'on eût à se gêner avec lui.[51]   10
Alfiera! Le seul être humain en qui il eût eu entièrement confiance,
le seul rapport humain auquel il se fût, dans sa vie, totalement
fié . . . Elle avait servi de complice et d'instrument à des filous aux
abois, lui avait caché son visage véritable, et, au cours de deux ans
de tendre intimité, n'avait jamais rompu la conspiration du silence,   15
ne lui avait même pas accordé ne fût-ce que[52] la grâce d'un aveu . . .
Il tenta de se ressaisir, de s'élever au-dessus de ces mesquineries: il
était temps d'oublier enfin ses blessures secrètes, de se débarrasser
une fois pour toutes du petit cireur de bottes[53] qui mendiait dans les
rues, dormait sous les étalages, et que n'importe qui pouvait   20
injurier et humilier . . . Il entendit un faible bruit et ouvrit les yeux:
Alfiera se tenait à la porte. Il se leva. Il avait appris les usages, les
bonnes manières; il connaissait les faiblesses de la nature humaine et
était capable de les pardonner. Il se leva et tenta de reprendre le
masque d'indulgente ironie qu'il savait si bien porter, de retrouver   25
le personnage[54] d'homme du monde tolérant qu'il savait être avec
une telle aisance, mais lorsqu'il essaya de sourire, son visage tout
entier se tordit; il chercha à se réfugier dans l'impassibilité, mais
ses lèvres tremblaient.

—Pourquoi ne m'avez-vous pas dit?   30

—Mes parents . . .

Il entendit avec surprise sa voix aiguë, presque hystérique, crier
quelque part, très loin:

—Vos parents sont de malhonnêtes gèns . . .

---

[50] **Crucifixion de Tolède** Le Greco a peint dans la ville espagnole de Tolède de
nombreuses œuvres à sujets religieux.

[51] **pour qu'on eût . . . avec lui** pour qu'on accepte de s'incommoder pour lui.

[52] **ne fût-ce que** i.e., la moindre.

[53] **petit cireur de bottes** Allusion à son humble origine.

[54] **retrouver le personnage** i.e., jouer le rôle de.

Elle pleurait, une main sur la poignée de la porte, n'osant pas entrer, tournée vers lui avec une expression de bouleversante supplication. Il voulut aller vers elle, la prendre dans ses bras, lui dire . . . Il savait qu'il fallait faire preuve de générosité et de compréhension,

5 que les blessures d'amour-propre ne devaient pas compter devant ces épaules secouées de sanglots, devant un tel chagrin. Et, certes, il eût tout pardonné à Alfiera, mais ce n'était pas Alfiera qui était devant lui: c'était une autre, une étrangère, qu'il ne connaissait même pas, que l'habileté d'un faussaire avait à tout jamais dérobée

10 à ses regards. Sur ce visage adorable, une force impérieuse le poussait à reconstituer le bec hideux d'oiseau de proie, aux narines béantes et avides; il fouillait les traits d'un œil aigu, cherchant le détail, la trace qui révélerait la supercherie, la marque qui trahirait la main du maquignon . . . Quelque chose de dur, d'implacable

15 bougea dans son cœur. Alfiera se cacha la figure dans les mains.

— Oh, je vous en prie, ne me regardez pas ainsi . . .

— Calmez-vous. Vous comprendrez cependant que dans ces conditions . . .

S . . . eut quelque mal à obtenir le divorce. Le motif qu'il avait

20 d'abord invoqué et qui fit sensation dans les journaux: faux et usage de faux,[55] scandalisa le tribunal et le fit débouter au cours de la première instance, et ce fut seulement au prix d'un accord secret avec la famille d'Alfiera — le chiffre exact ne fut jamais connu — qu'il put assouvir son besoin d'authenticité. Il vit aujourd'hui assez

25 retiré et se voue entièrement à sa collection, qui ne cesse de grandir. Il vient d'acquérir *la Madone bleue* de Raphaël, à la vente de Bâle.

---

[55] **usage de faux** tromperie, fourberie.

Questions

1. Dans quel but Baretta vient-il voir S . . .?
2. Quels détails révèlent la puissance et l'influence de S . . . dans le monde artistique?
3. Sur quelles questions S . . . se montre-t-il intransigeant?
4. Selon S . . ., quelle est la seule certitude qui reste dans un monde où triomphent les fausses valeurs?

5. Quel principe S . . . invoque-t-il en refusant la demande de Baretta?

6. Résumez le jugement porté par S . . . sur la société moderne.

7. Comment s'expliquent chez S . . . son profond besoin d'authenticité et sa nécessité de certitude absolue?

8. Qui sont ceux que S . . . appelle ses 'faux'? En est-il dupe?

9. Quelles ressemblances y a-t-il entre la carrière de S . . . et celle de Baretta? Voyez-vous une différence essentielle entre ces deux hommes?

10. Quelle certitude S . . . éprouvait-il en prenant la main d'Alfiera?

11. En quoi la beauté d'Alfiera est-elle comme 'un défi de la vie à l'art'?

12. Quel était l'avis unanime de ceux qui regardaient le visage d'Alfiera?

13. De quoi s'étonne-t-on quant au mariage de S . . .?

14. En quoi le mariage de S . . . ressemble-t-il à ses acquisitions d'objets d'art?

15. Comment Alfiera accueille-t-elle les remarques de son mari au sujet du faux Van Gogh?

16. Qu'est-ce que S . . . trouve dans son courrier un mois après la publication du rapport des experts?

17. Quel est le trait le plus remarquable de la jeune fille sur la photo?

18. Que disait le texte du billet tapé à la machine?

19. Décrivez l'effet produit par l'apparition de la photo au dîner du soir.

20. Pourquoi le nez de sa belle-mère attire-t-il l'attention de S . . .?

21. Quel rapport y a-t-il entre la photo et le faux Van Gogh?

22. En quoi consiste la vengeance de Baretta?

23. Commentez la vue de la nature humaine exprimée par S . . . par suite de sa déception. Gary lui donne-t-il raison?

24. Doit-on condamner S . . . de ne pouvoir pardonner à sa femme?

25. Quelle conclusion faut-il tirer de ce que S . . . vit aujourd'hui assez retiré du monde?

26. Que signifie le fait que sa collection ne cesse pas de grandir?

27. Résumez succinctement l'idée principale exprimée dans cette nouvelle.

28. Examinez la composition de la nouvelle. Quel rôle y joue le parallélisme? L'ironie?

Un Humaniste

Romain Gary

Au moment de l'arrivée au pouvoir en Allemagne du Führer Adolf
Hitler,[1] il y avait à Munich un certain Karl Lœwy, fabricant de
jouets de son métier, un homme jovial, optimiste, qui croyait à la
nature humaine, aux bons cigares, à la démocratie, et, bien qu'assez
5 peu aryen, ne prenait pas trop au sérieux les proclamations anti-
sémites du nouveau chancelier, persuadé que la raison, la mesure et
un certain sens inné de la justice, si répandu malgré tout dans le
cœur des hommes, allaient l'emporter sur leurs aberrations passagères.[2]
10   Aux avertissements que lui prodiguaient ses frères de race,[3] qui
l'invitaient à les suivre dans l'émigration, Herr Lœwy répondait par
un bon rire et, bien carré dans son fauteuil, un cigare aux lèvres, il
évoquait les amitiés solides qu'il avait nouées dans les tranchées
pendant la guerre de 1914-18, amitiés dont certaines, aujourd'hui
15 fort haut placées, n'allaient pas manquer de jouer en sa faveur, le
cas échéant. Il offrait à ses visiteurs inquiets un verre de liqueur,
levait le sien «à la nature humaine», à laquelle, disait-il, il faisait
entièrement confiance, qu'elle fût[4] revêtue d'un uniforme nazi ou
prussien, coiffée d'un chapeau tyrolien ou d'une casquette d'ouvrier.
20 Et le fait est que les premières années du régime ne furent pour
l'ami Karl ni trop périlleuses, ni même pénibles. Il y eut, certes,
quelques vexations,[5] quelques brimades, mais, soit que les «amitiés
des tranchées» eussent en effet joué discrètement en sa faveur, soit

---

[1] Hitler (1889–1945) devient chancelier en 1933 et se proclame 'Führer' l'année
suivante.
[2] **leurs aberrations passagères** les formes anormales que prenaient pour le moment
la raison, la mesure et la justice.
[3] **ses frères de race** ses amis d'origine juive.
[4] **qu'elle fût** peu importait si elle (la nature humaine) était.
[5] **L'idée principale de cette longue phrase est:** Il y eut . . . quelques vexations . . .
mais . . . notre ami continua à vivre . . .

64

que sa jovialité bien allemande, son air de confiance eussent, pendant quelque temps, retardé les enquêtes à son sujet, alors que tous ceux dont l'extrait de naissance laissait à désirer prenaient le chemin de l'exil, notre ami continua à vivre paisiblement entre sa fabrique de jouets et sa bibliothèque, ses cigares et sa bonne cave, 5 soutenu par son optimisme inébranlable et la confiance qu'il avait dans l'espèce humaine. Puis vint la guerre, et les choses se gâtèrent quelque peu. Un beau jour, l'accès de sa fabrique lui fut brutalement interdit[6] et, le lendemain, des jeunes gens en uniforme se jetèrent sur lui et le malmenèrent sérieusement. M. Karl donna 10 quelques coups de fil à droite et à gauche, mais les «amitiés du front» ne répondaient plus au téléphone. Pour la première fois, il se sentit un peu inquiet. Il entra dans sa bibliothèque et promena un long regard sur les livres qui couvraient les murs. Il les regarda longuement, gravement: ces trésors accumulés parlaient tous en 15 faveur des hommes, ils les défendaient, plaidaient en leur faveur et suppliaient M. Karl de ne pas perdre courage, de ne pas désespérer. Platon, Montaigne, Erasme, Descartes, Heine[7] . . . Il fallait faire confiance à ces illustres pionniers; il fallait patienter, laisser à l'humain[8] le temps de se manifester, de s'orienter dans le[9] désordre 20 et le malentendu, et de reprendre le dessus. Les Français avaient même trouvé une bonne expression pour cela; ils disaient: Chassez le naturel, il revient au galop. Et la générosité, la justice, la raison allaient triompher cette fois encore, mais il était évident que cela risquait de prendre quelque temps. Il ne fallait ni perdre confiance 25 ni se décourager; cependant, il était tout de même bon de prendre quelques précautions.

M. Karl s'assit dans un fauteuil et se mit à réfléchir.

C'était un homme rond, au teint rose, aux lunettes malicieuses, aux lèvres fines dont les contours paraissaient avoir gardé la trace 30 de tous les bons mots qu'elles avaient lancés.

---

[6] **l'accès . . . lui fut . . . interdit** on l'empêcha d'entrer.

[7] Platon (427–347 av. J.-C.), philosophe grec, auteur de *La République* et d'autres dialogues; Erasme (1466–1536), savant hollandais et grand humaniste de la Renaissance; Montaigne (1533–1592), moraliste français, auteur des *Essais;* Descartes (1596–1650), philosophe et mathématicien français, auteur du *Discours de la méthode;* Heine (1797–1856), poète allemand.

[8] **laisser à l'humain** donner à la nature humaine.

[9] **dans le** au milieu de.

Il contempla longuement ses livres, ses boîtes de cigares, ses bonnes bouteilles, ses objets familiers, comme pour leur demander conseil, et peu à peu son œil s'anima, un bon sourire astucieux se répandit sur sa figure, et il leva son verre de fine vers les milliers de
5   volumes de la bibliothèque, comme pour les assurer de sa fidélité.

M. Karl avait à son service un couple de braves Munichois qui s'occupaient de lui depuis quinze ans. La femme servait d'économe et de cuisinière, préparait ses plats favoris; l'homme était chauffeur, jardinier et gardien de la maison. Herr Schutz avait une seule
10   passion: la lecture. Souvent, après le travail, alors que sa femme tricotait, il restait pendant des heures penché sur un livre que Herr Karl lui avait prêté. Ses auteurs favoris étaient Gœthe, Schiller,[10] Heine, Erasme; il lisait à haute voix à sa femme les passages les plus nobles et inspirés, dans la petite maison qu'ils occupaient au bout
15   du jardin. Souvent, lorsque M. Karl se sentait un peu seul, il faisait venir l'ami Schutz dans sa bibliothèque, et là, un cigare aux lèvres, ils s'entretenaient longuement de l'immortalité de l'âme, de l'existence de Dieu, de l'humanisme, de la liberté et de toutes ces belles choses que l'on trouvait dans les livres qui les entouraient et
20   sur lesquels ils promenaient leurs regards reconnaissants.

Ce fut donc vers l'ami Schutz et sa femme que Herr Karl se tourna en cette heure de péril. Il prit une boîte de cigares et une bouteille de schnaps,[11] se rendit dans la petite maison au bout du jardin et exposa son projet à ses amis.
25   Dès le lendemain, Herr et Frau Schutz se mirent au travail.

Le tapis de la bibliothèque fut roulé, le plancher percé et une échelle installée pour descendre dans la cave. L'ancienne entrée de la cave fut murée. Une bonne partie de la bibliothèque y fut transportée, suivie par les boîtes de cigares; le vin et les liqueurs s'y
30   trouvaient déjà. Frau Schutz aménagea la cachette avec tout le confort possible et, en quelques jours, avec ce sens bien allemand du *gemütlich*,[12] la cave devint une petite pièce agréable, bien arrangée. Le trou dans le parquet fut soigneusement dissimulé par un carreau bien ajusté et recouvert par le tapis. Puis Herr Karl sortit pour la

---

[10] Goethe (1749-1832), le plus célèbre écrivain allemand, auteur de *Faust*; Schiller (1759–1805), poète tragique et historien allemand.

[11] **schnaps** (mot allemand) une boisson alcoolique.

[12] **gemütlich** (mot allemand) agréable et confortable.

dernière fois dans la rue, en compagnie de Herr Schutz, signa
certains papiers, effectua une vente fictive pour mettre son usine et
sa maison à l'abri d'une confiscation; Herr Schutz insista d'ailleurs
pour lui remettre des contre-lettres et des documents qui allaient
permettre au propriétaire légitime de rentrer en possession de ses   5
biens, le moment venu. Puis les deux complices revinrent à la
maison et Herr Karl, un sourire malin aux lèvres, descendit dans sa
cachette pour y attendre, bien à l'abri, le retour de la bonne saison.

Deux fois par jour, à midi et à sept heures, Herr Schutz soulevait
le tapis, retirait le carreau, et sa femme descendait dans la cave des   10
petits plats bien cuisinés, accompagnés d'une bouteille de bon vin,
et, le soir, Herr Schutz venait régulièrement s'entretenir avec son
employeur et ami de quelque sujet élevé, des droits de l'homme, de
la tolérance, de l'éternité de l'âme, des bienfaits de la lecture et de
l'éducation, et la petite cave paraissait tout illuminée par ces vues   15
généreuses et inspirées.

Au début, M. Karl se faisait également descendre des journaux,
et il avait son poste de radio à côté de lui, mais, au bout de six mois,
comme les nouvelles devenaient de plus en plus décourageantes et
que[13] le monde semblait aller vraiment à sa perdition, il fit enlever   20
la radio, pour qu'aucun écho d'une actualité passagère ne vînt
entamer la confiance inébranlable qu'il entendait conserver dans la
nature humaine, et, les bras croisés sur la poitrine, un sourire aux
lèvres, il demeura ferme dans ses convictions, au fond de sa cave,
refusant tout contact avec une réalité accidentelle et sans lende-   25
main. Il finit même par refuser de lire les journaux, par trop
déprimants, et se contenta de relire les chefs-d'œuvre de sa bibliothèque, puisant au contact de ces démentis que le permanent
infligeait au temporaire la force qu'il fallait pour conserver sa foi.

Herr Schutz s'installa avec sa femme dans la maison, qui fut   30
miraculeusement épargnée par les bombardements. A l'usine, il
avait d'abord eu quelques difficultés, mais les papiers étaient là pour
prouver qu'il était devenu le propriétaire légitime de l'affaire, après
la fuite de Herr Karl à l'étranger.

La vie à la lumière artificielle et le manque d'air frais ont aug-   35
menté encore l'embonpoint de Herr Karl, et ses joues, avec le
passage des années, ont perdu depuis longtemps leur teint rose,

---

[13] **que** parce que.

mais son optimisme et sa confiance dans l'humanité sont demeurés intacts. Il tient bon dans sa cave, en attendant que la générosité et la justice triomphent sur la terre, et, bien que les nouvelles que l'ami Schutz lui apporte du monde extérieur soient fort mauvaises,
5 il refuse de désespérer.

Quelques années après la chute du régime hitlérien, un ami de Herr Karl, revenu d'émigration, vint frapper à la porte de l'hôtel particulier de la Schillerstrasse.[14]
      Un homme grand et grisonnant, un peu voûté, d'aspect studieux,
10 vint lui ouvrir. Il tenait encore un ouvrage de Gœthe à la main. Non, Herr Lœwy n'habitait plus ici. Non, on ne savait pas ce qu'il était devenu. Il n'avait laissé aucune trace, et toutes les enquêtes faites depuis la fin de la guerre n'avaient donné aucun résultat. *Grüss Gott!*[15] La porte se referma. Herr Schutz rentra dans la
15 maison et se dirigea vers la bibliothèque. Sa femme avait déjà préparé le plateau. Maintenant que l'Allemagne connaissait à nouveau l'abondance, elle gâtait Herr Karl et lui cuisinait les mets les plus délicieux. Le tapis fut roulé et le carreau retiré du plancher. Herr Schutz posa le volume de Gœthe sur la table et descendit avec
20 le plateau.
      Herr Karl est bien affaibli, maintenant, et il souffre d'une phlébite. De plus, son cœur commence à flancher. Il faudrait un médecin, mais il ne peut pas exposer les Schutz à ce risque; ils seraient perdus si on savait qu'ils cachent un Juif humaniste dans
25 leur cave depuis des années. Il faut patienter, se garder du doute; la justice, la raison et la générosité naturelle reprendront bientôt le dessus. Il ne faut surtout pas se décourager. M. Karl, bien que très diminué, conserve tout son optimisme, et sa foi humaine est entière. Chaque jour, lorsque Herr Schutz descend dans la cave avec les
30 mauvaises nouvelles — l'occupation de l'Angleterre[16] par Hitler fut un choc particulièrement dur — c'est Herr Karl qui l'encourage et le déride par quelque bon mot. Il lui montre les livres sur les murs et il lui rappelle que l'humain finit toujours par triompher et que c'est ainsi que les plus grands chefs-d'œuvre ont pu naître, dans cette

---

[14] **Schillerstrasse** le nom d'une rue.
[15] **Grüss Gott** (mots allemands) Normalement l'expression veut dire 'bonjour', mais ici elle a le sens insolite de 'adieu'.
[16] **l'occupation de l'Angleterre** nouvelle aussi fausse que mauvaise!

confiance et dans cette foi. Herr Schutz ressort toujours de la cave fortement rasséréné.

La fabrique de jouets marche admirablement; en 1950, Herr Schutz a pu l'agrandir et doubler le chiffre des ventes; il s'occupe avec compétence de l'affaire.   5

Chaque matin, Frau Schutz descend un bouquet de fleurs fraîches qu'elle place au chevet de Herr Karl. Elle lui arrange ses oreillers, l'aide à changer de position et le nourrit à la cuiller, car il n'a plus la force de s'alimenter lui-même. Il peut à peine parler, à présent; mais parfois ses yeux s'emplissent de larmes, son regard reconnais-   10 sant se pose sur les visages des braves gens qui ont su si bien soutenir la confiance qu'il avait placée en eux et dans l'humanité en général; on sent qu'il mourra heureux, en tenant dans chacune de ses mains la main de ses fidèles amis, et avec la satisfaction d'avoir vu juste.   15

Questions

1. Sur quels aspects du caractère de Karl Lœwy l'auteur insiste-t-il dans son portrait?

2. Etudiez la manière dont l'auteur présente l'optimisme de Lœwy. Exemple: Quel effet est créé par la juxtaposition de 'la nature humaine' et des 'bons cigares' au premier paragraphe?

3. Est-ce que cet optimisme se justifie par les faits? Précisez la fonction de l'optimisme par rapport à l'intention de l'auteur.

4. Pourquoi la confiance de Lœwy en la nature humaine est-elle si souvent associée dans le texte au confort matériel?

5. Pourquoi les premières années du régime ne sont-elles ni périlleuses ni pénibles pour Karl Lœwy?

6. Pendant ce temps-là, que deviennent ses frères de race?

7. Quel changement la guerre amène-t-elle?

8. Pourquoi Lœwy se sent-il inquiet pour la première fois?

9. Que révèle la scène dans la bibliothèque où Lœwy regarde ses livres?

10. Sur quoi repose son idéalisme? En quoi la vie contredit-elle ses lectures?

11. Que signifie l'expression française, 'Chassez le naturel, il revient au galop'?

12. Y a-t-il de l'ironie dans le fait que l'affirmation de la confiance de Lœwy est suivie par les précautions qu'il prend? Expliquez.

13. Quelle était la seule passion de Herr Schutz? Est-ce que ses belles lectures ont une grande influence sur sa vie personnelle?

14. Quel est le projet de Herr Karl dans son heure de péril?

15. Commentez le sens profond de la retraite de Herr Karl.

16. Décrivez la vie quotidienne de ce reclus.

17. Après six mois, pourquoi Lœwy fait-il enlever la radio, pourquoi refuse-t-il de lire les journaux?

18. Où s'installent Herr Schutz et sa femme?

19. Pourquoi Romain Gary parle-t-il dans le même paragraphe des ravages du temps sur la physionomie de Herr Karl et de sa confiance restée intacte? Qu'est-ce qui ressort de cette juxtaposition?

20. Quelles nouvelles Schutz continue-t-il à apporter à son ancien maître?

21. Que raconte Schutz à l'ami qui vient chercher Herr Karl quelques années après la chute du régime hitlérien?

22. Le fait que Schutz, devenu propriétaire aux dépens de Lœwy, continue à lire les grands auteurs vous paraît-il significatif? Commentez.

23. Quel partage reçoit Herr Karl de l'abondance que connaît maintenant l'Allemagne?

24. Pourquoi Lœwy refuse-t-il de faire venir un médecin?

25. Qu'y a-t-il d'ironique dans la scène où Herr Karl encourage Schutz, qui vient annoncer de fausses nouvelles?

26. Pourquoi Herr Schutz est-il fortement rasséréné en sortant de la cave?

27. Pourquoi Gary donne-t-il les détails sur le progrès de la fabrique?

28. Commentez la dernière description de Herr Karl affaibli, incapable de se nourrir, mais toujours confiant.

29. Quelle conclusion faut-il tirer de la victoire des Schutz et de la fin de Herr Karl, dupe de son optimisme?

30. L'obstination de Herr Karl vous paraît-elle comique? Tragique? Les deux?

31. Précisez l'attitude de l'auteur vis-à-vis de son humaniste. Se moque-t-il de son personnage? De l'humanisme?

32. S'agit-il dans cette nouvelle de la défaite de l'humanisme? Est-ce maintenant une valeur périmée selon l'auteur?

33. Romain Gary joue-t-il sur l'ambiguité dans cette nouvelle?

34. Sur quelle contradiction essentielle cette nouvelle est-elle fondée?

André Maurois

André Maurois (de son vrai nom Emile Herzog) naquit à Elbeuf,
près de Rouen, le 26 juillet 1885. C'est au moment où il débuta
comme écrivain qu'il adopta le nom par lequel il est universellement
connu. Il fit de brillantes études à l'université de Caen, sous le
célèbre philosophe Alain (Emile Chartier). Celui-ci, sachant que le
jeune Herzog se sentait déjà appelé à la vocation d'écrivain, l'y
encouragea, mais en même temps il lui conseilla de prendre d'abord
quelque expérience de la vie, de faire un métier, afin de mieux connaître la réalité quotidienne qui forme la base de toute littérature
créatrice. L'élève suivit les conseils du maître, et, au sortir de
l'université, il travailla dans l'usine de drap de son père jusqu'au
commencement de la guerre de 1914. Comme il parlait couramment
l'anglais, il fut nommé officier de liaison attaché à un régiment de
l'armée britannique, où ses observations lui inspirèrent son premier
livre, *Les Silences du colonel Bramble* (1918), recueil de portraits à la
fois satiriques et sympathiques de certains types militaires anglais.
Le succès retentissant de ce livre lança Maurois dans la carrière
littéraire dont il rêvait depuis sa jeunesse, et, dès la fin des hostilités,
il se consacra entièrement à la littérature. Comme homme de lettres
il affectionnait surtout la biographie. Sa production dans ce genre
où il excelle s'étend sur une période de plus de quarante ans, de 1924
(*Ariel ou la vie de Shelley*) à 1965, date où il acheva, à l'âge de 80
ans, son chef-d'œuvre, *Prométhée ou la vie de Balzac*. Ses biographies
sont très nombreuses, les plus estimées étant *A la recherche de Marcel
Proust* (1949), *Lélia ou la vie de George Sand* (1952) et *Olympio ou
la vie de Victor Hugo* (1956). Sa vie de Balzac, ouvrage monumental,
mérite amplement les éloges unanimes de la critique.

Maurois exerçait son métier de biographe en érudit et en artiste à
la fois; ses ouvrages dans ce genre sont rigoureusement et pleine-
ment documentés, tandis que son style élégant et lucide évite la

lourdeur qui caractérise trop souvent cette sorte de livre. Ses vies de gens de lettres ont un attrait particulier pour le lecteur moyen précisément parce qu'il savait toujours subordonner la part de l'érudition à celle de l'art d'écrire et parce que, en tant que critique littéraire, il avait le grand talent d'établir d'étroits rapports entre la vie et l'œuvre d'un écrivain. En somme, les biographies de Maurois sont des ouvrages vraiment créateurs qui ont pris leur place parmi les meilleurs livres «vie et œuvres» que nous possédions. Dans le champ de l'érudition, d'ailleurs, il ne se limitait pas à la bio-graphie, produisant aussi des livres d'histoire et de critique littéraire.

Grâce à ses contributions de plus en plus importantes à la littérature, Maurois fut nommé, pendant les années trente, chevalier de l'Ordre de l'Empire Britannique et commandeur de la Légion d'Honneur. Il fut élu à l'Académie Française en 1939.

Maurois écrivit quelques romans, dont le plus connu est *Climats*, où il étudie l'amour comme une force motrice et formative qui change profondément non seulement le cours mais les contours et jusqu'aux goûts de la vie des trois personnages principaux.

En plus de ses romans, Maurois écrivit une quarantaine de nouvel-les et de contes, dont les meilleurs ont été réunis dans la collection *Pour Piano seul* (1961) et qui traitent presque exclusivement du monde bourgeois, qu'il connaissait à fond. Il observait d'un œil impartial les habitants de ce milieu, aimant surtout à les placer dans des situations équivoques qu'il savait alors développer avec une ironie amusée mais non dépourvue d'indulgence envers ses person-nages. La nouvelle que nous offrons ici, «Thanatos Palace Hotel», est ingénieusement composée pour nous transporter dans le domaine du mystère, voire du macabre, de façon à piquer notre curiosité et à la satisfaire finalement d'une manière imprévue.

Thanatos Palace Hotel

André Maurois

—Combien, Steel? demanda Jean Monnier.

—$59\frac{1}{4}$, répondit une des douze dactylographes.

Les cliquetis de leurs machines esquissaient un rythme de jazz. Par la fenêtre, on apercevait les immeubles géants de Manhattan. Les téléphones ronflaient, et les rubans de papier, en se déroulant, emplissaient le bureau, avec une incroyable rapidité, de leurs sinistres serpentins couverts de lettres et de chiffres.

—Combien, Steel? dit encore Jean Monnier.

—59, répondit Gertrude Owen.

Elle s'arrêta un instant pour regarder le jeune Français. Prostré dans un fauteuil, la tête dans les mains, il semblait anéanti.

«Encore un qui a joué, pensa-t-elle. Tant pis pour lui! . . . Et tant pis pour Fanny . . .»

Car Jean Monnier, attaché au bureau de New York de la Banque Holmann, avait épousé, deux ans plus tôt, sa secrétaire américaine.

—Combien, Kennecott? dit encore Jean Monnier.

—28, répondit Gertrude Owen.

Une voix, derrière la porte, cria. Harry Cooper entra. Jean Monnier se leva.

—Quelle séance! dit Harry Cooper. Vingt pour cent de baisse sur toute la cote. Et il se trouve[1] encore des imbéciles pour dire que ceci n'est pas une crise!

—C'est une crise, dit Jean Monnier.

Et il sortit.

—Celui-là est touché, dit Harry Cooper.

—Oui, dit Gertrude Owen. Il a joué sa chemise. Fanny me l'a dit. Elle va le quitter ce soir.

—Qu'est-ce qu'on y peut? dit Harry Cooper. C'est la crise.

---

[1] **il se trouve** il y a.

Les belles portes de bronze de l'ascenseur glissèrent.

— Down, dit Jean Monnier.

— Combien, Steel? demanda le garçon de l'ascenseur.

— 59, dit Jean Monnier.

Il avait acheté à 112. Perte: cinquante-trois dollars par titre. Et 5
ses autres achats ne valaient pas mieux. Toute la petite fortune
jadis gagnée dans l'Arizona avait été versée pour marge de ces
opérations. Fanny n'avait jamais eu un cent. C'était fini. Quand il
fut dans la rue, se hâtant vers son train, il essaya d'imaginer
l'avenir. Recommencer? Si Fanny montrait du courage, ce n'était 10
pas impossible. Il se souvint de ses premières luttes, des troupeaux
gardés dans le désert, de sa rapide ascension. Après tout, il avait à
peine trente ans. Mais il savait que Fanny serait impitoyable.

Elle le fut.

Lorsque, le lendemain matin, Jean Monnier se réveilla seul, il se 15
sentit sans courage. Malgré la sécheresse de Fanny, il l'avait aimée.
La négresse lui servit sa tranche de melon, sa bouillie de céréales[2]
et demanda de l'argent.

— Où est la maîtresse, Mister?

— En voyage. 20

Il lui donna quinze dollars, puis fit sa caisse.[3] Il lui restait un peu
moins de six cents dollars. C'était de quoi[4] vivre deux mois, trois
peut-être . . . Ensuite? Il regarda par la fenêtre. Presque chaque
jour, depuis une semaine, on lisait dans les journaux des récits de
suicides. Banquiers, commis, spéculateurs préféraient la mort à une 25
bataille déjà perdue. Une chute de vingt étages? Combien de
secondes? Trois? Quatre? Puis cet écrasement . . . Mais si le choc ne
tuait pas? Il imagina des souffrances atroces, des membres brisés,
des chairs anéanties. Il soupira, puis, un journal sous le bras, alla
déjeuner au restaurant et s'étonna de trouver encore bon goût à 30
des crêpes arrosées de sirop d'érable.

«Thanatos[5] Palace Hotel, New Mexico . . .» Qui m'écrit de cette
adresse bizarre?

---

[2] **bouillie de céréales**　céréales cuites en purée.

[3] **fit sa caisse**　calcula le total de son argent.

[4] **de quoi**　assez pour.

[5] **Thanatos**　mot grec pour 'la mort'.

Il y avait aussi une lettre de Harry Cooper, qu'il lut la première.
Le patron demandait pourquoi il n'avait pas reparu au bureau. Son
compte était débiteur de[6] huit cent quatre-vingt-treize dollars
. . . Que comptait-il faire à ce sujet? . . . Question cruelle, ou
5 naïve. Mais la naïveté n'était pas l'un des vices de Harry Cooper.

L'autre lettre. Au-dessous de trois cyprès gravés, on lisait:

THANATOS PALACE HOTEL.

Directeur: Henry Boerstecher.

«Cher Mr. Monnier,

10   «Si nous nous adressons à vous aujourd'hui, ce n'est pas au hasard,
mais parce que nous possédons sur vous des renseignements qui
nous permettent d'espérer que nos services pourront vous être
utiles.

«Vous n'êtes certainement pas sans avoir remarqué que, dans la
15 vie de l'homme le plus courageux, peuvent surgir des circonstances
si complètement hostiles que la lutte devient impossible et que
l'idée de la mort apparaît alors comme une délivrance.

«Fermer les yeux, s'endormir, ne plus se réveiller, ne plus entendre les questions, les reproches . . . Beaucoup d'entre nous ont
20 fait ce rêve, formulé ce vœu . . . Pourtant, hors quelques cas très
rares, les hommes n'osent pas s'affranchir de leurs maux, et on le
comprend lorsqu'on observe ceux d'entre eux qui ont essayé de le
faire. Tel qui a voulu se tirer une balle dans le crâne n'a réussi qu'à
se couper le nerf optique et à se rendre aveugle. Tel autre, qui a cru
25 s'endormir et s'empoisonner au moyen de quelque barbiturique,
s'est trompé de dose et se réveille trois jours plus tard le cerveau
liquéfié, la mémoire abolie, les membres paralysés. Le suicide est un
art qui n'admet ni la médiocrité, ni l'amateurisme, et qui pourtant,
par sa nature même, ne permet pas d'acquérir une expérience.

30   «Cette expérience, cher Mr. Monnier, si, comme nous le croyons,
le problème vous intéresse, nous sommes prêts à vous l'apporter.[7]
Propriétaires d'un hôtel situé à la frontière des Etats-Unis et du
Mexique, affranchis de tout contrôle gênant par le caractère
désertique de la région, nous avons pensé que notre devoir était
35 d'offrir à ceux de nos frères humains qui, pour des raisons sérieuses,

---

[6] **était débiteur de** devait.

[7] **Cette expérience . . . prêts à vous l'apporter** Ordre normal: Nous sommes prêts à
vous apporter cette expérience, cher Mr. Monnier, si, etc.

irréfutables, souhaiteraient quitter cette vie, les moyens de le faire sans souffrances et, oserions-nous presque écrire, sans danger.

«Au *Thanatos Palace Hotel*, la mort vous atteindra dans votre sommeil et sous la forme la plus douce. Notre habileté technique, acquise au cours de quinze années de succès ininterrompus (nous avons reçu, l'an dernier, plus de deux mille clients) nous permet de garantir un dosage minutieux et des résultats immédiats. Ajoutons que, pour les visiteurs que tourmenteraient de légitimes scrupules religieux, nous supprimons, par une méthode ingénieuse, toute responsabilité morale.

«Nous savons très bien que la plupart de nos clients disposent de peu d'argent et que la fréquence des suicides est inversement proportionnelle aux soldes créditeurs des comptes en banque. Aussi nous sommes-nous efforcés, sans jamais sacrifier le confort, de ramener les prix du *Thanatos* au plus bas niveau possible. Il vous suffira de déposer, en arrivant, trois cents dollars. Cette somme vous défraiera de toute dépense pendant votre séjour chez nous, séjour dont la durée doit demeurer pour vous inconnue, paiera les frais de l'opération, ceux des funérailles et enfin l'entretien de la tombe. Pour des raisons évidentes, le service est compris dans ce forfait et aucun pourboire ne vous sera réclamé.

«Il importe d'ajouter que le *Thanatos* est situé dans une région naturelle de grande beauté, qu'il possède quatre tennis, un golf de dix-huit trous et une piscine olympique. Sa clientèle étant composée de personnes des deux sexes et qui appartiennent presque toutes à un milieu social raffiné, l'agrément social du séjour, rendu particulièrement piquant par l'étrangeté de la situation, est incomparable. Les voyageurs sont priés de descendre à la gare de Deeming, où l'autocar de l'hôtel viendra les chercher. Ils sont priés d'annoncer leur arrivée, par lettre ou câble, au moins deux jours à l'avance. Adresse télégraphique: *Thanatos*, Coronado, New Mexico.»

Jean Monnier prit un jeu de cartes et les disposa pour une réussite que lui avait enseignée Fanny.

Le voyage fut très long. Pendant des heures, le train traversa des champs de coton où, émergeant d'une mousse blanche, travaillaient des nègres. Puis des alternances de sommeil et de lecture remplirent deux jours et deux nuits. Enfin le paysage devint rocheux, titanesque et féerique. Le wagon roulait au fond d'un ravin, entre des

rochers d'une prodigieuse hauteur. D'immenses bandes violettes, jaunes et rouges rayaient transversalement les montagnes. A mi-hauteur flottait une longue écharpe de nuages. Dans les petites gares où s'arrêtait le train, on entrevoyait des Mexicains aux larges
5 feutres, aux vestes de cuir brodé.

—Prochaine station: Deeming, dit à Jean Monnier le nègre du pullman . . . Faire vos chaussures, Monsieur?

Le Français rangea ses livres et ferma ses valises. La simplicité de son dernier voyage l'étonnait. Il perçut le bruit d'un torrent. Les
10 freins grincèrent. Le train stoppa.

— *Thanatos*, sir? demanda le porteur indien qui courait le long des wagons.

Déjà cet homme avait sur sa charrette les bagages de deux jeunes filles blondes qui le suivaient.

15 «Est-il possible, pensa Monnier, que ces filles charmantes viennent ici pour mourir?»

Elles aussi le regardaient, très graves, et murmuraient des mots qu'il n'entendait pas.

L'omnibus du *Thanatos* n'avait pas, comme on aurait pu le
20 craindre, l'aspect d'un corbillard. Peint en bleu vif, capitonné bleu et orange, il brillait au soleil, parmi les voitures délabrées qui donnaient à cette cour, où juraient des Espagnols et des Indiens, un aspect de foire à la ferraille. Les rochers qui bordaient la voie étaient couverts de lichens qui enveloppaient la pierre d'un voile
25 gris-bleu. Plus haut brillaient les teintes vives des roches métalliques. Le chauffeur, qui portait un uniforme gris, était un gros homme aux yeux exorbités. Jean Monnier s'assit à côté de lui, par discrétion et pour laisser seules ses compagnes; puis, tandis que, par des tournants en épingle à cheveux, la voiture partait à l'assaut[8] de
30 la montagne, le Français essaya de faire parler son voisin:

—Il y a longtemps que vous êtes le chauffeur du *Thanatos*?

—Trois ans, grommela l'homme.

—Cela doit être une étrange place.

—Etrange? dit l'autre. Pourquoi étrange? Je conduis ma voiture.
35 Qu'y a-t-il là d'étrange?

—Les voyageurs que vous amenez redescendent-ils jamais?

—Pas souvent, dit l'homme, avec un peu de gêne. Pas souvent . . .

———————

[8] **partait à l'assaut** commençait l'ascente.

Mais cela arrive. J'en suis un example.

— Vous? Vraiment? . . . Vous étiez venu ici comme . . . client?

— Monsieur, dit le chauffeur, j'ai accepté ce métier pour ne plus parler de moi, et ces tournants sont difficiles. Vous ne voulez tout de même pas que je vous tue, vous et ces deux jeunes filles? ⁵

— Evidemment non, dit Jean Monnier.

Puis il pensa que sa réponse était drôle et il sourit.

Deux heures plus tard, le chauffeur, sans un mot, lui montra du doigt, sur le plateau, la silhouette du *Thanatos*.

L'hôtel était bâti dans le style hispano-indien, très bas, avec des ¹⁰ toits en terrasses et des murs rouges dont le ciment imitait assez grossièrement l'argile. Les chambres s'ouvraient au midi,⁹ sur des porches ensoleillés. Un portier italien accueillit les voyageurs. Son visage rasé évoqua tout de suite, pour Jean Monnier, un autre pays, les rues d'une grande ville, des boulevards fleuris. ¹⁵

— Où diable vous ai-je vu? demanda-t-il au portier, tandis qu'un page-boy prenait sa valise.

— Au *Ritz* de Barcelone, monsieur . . . Mon nom est Sarconi . . . J'ai quitté au moment de la révolution . . .

— De Barcelone au Nouveau-Mexique! Quel voyage! ²⁰

— Oh! monsieur, le rôle du concierge est le même partout . . . Seulement, les papiers que je dois vous demander de remplir sont un peu plus compliqués ici qu'ailleurs . . . Monsieur m'excusera.

Les imprimés qui furent tendus aux trois arrivants étaient en effet chargés de cases, de questions et de notes explicatives. Il était ²⁵ recommandé d'indiquer avec une grande précision la date et le lieu de naissance, les personnes à prévenir en cas d'accident:

«Prière de donner¹⁰ au moins deux adresses de parents ou d'amis et surtout de recopier à la main, dans votre langue usuelle, la formule A ci-dessous: ³⁰

«Je soussigné, ..., sain de corps et d'esprit, certifie que c'est volontairement que je renonce à la vie et décharge de toute responsabilité, en cas d'accident, la direction et le personnel du *Thanatos Palace Hotel* . . .»

Assises l'une en face de l'autre à une table voisine, les deux jolies ³⁵

---

⁹ **au midi** au sud.
¹⁰ **Prière de donner** Donnez, s'il vous plaît.

filles recopiaient avec soin la formule A, et Jean Monnier remarqua qu'elles avaient choisi le texte allemand.

Henry M. Boerstecher, directeur, était un homme tranquille, aux lunettes d'or, très fier de son établissement.

5 — L'hôtel est à vous? demanda Jean Monnier.

— Non, monsieur, l'hôtel appartient à une Société Anonyme, mais c'est moi qui en ai eu l'idée et qui en suis directeur à vie.[11]

— Et comment n'avez-vous pas les plus graves ennuis avec les autorités locales?

10 — Des ennuis? dit M. Boerstecher, surpris et choqué. Mais nous ne faisons rien, monsieur, qui soit contraire à nos devoirs d'hôteliers. Nous donnons à nos clients ce qu'ils désirent, tout ce qu'ils désirent, rien de plus ... D'ailleurs, monsieur, il n'y a pas ici d'autorités locales. Ce territoire est si mal délimité que nul ne sait exactement

15 s'il fait partie du Mexique ou des Etats-Unis. Longtemps, ce plateau a passé pour être[12] inaccessible. Une légende voulait qu'une bande d'Indiens s'y fût réunie, il y a quelques centaines d'années, pour mourir ensemble et pour échapper aux Européens, et les gens du pays prétendaient que les âmes de ces morts interdisaient l'accès de

20 la montagne. C'est la raison pour laquelle nous avons pu acquérir le terrain pour un prix tout à fait raisonnable et y mener une existence indépendante.

— Et jamais les familles de vos clients ne vous poursuivent?

— Nous poursuivre! s'écria M. Boerstecher, indigné, et pourquoi,

25 grand Dieu? Devant quels tribunaux? Les familles de nos clients sont trop heureuses, monsieur, de voir se dénouer sans publicité des affaires qui sont délicates et même, presque toujours, pénibles .. Non, non, monsieur, tout se passe ici gentiment, correctement, et nos clients sont pour nous des amis ... Vous plairait-il de voir votre

30 chambre? ... Ce sera, si vous le voulez bien, le 113 ... Vous n'êtes pas superstitieux?

— Pas du tout, dit Jean Monnier. Mais j'ai été élevé religieusement et je vous avoue que l'idée d'un suicide me déplaît ...

— Mais il n'est pas et ne sera pas question de suicide, monsieur!

35 dit M. Boerstecher d'un ton si péremptoire que son interlocuteur

---

[11] **à vie** permanent.
[12] **a passé pour être** a été considéré.

n'insista pas. Sarconi, vous montrerez le 113 à M. Monnier. Pour les[13] trois cents dollars, monsieur, vous aurez l'obligeance de les verser en passant, au caissier, dont le bureau est voisin du mien.

Ce fut en vain que, dans la chambre 113, qu'illuminait un admirable coucher de soleil, Jean Monnier chercha trace d'engins 5 mortels.[14]

— A quelle heure est le dîner?

— A huit heures trente, Sir, dit le valet.

— Faut-il s'habiller?[15]

— La plupart des gentlemen le font, Sir. 10

— Bien! Je m'habillerai ... Préparez-moi une cravate noire et une chemise blanche.

Lorsqu'il descendit dans le hall, il ne vit en effet que femmes en robes décolletées, hommes en smoking. M. Boerstecher vint au-devant de lui, officieux et déférent: 15

— Ah! monsieur Monnier ... Je vous cherchais ... Puisque vous êtes seul, j'ai pensé que peut-être il vous serait agréable de partager votre table avec une de nos clientes, Mrs. Kirby-Shaw.

Monnier fit un geste d'ennui:

— Je ne suis pas venu ici, dit-il, pour mener une vie mondaine ... 20 Pourtant ... Pouvez-vous me montrer cette dame sans me présenter?

— Certainement, monsieur Monnier ... Mrs. Kirby-Shaw est la jeune femme en robe de crêpe-satin blanc qui est assise près du piano et qui feuillette un magazine ... Je ne crois pas que son 25 aspect physique puisse déplaire ... Loin de là ... Et c'est une dame bien agréable, de bonnes manières, intelligente, artiste ...

A coup sûr, Mrs. Kirby-Shaw était une très jolie femme. Des cheveux bruns, coiffés en petites boucles, tombaient en chignon bas jusqu'à la nuque et dégageaient un front haut et vigoureux. Les 30 yeux étaient tendres, spirituels. Pourquoi diable être[16] aussi plaisant voulait-il mourir?

— Est-ce que Mrs. Kirby-Shaw? ... Enfin, cette dame est-elle

---

[13] **Pour les** Quant aux.

[14] **engins mortels** machines ou instruments qui tuent.

[15] **s'habiller** s'habiller en tenue de soirée.

[16] **être** personne.

une de vos clientes au même titre[17] et pour les mêmes raisons que moi?

—Certainement, dit M. Boerstecher, qui sembla charger cet adverbe d'un sens lourd. Cer-tai-ne-ment.

—Alors, présentez-moi.

5   Quand le dîner, simple, mais excellent et bien servi, se termina, Jean Monnier connaissait déjà, au moins dans ses traits essentiels, la vie de Clara Kirby-Shaw. Mariée avec un homme riche, d'une grande bonté, mais qu'elle n'avait jamais aimé, elle l'avait quitté, six mois plus tôt, pour suivre en Europe un jeune écrivain, séduisant 10 et cynique, qu'elle avait rencontré à New York. Ce garçon, qu'elle avait cru prêt à l'épouser dès qu'elle aurait obtenu son divorce, s'était montré, dès leur arrivée en Angleterre, décidé à se débarrasser d'elle le plus rapidement possible. Surprise et blessée par sa dureté, elle avait tenté de lui faire comprendre tout ce qu'elle avait 15 abandonné pour lui et l'affreuse situation où elle allait se trouver. Il avait beaucoup ri:

«Clara, en vérité, lui avait-il dit, vous êtes une femme d'un autre temps!... Si je vous avais sue à ce point victorienne,[18] je vous aurais laissée à votre époux, à vos enfants . . . Il faut les rejoindre, 20 ma chère . . . Vous êtes faite pour élever sagement une famille nombreuse.»

Elle avait alors conçu un dernier espoir d'amener son mari, Norman Kirby-Shaw, à la reprendre. Elle était certaine que, si elle avait pu le revoir seul, elle l'eût aisément reconquis. Entouré de sa 25 famille, de ses associés, qui avaient exercé sur lui une pression constante, hostile à Clara, Norman s'était montré inflexible. Après plusieurs tentatives humiliantes et vaines, elle avait, un matin, trouvé dans son courrier le prospectus du *Thanatos* et compris que là était la seule solution, immédiate et facile, de son douloureux 30 problème.

—Et vous ne craignez pas la mort? avait demandé Jean Monnier.

—Si, bien sûr . . . Mais moins que je ne crains la vie . . .

—C'est une belle réplique, dit Jean Monnier.

—Je n'ai pas voulu qu'elle fût belle, dit Clara. Et maintenant, 35 racontez-moi pourquoi vous êtes ici.

---

[17] **au même titre** de la même manière.
[18] **Si je vous avais sue à ce point victorienne** Si j'avais su que vous étiez tellement victorienne.

Quand elle eut entendu le récit de Jean Monnier, elle le blâma beaucoup:

— Mais c'est presque incroyable! dit-elle. Comment! Vous voulez mourir parce que vos valeurs ont baissé? ... Ne croyez-vous pas que dans un an, deux ans, trois ans au plus, si vous avez le courage 5 de vivre, vous aurez oublié et peut-être réparé vos pertes? ...

— Mes pertes ne sont qu'un prétexte. Elles ne seraient rien, en effet, s'il me restait quelque raison de vivre ... Mais je vous ai dit aussi que ma femme m'a renié ... Je n'ai en France aucune famille proche; je n'y ai laissé aucune amie ... Et puis, pour être tout à fait 10 sincère, j'avais déjà quitté mon pays à la suite d'une déception sentimentale ... Pour qui lutterais-je maintenant?

— Mais pour vous-même ... Pour les êtres qui vous aimeront ... et que vous ne pouvez manquer de rencontrer ... Parce que vous avez constaté, en des circonstances pénibles, l'indignité de quelques 15 femmes, ne jugez pas injustement toutes les autres ...

— Vous croyez vraiment qu'il existe des femmes ... Je veux dire des femmes que je puisse aimer ... et qui soient capables d'accepter, au moins pendant quelques années, une vie de pauvreté et de combat?

— J'en suis certaine, dit-elle. Il y a des femmes qui aiment la lutte 20 et qui trouvent à la pauvreté je ne sais quel attrait romanesque ... Moi, par exemple.

— Vous?

— Oh! je voulais seulement dire ...

Elle s'arrêta, hésita, puis reprit: 25

— Je crois qu'il nous faudrait regagner le hall ... Nous restons seuls dans la salle à manger, et le maître d'hôtel rôde autour de nous avec désespoir.

— Vous ne croyez pas, dit-il, comme il plaçait sur les épaules de Clara Kirby-Shaw une cape d'hermine, vous ne croyez pas que ... 30 dès cette nuit? ...

— Oh, non! dit-elle. Vous venez d'arriver ...

— Et vous?

— Je suis ici depuis deux jours.

Quand ils se séparèrent, ils avaient convenu de faire ensemble, le 35 lendemain matin, une promenade en montagne.

Un soleil matinal baignait le porche d'une nappe oblique de lumière et de tiédeur. Jean Monnier, qui venait de prendre une douche glacée, se surprit à penser: «Qu'il fait bon vivre!...» Puis il se dit qu'il n'avait plus devant lui que quelques dollars et quelques jours. Il soupira:

«Dix heures!... Clara va m'attendre.»

5   Il s'habilla en hâte et, dans un costume de lin blanc, se sentit léger. Quand il rejoignit, près du tennis, Clara Kirby-Shaw, elle était, elle aussi, vêtue de blanc et se promenait, encadrée des deux petites Autrichiennes, qui s'enfuirent en apercevant le Français.

— Je leur fais peur?

10   — Vous les intimidez... Elles me racontaient leur histoire.

— Intéressante?... Vous allez me la dire... Avez-vous pu dormir un peu?

— Oui, admirablement. Je soupçonne l'inquiétant Boerstecher de mêler du chloral[19] à nos breuvages.

15   — Je ne crois pas, dit-il. J'ai dormi comme une souche, mais d'un sommeil naturel, et je me sens ce matin parfaitement lucide.

Après un instant, il ajouta:

— Et parfaitement heureux.

Elle le regarda en souriant et ne répondit pas.

20   — Prenons ce sentier, dit-il, et contez-moi les petites Autrichiennes... Vous serez ici ma Schéhérazade[20]...

— Mais nos nuits ne seront pas mille et une...

— Hélas!... Nos nuits?...

Elle l'interrompit:

25   — Ces enfants sont deux sœurs jumelles. Elles ont été élevées ensemble, d'abord à Vienne, puis à Budapest, et n'ont jamais eu d'autres amies intimes. A dix-huit ans, elles ont rencontré un Hongrois, de noble et ancienne famille, beau comme un demi-dieu, musicien comme un Tzigane, et sont toutes deux, le même jour,

30   devenues follement amoureuses de lui. Après quelques mois, il a demandé en mariage l'une des sœurs. L'autre, désespérée, a tenté, mais en vain, de se noyer. Alors, celle qui avait été choisie a pris la résolution de renoncer, elle aussi, au comte Nicky et elles ont formé le projet de mourir ensemble... C'est le moment où, comme vous,

35   comme moi, elles ont reçu le prospectus du *Thanatos*.

— Quelle folie! dit Jean Monnier. Elles sont jeunes et ravis-

---

[19] **chloral** drogue somnifère.
[20] **Schéhérazade** reine légendaire du Samarkand qui empêcha son mari, le roi Schariar, de la mettre à mort en lui racontant les contes des *Mille et une nuits.*

santes . . . Que ne vivent-elles en Amérique, où d'autres hommes les aimeront? . . . Quelques semaines de patience . . .

— C'est toujours, dit-elle mélancoliquement, faute de patience que l'on est ici . . . Mais chacun de nous est sage pour tous les autres . . . Qui donc a dit que l'on a toujours assez de courage pour ⁵ supporter les maux d'autrui?

Pendant tout le jour, les hôtes du *Thanatos* virent un couple vêtu de blanc errer dans les allées du parc, au flanc des rochers, le long du ravin. L'homme et la femme discutaient avec passion. Quand la nuit tomba, ils revinrent vers l'hôtel, et le jardinier mexicain, les ¹⁰ voyant enlacés, détourna la tête.

Après le dîner, Jean Monnier, toute la soirée, chuchota dans le petit salon désert, près de Clara Kirby-Shaw, des phrases qui semblaient toucher celle-ci. Puis, avant de remonter dans sa chambre, il chercha M. Boerstecher. Il trouva le directeur assis devant un ¹⁵ grand registre noir. M. Boerstecher vérifiait des additions et, de temps à autre, d'un coup de crayon rouge, barrait une ligne.

— Bonsoir, monsieur Monnier! . . . Je puis faire quelque chose pour vous?

— Oui, monsieur Boerstecher . . . Du moins, je l'espère . . . Ce ²⁰ que j'ai à vous dire vous surprendra . . . Un changement si soudain . . . Mais la vie est ainsi . . . Bref, je viens vous annoncer que j'ai changé d'avis . . . Je ne veux plus mourir.

M. Boerstecher, surpris, leva les yeux:

— Parlez-vous sérieusement, monsieur Monnier? ²⁵

— Je sais bien, dit le Français, que je vais vous paraître incohérent, indécis . . . Mais n'est-il pas naturel, si les circonstances sont nouvelles, que changent aussi nos volontés?²¹ Il y a huit jours, quand j'ai reçu votre lettre, je me sentais désespéré, seul au monde . . . Je ne pensais pas que la lutte valût la peine d'être entre- ³⁰ prise . . . Aujourd'hui, tout est transformé . . . Et, au fond, c'est grâce à vous, monsieur Boerstecher.

— Grâce à moi, monsieur Monnier?

— Oui, car cette jeune femme en face de laquelle vous m'avez assis à table est celle qui a fait ce miracle . . . Mrs. Kirby-Shaw est ³⁵ une femme délicieuse, monsieur Boerstecher.

---

²¹ **que changent aussi nos volontés** Ordre normal: que nos volontés changent aussi.

— Je vous l'avais dit, monsieur Monnier.

— Délicieuse et héroïque . . . Mise au courant par moi de ma misérable situation, elle a bien voulu accepter de la partager . . . Cela vous surprend?

5 — Point du tout . . . Nous avons ici l'habitude de ces coups de théâtre[22] . . . Et je m'en réjouis, monsieur Monnier . . . Vous êtes jeune, très jeune . . .

— Donc, si vous n'y voyez point d'inconvénient, nous partirons demain, Mrs. Kirby-Shaw et moi-même, pour Deeming.

10 — Ainsi, Mrs. Kirby-Shaw, comme vous, renonce à . . .

— Oui, naturellement . . . D'ailleurs, elle vous le confirmera tout à l'heure . . . Reste à régler une question assez délicate . . . Les trois cents dollars que je vous ai versés et qui constituaient à peu près tout mon avoir sont-ils irrémédiablement acquis au 15 *Thanatos* ou puis-je, pour prendre nos billets, en récupérer une partie?

— Nous sommes d'honnêtes gens, monsieur Monnier . . . Nous ne faisons jamais payer des services qui n'ont pas été réellement rendus par nous. Dès demain matin, la caisse établira votre compte à 20 raison de vingt dollars par jour de pension, plus le service, et le solde vous sera remboursé.

— Vous êtes tout à fait courtois et généreux . . . Ah! monsieur Boerstecher, quelle reconnaissance ne vous dois-je point! Un bonheur retrouvé . . . Une nouvelle vie . . .

25 — A votre service, dit M. Boerstecher.

Il regarda Jean Monnier sortir et s'éloigner. Puis il appuya sur un bouton et dit:

— Envoyez-moi Sarconi.

Au bout de quelques minutes, le concierge parut.

30 — Vous m'avez demandé, Signor Directeur?

— Oui, Sarconi . . . Il faudra, dès ce soir, mettre les gaz au 113 . . . Vers deux heures du matin.

— Faut-il, Signor Directeur, envoyer du Somnial[23] avant le Léthal?[24]

35 — Je ne crois pas que ce soit nécessaire . . . Il dormira très bien . . .

---

[22] **coups de théâtre** incidents inattendus.
[23] **Somnial** mot inventé par l'auteur, signifiant 'gaz qui endort'.
[24] **Léthal** autre invention de l'auteur: 'gaz qui tue'.

C'est tout pour ce soir, Sarconi . . . Et, demain, les deux petites du 17, comme il était convenu.

Comme le concierge sortait Mrs. Kirby-Shaw parut à la porte du bureau.

— Entre, dit M. Boerstecher. Justement, j'allais te faire appeler. 5 Ton client est venu m'annoncer son départ.

— Il me semble, dit-elle, que je mérite des compliments . . . C'est du travail bien fait.

— Très vite . . . J'en tiendrai compte.

— Alors, c'est pour cette nuit?   10

— C'est pour cette nuit.

— Pauvre garçon! dit-elle. Il était gentil, romanesque . . .

— Ils sont tous romanesques, dit M. Boerstecher.

— Tu es tout de même cruel, dit-elle. C'est au moment précis où ils reprennent goût à la vie que tu les fais disparaître.   15

— Cruel? . . . C'est en cela au contraire que consiste toute l'humanité de notre méthode . . . Celui-ci avait des scrupules religieux . . . Je les apaise.

Il consulta son registre:

— Demain, repos . . . Mais, après-demain, j'ai de nouveau une 20 arrivée pour toi . . . C'est encore un banquier, mais suédois, cette fois . . . Et celui-là n'est plus très jeune.

— J'aimais bien le petit Français, fit-elle, rêveuse.

— On ne choisit pas le travail, dit sévèrement le directeur. Tiens voici tes dix dollars, plus dix de prime.   25

— Merci, dit Clara Kirby-Shaw.

Et, comme elle plaçait les billets dans son sac, elle soupira.

Quand elle fut sortie, M. Boerstecher chercha son crayon rouge, puis, avec soin, en se servant d'une petite règle de métal, il raya de son registre un nom.   30

Questions

1. Dans quel endroit se trouve Jean Monnier au début de cette nouvelle?
2. Pourquoi semble-t-il 'anéanti'?

3. Que pense Gertrude Owen au sujet de Jean?

4. Qu'est-ce qui est en train de se passer dans le monde financier?

5. Qu'est-ce qui indique, le lendemain, que Fanny a quitté son mari?

6. Combien d'argent reste-t-il à Jean?

7. A quoi Jean pense-t-il en regardant par la fenêtre?

8. Quelle raison M. Boerstecher a-t-il avancée pour avoir écrit à Jean?

9. Quelles idées M. Boerstecher exprime-t-il au sujet du suicide?

10. Quel service le Thanatos Palace Hotel offre-t-il à ses clients?

11. Quels services le prix d'un séjour à cet hôtel procure-t-il au client?

12. Qu'est-ce qui donne au Thanatos Palace Hotel son agrément spécial?

13. Décrivez l'omnibus qui transporte les clients à l'hôtel.

14. Qu'est-ce que le chauffeur risque de faire en causant avec Jean Monnier pendant le trajet?

15. Pourquoi Jean trouve-t-il drôle cette idée?

16. Résumez la formule que chaque client doit recopier à la main en arrivant à l'hôtel.

17. Quelle connotation désagréable vous suggère le nom 'Boerstecher'?

18. Pourquoi M. Boerstecher n'a-t-il jamais d'ennuis avec les autorités locales?

19. Quelle légende indienne s'attache à l'endroit où se trouve le Thanatos Palace Hotel?

20. Comment M. Boerstecher apaise-t-il les scrupules religieux de Jean Monnier au sujet du suicide? Développez logiquement la pensée de M. Boerstecher à ce sujet.

21. Pourquoi Jean Monnier s'étonne-t-il que Mrs. Kirby-Shaw veuille mourir?

22. Racontez brièvement la vie de Mrs. Kirby-Shaw.

23. Que craint Mrs. Kirby-Shaw plus que la mort?

24. Jean Monnier a-t-il des raisons autres que financières pour chercher la mort? Lesquelles?

25. En quittant la salle à manger, quel projet Jean Monnier et Mrs. Kirby-Shaw forment-ils pour le lendemain matin?

26. Quelle assurance ont-ils de ne pas être déjà morts le lendemain matin?

27. Qu'est-ce qui indique, le lendemain matin, que Jean Monnier commence déjà à reprendre goût à la vie?

28. Après avoir passé toute la journée avec Mrs. Kirby-Shaw, quelle décision Jean Monnier annonce-t-il le soir à M. Boerstecher?

29. Qu'est-ce qui a porté Jean Monnier à prendre cette décision?

30. Quels sont les termes du remboursement proposés par M. Boerstecher?

31. Quel rapport trouvez-vous entre les scrupules religieux de Jean Monnier et le rôle joué par Mrs. Kirby-Shaw dans cette 'comédie noire'?

32. En quoi consiste la 'noirceur' de cette comédie?

Julien Green

Né à Paris à l'aube du siècle, en 1900, de parents américains, Julien Green a passé la majeure partie de sa vie en France, son pays d'adoption. Sans renoncer à la nationalité américaine, il restera français par éducation et par goût. Deux cultures se croisent donc en lui et vont nourrir sa pensée et son œuvre.

L'enfance de Green fut pieuse et fervente. Il grandit, avec ses cinq sœurs aînées, dans une famille heureuse auprès d'un père généreux et d'une mère un peu sévère et fortement attachée aux traditions du «Vieux Sud» des Etats-Unis, au protestantisme et à la Bible. Tout cela marquera le jeune Julien. Sa mère était épiscopalienne, mais elle faillit se convertir au catholicisme avant sa mort. Peu après, son père presbytérien devint catholique et Green se convertit lui-même à l'âge de seize ans lorsqu'il était étudiant au lycée Janson de Sailly. En 1917 il s'engagea dans le service des ambulances, servit à Verdun et sur le front italien, puis, l'année suivante, il passa dans l'armée française, servant pendant quelques mois dans l'artillerie.

Ce n'est qu'après la Première Guerre Mondiale qu'il fit connaissance avec les Etats-Unis. De 1919 à 1922 il fut étudiant à l'Université de Virginie où il se consacra surtout aux langues (grec, latin, anglais). Il y commença aussi l'étude de l'hébreu, car il entendait lire la Bible dans le texte original afin d'en approfondir le sens. La lecture des œuvres d'Edgar Poe et de Hawthorne lui fit une forte impression, et le thème de la peur, le goût du mystérieux qui caractérisent le monde créé par Green dans ses romans rappellent ces deux auteurs.

De retour en France en 1922, Green fut tenté par la peinture qu'il abandonna après six mois d'études, mais l'art et la musique ne cessèrent jamais de l'intéresser profondément, comme le montre son *Journal.* Ce furent les lettres qui l'attirèrent. Il se mit à écrire des études critiques sur des auteurs anglais peu connus alors en France et publia, en 1924, un *Pamphlet contre les catholiques de France* où il attaqua la tiédeur de certains croyants indignes de leur foi. Ce *Pamphlet* marqua aussi, dans la vie de Green, le commencement d'une crise religieuse qui, après des années de doutes, se termina par son retour à l'Eglise catholique en 1939. Entre les deux guerres il publia une douzaine de romans et séjourna aux Etats-Unis de 1940 à 1945, demeurant à Baltimore où il écrivit un volume de souvenirs, son seul livre en langue anglaise, *Memories of Happy Days*. Après un bref service dans l'armée américaine, il travailla à l'Office of War Information, parlant tous les jours aux Français à la radio. A la fin de la guerre, en 1945, il rentra en France.

C'est par des romans où il met en scène des personnages obsédés, des hallucinés, des âmes torturées, des visionnaires que Julien Green s'est fait connaître. Une longue nouvelle, *Le Voyageur sur la terre* (1924) fut suivie par deux romans, *Les Clefs de la mort* (1925) et *Adrienne Mesurat* (1927). Ce dernier fut couronné par l'Académie Française et obtint le prix Bookman. Dans ces œuvres, comme dans *Léviathan* (1929), *Le Visionnaire* (1934), et *Minuit* (1936) Green explore, à l'instar de Freud qu'il ne connut qu'assez tard, les régions obscures de la nature humaine. L'anormal, l'irrationnel, le rêve et le cauchemar, les scènes d'horreur et la réalité du mal le passionnent et le fascinent. Si le monde que Green a créé rappelle celui des romans noirs du 19e siècle—par ses maisons isolées, ses châteaux mystérieux où se déroule l'action, par les personnages qui y sont prisonniers ou soumis à la volonté d'un autre, par la souffrance ou l'humiliation des victimes, par la violence et la folie qui caractérisent si souvent l'action ou le dénouement—ce qui attire surtout l'auteur ce sont les forces inconnues qui font agir ses personnages.

Green a déclaré que la composition de ses romans a toujours été pour lui une nécessité de la vie, un moyen de se débarrasser de ses obsessions et d'échapper à la folie. Pour lui le mal, la violence, la folie sont liés à la passion charnelle, et la lutte entre la chair et l'esprit occupe une place centrale dans son univers. Ainsi, Adrienne Mesurat, amoureuse du médecin et cherchant à se libérer de son père, finit par tuer ce dernier en le poussant dans l'escalier; mais quand son amour n'est pas partagé, elle tombe dans la folie. Joseph Day, héros d'un roman plus récent, *Moïra* (1950), a horreur de l'amour qui est pour lui le pire des péchés. Il y succombe, pourtant, puis il étrangle celle qui a été l'instrument de sa chute. C'est dans ce contexte qu'il faut placer la crise de l'adolescence dans «Christine». Chez le narrateur de cette nouvelle on retrouve à la fois l'attirance de la beauté physique et le remords de la conscience.

En plus de ses romans, Julien Green a fait représenter trois pièces de théâtre. Il a publié aussi son *Journal* (1928–1967) et son autobiographie en trois volumes, l'ensemble formant l'une des biographies intérieures les plus marquantes du siècle.

Christine

Julien Green

She was a Phantom of delight
When first she gleamed upon my sight
A lovely Apparition sent
To be a *moment's* ornament.[1]

WORDSWORTH.

La route de Fort-Hope suit à peu près la ligne noire des récifs dont elle est séparée par des bandes de terre plates et nues. Un ciel terne pèse sur ce triste paysage que ne relève l'éclat d'aucune végétation,[2] si ce n'est,[3] par endroits, le vert indécis d'une herbe pauvre. On aperçoit au loin une longue tache miroitante et grise: c'est la mer. 5

Nous avions coutume de passer l'été dans une maison bâtie sur une éminence, assez loin en arrière de la route. En Amérique, où l'antiquité est de fraîche date, elle était considérée comme fort ancienne et l'on voyait en effet, au milieu d'une poutre de la façade, une inscription attestant qu'elle avait été construite en 1640, à 10 l'époque où les Pélerins établissaient à coups de mousquet le royaume de Dieu dans ces régions barbares. Fortement assise sur une base de rochers, elle opposait à la frénésie des vents, qui soufflaient du large, de solides parois en pierre unie et un pignon rudimentaire qui faisait songer à la proue d'un navire. En exergue 15 autour d'un œil-de-bœuf se lisaient ces mots, gravés dans la matière la plus dure qui soit au monde, le silex de Rhode Island: *Espère en Dieu seul.*

Il n'est pas un aspect de la vieille maison puritaine dont mon esprit n'ait gardé une image distincte, pas un meuble dont ma main 20

---

[1] Composé en 1804, publié en 1807 dans *Poems, in Two Volumes.* Le mot 'moment's' n'est pas en italique dans le texte de Wordsworth.
[2] **que ne relève l'éclat d'aucune végétation** i.e., l'absence de végétation augmente la triste monotonie du paysage.
[3] **si ce n'est** excepté.

ne retrouverait tout de suite les secrets et les défauts, et j'éprouve-
rais, je crois, les mêmes joies qu'autrefois et les mêmes terreurs à
suivre les longs couloirs aux plafonds surbaissés, et à relire au-dessus
des portes qu'un bras d'enfant fait mouvoir avec peine les préceptes
5 en lettres gothiques, tirés des livres des *Psaumes*.

Je me souviens que toutes les pièces paraissaient vides, tant elles
étaient spacieuses, et que[4] la voix y avait un son qu'elle n'avait pas
à la ville, dans l'appartement que nous habitions à Boston. Était-ce
un écho? Elle semblait frapper les murs et l'on avait l'impression
10 que quelqu'un à côté reprenait la fin des phrases. Je m'en amusai
d'abord, puis j'en fis la remarque à ma mère qui me conseilla de
ne pas y faire attention, mais j'eus l'occasion d'observer qu'elle-
même parlait, ici, moins qu'elle n'en avait l'habitude et plus
doucement.

15 L'été de ma treizième année fut marquée par un événement assez
étrange et si pénible que je n'ai jamais pu me résoudre à en éclaircir
tout le mystère, car il me semble qu'il devait contenir plus de tristesse encore que je ne l'ai cru. Ne vaut-il pas mieux, quelquefois,
laisser la vérité tranquille? Et si cette prudence n'est pas belle, dans
20 des cas comme celui qu'on va voir, elle est certainement plus sage
qu'un téméraire esprit d'investigation. J'allais donc sur mes treize
ans quand ma mère m'annonça, un matin d'août, l'arrivée de ma
tante Judith. C'était une personne plutôt énigmatique et que nous
ne voyions presque jamais parce qu'elle vivait fort loin de chez
25 nous, à Washington. Je savais qu'elle avait été fort malheureuse et
que, pour des raisons qu'on ne m'expliquait pas, elle n'avait pu se
marier. Je ne l'aimais pas. Son regard un peu fixe me faisait baisser
les yeux et elle avait un air chagrin qui me déplaisait. Ses traits
étaient réguliers comme ceux de ma mère, mais plus durs, et une
30 singulière expression de dégoût relevait les coins de bouche en un
demi-sourire plein d'amertume.

Quelques jours plus tard, je descendis au salon où je trouvai ma
tante en conversation avec ma mère. Elle n'était pas venue seule:
une petite fille d'à peu près mon âge se tenait à son côté, mais le dos
35 à la lumière, en sorte que tout d'abord je ne distinguai pas son
visage. Ma tante parut contrariée de me voir et, tournant brusquement la tête vers ma mère, elle lui dit très vite quelques mots que

----

[4] **que** tant.

je ne saisis pas, puis elle toucha l'épaule de la petite fille qui fit un
pas vers moi et me salua d'une révérence. «Christine, dit alors ma
mère, voici mon petit garçon. Il s'appelle Jean. Jean, donne la main
à Christine; embrasse ta tante.»

Comme je m'approchais de Christine, je dus me retenir pour ne 5
pas pousser un cri d'admiration. La beauté, même à l'âge que j'avais
alors, m'a toujours ému des sentiments les plus forts et les plus
divers et il en résulte une sorte de combat intérieur qui fait que je
passe,[5] dans le même instant, de la joie au désir et du désir au
désespoir. Ainsi je souhaite et redoute à la fois de découvrir cette 10
beauté qui doit me tourmenter et me ravir, et je la cherche, mais
c'est avec une inquiétude douloureuse et l'envie secrète de ne pas la
trouver. Celle de Christine me transporta. A contrejour, ses yeux
paraissaient noirs, agrandis par des ombres autour de ses paupières. La bouche accusait sur une peau mate et pure des contours 15
dessinés avec force. Une immense auréole de cheveux blonds semblait recueillir en ses profondeurs toute la lumière qui venait de la
fenêtre et donnait au front et aux joues une teinte presque sur-
naturelle. Je contemplai en silence cette petite fille dont j'aurais été
prêt à croire qu'elle était une apparition, si je n'avais pris dans ma 20
main la main qu'elle m'avait tendue. Mes regards ne lui firent pas
baisser les yeux; elle semblait, en vérité, ne pas me voir, mais fixer
obstinément quelqu'un ou quelque chose derrière moi, au point que
je me retournai tout à coup. La voix de ma mère me fit revenir à
moi et j'embrassai ma tante qui se retira, accompagnée de Christine. 25

Aujourd'hui encore, il m'est difficile de croire à la vérité de ce que
je vais écrire. Et cependant ma mémoire est fidèle et je n'invente
rien. Je ne revis jamais Christine, ou tout au moins, je ne la revis
qu'une ou deux fois et de la manière la plus imparfaite. Ma tante
redescendit sans elle, nous prîmes notre repas sans elle et l'après- 30
midi s'écoula sans qu'elle revînt au salon. Vers le soir, ma mère me
fit appeler pour me dire que je coucherais, non au premier étage,
comme je l'avais fait jusqu'alors, mais au deuxième et loin, par
conséquent, des chambres d'invités où étaient Christine et ma tante.
Je ne peux pas dire ce qui se passa en moi. Volontiers j'aurais cru 35
que j'avais rêvé, et même, avec quelle joie n'aurais-je pas appris
qu'il ne s'agissait que d'une illusion et que cette petite fille que je

---

[5] **qui fait que je passe** qui me fait passer.

croyais avoir vue n'existait pas! Car il était bien autrement[6] cruel
de penser qu'elle respirait dans la même demeure que moi et que
j'étais privé de la voir. Je priai ma mère de me dire pourquoi
Christine n'était pas descendue à déjeuner, mais elle prit aussitôt
5 un air sérieux et me répondit que je n'avais pas à le savoir et que je
ne devais jamais plus parler de Christine à personne. Cet ordre
étrange me confondit et je me demandai un instant qui de ma mère
ou de moi[7] avait perdu le sens. Je retournai dans mon esprit les
mots qu'elle avait prononcés, mais sans réussir à me les expliquer
10 autrement que par un malicieux désir de me tourmenter. A dîner,
ma mère et ma tante, pour n'être pas comprises de moi, se mirent à
parler en français; c'est une langue qu'elles connaissaient bien mais
dont je n'entendais pas un mot. Je me rendis compte cependant
qu'il était question de Christine, car son nom revenait assez souvent
15 dans leurs propos. Enfin, cédant à mon impatience, je demandai
avec brusquerie ce qu'il était advenu de la petite fille et pourquoi
elle ne paraissait ni à déjeuner, ni à dîner. La réponse me vint sous
la forme d'un soufflet de ma mère qui me rappela par ce moyen
toutes les instructions qu'elle m'avait données. Quant à ma tante,
20 elle fronça les sourcils d'une manière qui la rendit à mes yeux
épouvantable à voir. Je me tus.

Mais qui donc était cette petite fille? Si j'avais été moins jeune et
plus observateur, sans doute aurais-je remarqué ce qu'il y avait de
particulier dans ses traits. Ce regard fixe, ne le connaissais-je pas
25 déjà? Et n'avais-je vu à personne cette moue indéfinissable qui
ressemblait à un sourire et n'en était pas un? Mais je songeais à bien
autre chose qu'à étudier le visage de ma tante et j'étais trop innocent pour découvrir un rapport entre cette femme, qui me semblait
à présent monstrueuse, et Christine.

30 Je passerai rapidement sur les deux semaines qui suivirent, pour
en arriver au plus curieux de cette histoire. Le lecteur imaginera
sans peine tout l'ennui de ma solitude jadis tranquille, maintenant
insupportable et mon chagrin de me sentir séparé d'un être pour
qui, me semblait-il, j'eusse de bon cœur fait le sacrifice de ma vie.
35 Plusieurs fois, errant autour de la maison, l'idée me vint d'attirer
l'attention de Christine et de la faire venir à sa fenêtre, mais je

_____

[6] **autrement** plus.
[7] **qui de ma mère ou de moi** lequel, ma mère ou moi.

n'avais pas plus tôt fait le geste de lancer de petits cailloux contre ses carreaux qu'une voix sévère me rappelait au salon; une surveillance étroite s'exerçait sur moi, et mon plan avortait toujours.

Je changeais, je devenais sombre et n'avais plus de goût à rien. Je ne pouvais même plus lire ni rien entreprendre qui nécessitât une attention soutenue. Une seule pensée m'occupait maintenant: revoir Christine. Je m'arrangeais pour me trouver dans l'escalier sur le passage de ma mère,[8] de ma tante ou de Dinah, la femme de chambre, lorsque l'une d'elles portait à Christine son déjeuner ou son dîner. Bien entendu, il m'était défendu de les suivre, mais j'éprouvais un plaisir mélancolique à écouter le bruit de ces pas qui allaient jusqu'à elle.

Ce manège innocent déplut à ma tante qui devinait en moi, je crois, plus d'intentions que je ne[9] m'en connaissais[10] moi-même. Un soir, elle me conta une histoire effrayante sur la partie de la maison qu'elle occupait avec Christine. Elle me confia qu'elle avait vu quelqu'un passer tout près d'elle, dans le couloir qui menait à leur chambre. Était-ce un homme, une femme? Elle n'aurait pu le dire, mais ce dont elle était sûre, c'est qu'elle avait senti un souffle chaud contre son visage. Et elle me considéra longuement, comme pour mesurer l'effet de ses paroles. Je dus pâlir[11] sous ce regard. Il était facile de me terrifier avec des récits de ce genre, et celui-là me parut horrible, car ma tante avait bien calculé son coup, et elle n'en avait dit ni trop, ni trop peu. Aussi, loin de songer à aller jusqu'à la chambre de Christine, j'hésitai, depuis ce moment, à m'aventurer dans l'escalier après la chute du jour.

Dès l'arrivée de ma tante, ma mère avait pris l'habitude de m'envoyer à Fort-Hope tous les après-midi sous prétexte de m'y faire acheter un journal, mais en réalité, j'en suis sûr, pour m'éloigner de la maison à une heure où Christine devait en sortir[12] et faire une promenade.

Les choses en restèrent là deux longues semaines. Je perdais mes couleurs et des ombres violettes commençaient à cerner mes paupières. Ma mère me regardait attentivement lorsque j'allais la

---

[8] **sur le passage de ma mère** lorsque ma mère passait.
[9] **ne** Explétif après la comparaison d'inégalité. Pas de valeur négative.
[10] **m'en connaissais** connaissais en moi des intentions.
[11] **Je dus pâlir** J'ai probablement pâli.
[12] **devait en sortir** sortait probablement de la maison.

voir, le matin, et quelquefois me prenant par le poignet d'un geste brusque elle disait d'une voix qui tremblait un peu: «Misérable enfant!» Mais cette colère et cette tristesse ne m'émouvaient pas. Je ne me souciais que de Christine.

5   Les vacances tiraient à leur fin et j'avais perdu tout espoir de la voir jamais, quand un événement que je n'attendais pas donna un tour inattendu à cette aventure et du même coup une fin subite. Un soir du début de septembre nous eûmes de l'orage après une journée d'une chaleur accablante. Les premières gouttes de pluie réson-
10 naient contre les vitres comme je montais à ma chambre et c'est alors que j'entendis, en passant du premier au deuxième étage, un bruit particulier que je ne peux comparer à rien, sinon à un roule-ment de tambour. Les histoires de ma tante me revinrent à l'esprit et je me mis à monter avec précipitation lorsqu'un cri m'arrêta. Ce
15 n'était ni la voix de ma mère ni celle de ma tante, mais une voix si perçante et si haute et d'un ton si étrange qu'elle faisait songer à l'appel d'une bête. Une sorte de vertige me prit, je m'appuyai au mur. Pour rien au monde, je n'aurais fait un pas en arrière, mais comme il m'était également impossible d'avancer, je restai là
20 stupide de terreur. Au bout d'un instant, le bruit redoubla de violence, et je compris alors que c'était quelqu'un, Christine sans aucun doute, qui, pour des raisons que je ne pénétrais pas, ébranlait une porte de ses poings. Enfin, je retrouvai assez de courage, non pour m'enquérir de quoi il s'agissait et porter secours à Christine,
25 mais bien pour me sauver à toutes jambes. Arrivé dans ma chambre, et comme je m'imaginais entendre encore le roulement et le cri de tout à l'heure, je tombai à genoux et, me bouchant les oreilles, je me mis à prier à haute voix.

Le lendemain matin, au salon, je trouvai ma tante en larmes,
30 assise à côté de ma mère qui lui parlait en lui tenant les mains. Elles semblaient toutes deux en proie à une émotion violente et ne firent pas attention à moi. Je ne manquai pas de profiter d'une circonstance aussi favorable pour découvrir enfin quelque chose du sort de Christine, car il ne pouvait s'agir que d'elle, et, sournoise-
35 ment, je m'assis un peu en arrière des deux femmes. J'appris ainsi, au bout de quelques minutes, que l'orage de la nuit dernière avait affecté la petite fille d'une manière très sérieuse. Prise de peur aux premiers grondements de tonnerre, elle avait appelé, essayé de sortir de sa chambre, et s'était évanouie. «Je n'aurais jamais dû

l'amener ici», s'écria ma tante. Et elle ajouta sans transition, avec un accent que je ne peux rendre et comme si ces mots la tuaient: «Elle a essayé de me *dire* quelque chose.»

J'étais dans ma chambre, deux heures plus tard, quand ma mère entra portant sa capeline de voyage et un long châle de Paisley.[13] Je ne lui avais jamais vu un air aussi grave. «Jean, me dit-elle, la petite fille que tu as vue le jour de l'arrivée de ta tante, Christine, n'est pas bien et nous sommes inquiètes. Ecoute-moi. Nous allons toutes deux cet après-midi à Providence consulter un médecin que nous ramènerons avec nous. Christine restera ici, et c'est Dinah qui prendra soin d'elle. Veux-tu me promettre que tu n'iras pas près de la chambre de Christine pendant notre absence?» Je promis. «C'est très sérieux, mais j'ai confiance en toi, reprit ma mère en me regardant d'un air soupçonneux. Pourrais-tu me jurer sur la Bible que tu ne monteras pas au premier?» Je fis un signe de tête. Ma mère partit avec ma tante, quelques minutes après déjeuner.

Mon premier mouvement fut de monter tout de suite à la chambre de Christine, mais j'hésitai, après une seconde de réflexion, car j'avais une nature scrupuleuse. Enfin, la tentation l'emporta. Je montai donc, après m'être assuré que Dinah, qui avait porté son déjeuner à Christine une heure auparavant, était bien redescendue à l'office.

Lorsque j'atteignis le couloir hanté, ou prétendu tel, mon cœur se mit à battre avec violence. C'était un long couloir à plusieurs coudes et très sombre. Une inscription biblique qui, à ce moment, prenait un sens particulier dans mon esprit, en ornait l'entrée: *Quand je marcherai dans la Vallée de l'Ombre de la Mort, je ne craindrai aucun mal.*[14] Ce verset que je relus machinalement me fit souvenir que si j'avais donné ma parole de ne pas faire ce que je faisais en ce moment, je n'avais cependant point juré sur la Bible et ma conscience en fut un peu apaisée.

J'avais à peine avancé de quelques pas que je dus maîtriser mon imagination pour ne pas m'abandonner à la peur et revenir en arrière; la pensée que j'allais peut-être revoir la petite fille, toucher sa main encore une fois, me soutint. Je m'étais mis à courir sur la pointe des pieds, contenant ma respiration, effrayé de la longueur de

---

[13] **Paisley** ville d'Ecosse célèbre pour ses châles.
[14] Psaume XXIII.

ce couloir qui n'en finissait pas, et comme je n'y voyais plus du tout,
au bout d'un instant je butai dans la porte de Christine. Dans mon
trouble, je ne songeai pas à frapper, et j'essayai d'ouvrir la porte,
mais elle était fermée à clef. J'entendis Christine qui marchait dans
5 la chambre. Au bruit que j'avais fait, elle s'était dirigée vers la
porte. J'attendis, espérant qu'elle ouvrirait, mais elle s'était
arrêtée et ne bougeait plus.

Je frappai, doucement d'abord, puis de plus en plus fort, en vain.
J'appelai Christine, je lui parlai, je lui dis que j'étais le neveu de
10 tante Judith que j'étais chargé d'une commission et qu'il fallait
ouvrir. Enfin, renonçant à obtenir une réponse, je m'agenouillai
devant la porte et regardai par le trou de la serrure. Christine était
debout, à quelques pas de la porte qu'elle considérait attentivement.
Une longue chemise de nuit la couvrait, tombant sur ses pieds dont
15 je voyais passer les doigts nus. Ses cheveux que ne retenait plus
aucun peigne s'épandaient autour de sa tête à la façon d'une
crinière; je remarquai qu'elle avait les joues rouges. Ses yeux d'un
bleu ardent dans la lumière qui frappait son visage avaient ce
regard immobile que je n'avais pas oublié, et j'eus l'impression sin-
20 gulière qu'à travers le bois de la porte, elle me voyait et m'observait.
Elle me parut plus belle encore que je ne l'avais cru et j'étais hors
de moi à la voir si près sans pouvoir me jeter à ses pieds. Vaincu,
enfin, par une émotion longtemps contenue, je fondis en larmes tout
à coup, et me cognant la tête contre la porte, je me laissai aller au
25 désespoir.

Après un certain temps, il me vint à l'esprit une idée qui me
rendit courage et que je jugeai ingénieuse, parce que je ne réfléchis
pas à ce qu'elle pouvait avoir d'imprudent.[15] Je glissai sous la porte
un carré de papier sur lequel j'avais griffonné en grosses lettres:
30 «Christine, ouvre-moi, je t'aime.»

Par le trou de la serrure, je vis Christine se précipiter sur le billet
qu'elle tourna et retourna dans tous les sens avec un air de grande
curiosité, mais sans paraître comprendre ce que j'avais écrit.
Soudain, elle le laissa tomber et se dirigea vers une partie de la
35 chambre où mon regard ne pouvait la suivre. Dans mon affolement,
je l'appelai de toutes mes forces et ne sachant presque plus ce que je
disais, je lui promis un cadeau si elle consentait à m'ouvrir. Ces mots

---

[15] **ce qu'elle pouvait avoir d'imprudent** combien l'idée pouvait être imprudente.

que je prononçais au hasard firent naître en moi l'idée d'un nouveau projet.

Je montai à ma chambre en toute hâte et fouillai dans mes tiroirs pour y trouver quelque chose, dont je pusse faire un cadeau, mais je n'avais rien. Je me précipitai alors dans la chambre de ma mère et ne me fis pas faute d'examiner le contenu de toutes ses commodes, mais là non plus je ne vis rien qui me parût digne de Christine. Enfin j'aperçus, poussée contre le mur et derrière un meuble, la malle que ma tante avait apportée avec elle. Sans doute jugeait-on qu'elle n'eût pas été en sûreté dans la même pièce qu'une petite fille curieuse. Il se trouvait, en tout cas, que cette malle était ouverte et je n'eus qu'à en soulever le couvercle pour y plonger mes mains fiévreuses. Après avoir cherché quelque temps, je découvris un petit coffret de galuchat, soigneusement dissimulé sous du linge. Comme je le revois bien! Il était doublé de moire et contenait des rubans de couleur et quelques bagues dont l'une me plut immédiatement. C'était un anneau d'or, très mince et enrichi d'un petit saphir. On avait passé dans cette bague un rouleau de lettres, pareil à un doigt de papier, et que j'en arrachai en le lacérant.

Je retournai aussitôt à la chambre de Christine et de nouveau, je l'appelai, mais sans autre résultat que de la faire venir près de la porte comme la première fois. Alors, je glissai la bague sous la porte, en disant: «Christine, voici ton cadeau. Ouvre-moi.» Et je frappai du plat de la main sur le bas de la porte pour attirer l'attention de Christine, mais elle avait déjà vu la bague et s'en était emparée. Un instant, elle la tint dans le creux de sa main et l'examina, puis elle essaya de la passer à son pouce, mais la bague était juste et s'arrêtait un peu au-dessous de l'ongle. Elle frappa du pied et voulut[16] la faire entrer de force. Je lui criai: «Non, pas à ce doigt-là!» mais elle n'entendait pas ou ne comprenait pas. Tout à coup elle agita la main: la bague avait passé. Elle l'admira quelques minutes, puis elle voulut[16] l'enlever. Elle tira de toutes ses forces, mais en vain: la bague tenait bon. De rage, Christine la mordit. Enfin, après un moment d'efforts désespérés, elle se jeta sur son lit en poussant des cris de colère.

Je m'enfuis.

Lorsque ma mère et ma tante revinrent, trois heures plus tard,

---

[16] **voulut** essaya.

accompagnées d'un médecin de Providence, j'étais dans ma chambre, en proie à une frayeur sans nom. Je n'osai pas descendre à l'heure du dîner, et à la nuit tombante, je m'endormis.

Vers cinq heures le lendemain matin, un bruit de roues m'éveilla
5 et m'attira à la fenêtre, et je vis s'avancer jusqu'à notre porte une voiture à deux chevaux. Tout ce qui se passa ensuite me donna l'impression d'un mauvais rêve. Je vis la femme de chambre aider le cocher à charger la malle de ma tante sur le haut de la voiture; puis ma tante parut au bras de ma mère qui la soutenait. Elles
10 s'embrassèrent à plusieurs reprises. Un homme les suivait (je suppose que c'était le médecin de Providence, qui avait passé la nuit chez nous) tenant Christine par la main. Elle portait une grande capeline qui lui cachait le visage. Au pouce de sa main droite brillait la bague qu'elle n'avait pu enlever.

15 Ni ma mère, ni ma tante que je revis, seule, quelques mois plus tard ne me dirent un mot de toute cette affaire, et je pensai vraiment l'avoir rêvée. Me croira-t-on? Je l'oubliai; c'est un cœur bien étrange que le nôtre.

L'été suivant, ma tante ne vint pas, mais quelques jours avant
20 Noël, comme elle passait par Boston, elle nous fit une visite d'une heure. Ma mère et moi nous étions au salon, et je regardais par la fenêtre les ouvriers de la voirie qui jetaient des pelletées de sable sur le verglas, lorsque ma tante parut. Elle se tint un instant sur le seuil de la porte, ôtant ses gants d'un geste machinal; puis, sans dire
25 un mot, elle se jeta en sanglotant dans les bras de ma mère. A sa main dégantée brillait le petit saphir. Dans la rue les pelletées de sable tombaient sur le pavé avec un bruit lugubre.

Questions

1. De quoi nous avertit la citation de Wordsworth?
2. Comment l'auteur réussit-il à créer une atmosphère mystérieuse?
3. Quel âge le narrateur avait-il au moment de l'événement étrange? Cela vous paraît-il significatif?
4. Comment est présenté le personnage de la tante Judith? Quelle est son histoire? Pourquoi est-elle antipathique au narrateur?

5. Etudiez avec soin la rencontre avec Christine et la réaction de Jean. Que suggèrent les mots 'combat intérieur'?

6. Quelles qualités sont soulignées dans la description de Christine? Qu'y a-t-il d'étrange dans son regard? Qu'est-ce qui ajoute au mystère de ce personnage?

7. Pourquoi le narrateur dit-il que ce serait avec *joie* qu'il aurait appris qu'il s'agissait d'une illusion?

8. Comment s'expliquent la réserve, le silence et la sévérité des deux femmes? Pour quelle raison s'obstinent-elles à éloigner le petit Jean et Christine?

9. Qu'est-ce que Jean aurait pu observer s'il avait été moins jeune, moins innocent?

10. Qui est Christine?

11. Comment la vie de Jean est-elle transformée depuis l'arrivée de Christine? Quels efforts fait-il pour la revoir?

12. Quelle histoire sa tante raconte-t-elle à Jean et pourquoi?

13. Pourquoi la mère appelle-t-elle son fils 'misérable enfant'?

14. Quand éclate l'orage, pourquoi Jean se sauve-t-il au lieu de porter secours à Christine? Pourquoi prie-t-il à haute voix?

15. Qu'apprend-il le lendemain?

16. Que signifie la remarque de la tante, 'Elle a essayé de me *dire* quelque chose'?

17. Pourquoi les deux femmes ramènent-elles le médecin à la maison au lieu d'amener Christine chez lui?

18. Quelle promesse exige la mère avant de partir?

19. Quelle est la valeur symbolique du long couloir? De la porte fermée à clé de Christine? Quelle est la fonction des inscriptions bibliques?

20. Commentez la nature scrupuleuse de Jean, sa formation religieuse. Comment expliquez-vous sa frayeur?

21. Faites l'analyse de son 'émotion longtemps contenue'.

22. Qu'y a-t-il d'étrange dans la conduite de Christine quand elle regarde le carré de papier?

23. Le contenu du coffret de la tante Judith vous paraît-il significatif?

24. Que glisse Jean sous la porte de Christine?

25. Examinez les réactions de Christine lorsqu'elle s'empare de la bague. Qu'est-ce que sa conduite semble révéler?

26. A quelle scène Jean assiste-t-il le lendemain matin?

27. Quelle est l'identité de l'homme qui tient Christine par la main? Qu'est-ce que celle-ci porte encore au pouce?

28. Que faut-il comprendre à la fin lorsque le petit saphir reparaît à la main de la tante Judith?

29. A quoi sert l'allusion aux ouvriers de la voirie?

30. Analysez le caractère du narrateur. Comment faut-il interpréter son hésitation, son irrésolution à éclaircir cette histoire?

31. Quelle importance prennent rétrospectivement les premiers paragraphes où s'opposent la maison solide et la frénésie des vents? Le royaume de Dieu et les régions barbares?

32. Est-ce que l'on peut interpréter la chaleur, l'orage, le cri comparé à 'l'appel d'une bête' et le 'vertige' de Jean comme des manifestations extérieures d'un drame intérieur? Développez.

Marcel Aymé

Marcel Aymé, fils d'un maréchal-ferrant, naquit le 29 mars 1902 dans le village de Joigny (Yonne), au sud-est de Paris. Il passa une enfance irrégulière, vivant pendant six ans chez ses grand-parents après la mort de sa mère en 1904. Son baccalauréat passé, ses études d'ingénieur furent interrompues par une maladie assez grave. Après une période de convalescence, il fit son service militaire et ensuite gagna sa vie en exerçant divers métiers commerciaux avant de devenir journaliste, profession pour laquelle il avait, selon son propre aveu, assez peu de talent. Retombé malade en 1925, il profita de sa convalescence pour écrire un roman, *Brûlebois* (1926), dont le succès le décida à se consacrer uniquement à la vocation d'écrivain. Dès cette date romans, nouvelles et pièces de théâtre se succédèrent avec une rapidité croissante, et au moment de sa mort en 1967 sa réputation le plaçait parmi les plus célèbres écrivains de la France contemporaine.

Individualiste de tempérament, Aymé refusa toujours de se mêler aux coteries littéraires, malgré des prix de littérature importants que lui valurent certains de ses ouvrages. Le prix Renaudot, par exemple, lui fut décerné en 1929 pour son roman *La Table aux crevés*. Il préférait plutôt passer la plupart de sa vie dans un petit quartier de Montmartre — qui lui a fourni le cadre de plus d'une de ses nouvelles — en compagnie d'un cercle assez restreint d'amis intimes, écrivains et artistes.

Parmi ses romans les plus connus sont *La Jument verte* (1933), où l'humour gaulois est poussé à outrance; *La belle Image* (1941), où le pur fantastique se mêle à la vie quotidienne; *Uranus* (1948), qui satirise la petite bourgeoisie de petites villes. Il composa sa première pièce de théâtre en 1944, et réalisa par la suite deux grands succès théâtraux: *Clérambard* (1950) et *La Tête des autres* (1952). Au cours de sa carrière d'écrivain, Aymé fit publier aussi une dizaine de recueils de nouvelles, dont nous présentons ici un exemple, «Le Temps mort», tiré du recueil *Derrière chez Martin* (1938). Cette nouvelle illustre un aspect important de son talent: son penchant pour le rêve et le fantastique mêlés à la réalité de tous les jours. Son point de départ est, le plus souvent, un «fait» purement imaginaire — un homme capable de passer à travers les murs, une personne qui peut se multiplier en d'innombrables exemplaires, la possibilité de rationner le temps, etc. Le développement psychologique et les conséquences de ce «fait» nous paraissent, cependant, tout à fait vraisemblables, et, du point de vue réaliste, absolument convaincants. A propos de *Derrière chez Martin*, lui-même a défini sa méthode: «Je pars sur des données imaginaires avec une conscience paisible et une foi robuste dans la vérité du dénouement; de sorte qu'en achevant la nouvelle, j'ai le droit (parce que j'ai été réaliste tout le temps) d'ignorer les absurdités auxquelles j'ai feint de me laisser aller.» Plus tard, au cours d'un interview à la radio, il développa cette même pensée en disant: «Ma matière, ce n'est ni le merveilleux ni la réalité. Mais ce qui change de la vie. L'auteur a bien le droit de s'amuser un peu. Les fées sont bien agréables à fréquenter. Les hommes aussi.»

La critique a attribué à Aymé deux visages contraires. D'un côté on l'a qualifié de moraliste indulgent, montrant un mélange d'ironie et de tendresse envers l'humanité; de l'autre, on l'a décrit comme un observateur amer — voire cynique — de la condition humaine, et dont l'humour parfois farouche n'épargne ni les individus ni les institutions. Ces jugements sont justes l'un et l'autre, selon l'ouvrage particulier que l'on considère. Il est vrai qu'il attaque sauvagement certains types dans quelques-uns de ses ouvrages: les magistrats vénaux (*La Tête des autres*), les paysans (*La Jument verte*) et les politiciens (*Uranus*). Et pourtant, dans ce dernier roman il fait déclarer à un de ses personnages qu'il n'y a rien dans l'humanité qui soit vraiment méchant — qu'il n'y a que le bon et le meilleur; ce qui semble indiquer que les deux visages d'Aymé n'en font qu'un seul.

La satire de Marcel Aymé porte souvent sur des questions morales, mais son détachement intellectuel empêche généralement que cette satire se fonde sur une véritable ferveur morale de réformateur. Cette attitude détachée et impassible est admirablement illustrée dans la phrase finale du «Temps mort».

Le Temps mort

Marcel Aymé

Il y avait à Montmartre[1] un pauvre homme appelé Martin qui n'existait qu'un jour sur deux. Pendant vingt-quatre heures, de minuit à minuit, il vivait comme nous le faisons tous et pendant les vingt-quatre suivantes son corps et son âme retournaient au néant. Il en était bien ennuyé, et pour plusieurs raisons. Comme il ne gardait aucun souvenir des temps morts, et que les jours pleins se soudaient dans sa mémoire aux jours pleins, la vie lui paraissait courte à ce point qu'il s'ingéniait à la rendre morne.

Surtout, il avait honte d'une anomalie qui l'eût fait regarder de travers si elle était venue à la connaissance des voisins. N'exister qu'un jour sur deux est une chose qui révolte le bon sens. Martin, lui-même, en était choqué et croyait dangereux de mettre le monde en demeure d'accepter une réalité aussi absurde. C'est pourquoi il faisait de son mieux pour que le secret de sa vie intermittente ne transpirât pas et, pendant dix années qui lui parurent comme cinq, il y réussit parfaitement.

Martin n'était pas obligé de gagner sa vie, son oncle Alfred lui ayant laissé un héritage qui lui permettait de subvenir aux besoins de sa demi-existence. Dans sa situation, c'était une chance singulière, car il y a bien peu d'emplois qui laissent la faculté de ne travailler qu'un jour sur deux, et peut-être qu'il n'y en a pas.

Il demeurait dans une vieille maison de la rue Tholozé, qui monte tout droit d'un point à un autre de la courbe décrite en son milieu par la rue Lepic. Il avait là, au quatrième étage, une chambre indépendante qu'il avait meublée lui-même à peu de frais.[2]

C'était un locataire silencieux qui ne recevait jamais personne et

----

[1] **Montmartre** vieux quartier pittoresque et peu élégant au nord de Paris, habité surtout d'artistes et d'ouvriers.

[2] **à peu de frais** sans dépenser beaucoup d'argent.

évitait les conversations dans l'escalier. Les voisins n'eurent jamais à se plaindre de lui et sa concierge l'estimait parce qu'il était assez bien fait de sa personne et qu'il avait une jolie moustache noire.

Les jours où il existait, Martin se levait à l'aube pour n'en rien perdre, s'habillait rapidement et gagnait la rue. Il lui semblait qu'il se fût endormi non pas l'avant-veille, mais la veille, et son cœur se serrait à la pensée de cette journée pendant laquelle il n'avait pas vécu. Sur son chemin, les boutiques étaient encore fermées, et il lui fallait aller jusqu'à une gare de métro pour acheter un journal qui lui laissât quelque image de ces vingt-quatre heures impossibles à situer.

En prêtant l'oreille aux propos des passants, il se demandait ce que le monde avait bien pu faire sans lui. Le mot *hier*, qu'à chaque instant il surprenait au vol, l'enfiévrait de curiosité, d'envie et de regret. C'était pour lui le moment le plus pénible de la journée. Il lui arrivait de se sentir accablé. Ne connaître jamais que le jour pendant lequel il vivait sans hier et sans lendemain lui paraissait le plus abominable des supplices.

Ayant acheté son journal, il s'en allait le lire au fond d'un café, où il prenait son petit déjeuner. D'abord, il dévorait les titres, et puis reprenait chaque page par le menu.[3]

Enfin, consultant sa montre, il était pris d'une autre angoisse, celle de l'heure qui s'écoulait. A lire les nouvelles d'hier, le temps passait avec une rapidité effrayante. Martin se hâtait de payer son café et s'en allait sur des chemins qu'il avait choisis. Il évitait le centre de Paris où la variété du spectacle ne lui permettait même pas d'épier la fuite des minutes.

L'une de ses promenades favorites était le nord du quartier de la Chapelle.[4] En suivant la rue Riquet, il débouchait sur des paysages de gazomètres, de voies ferrées et de gares de marchandises, qui avaient, dans leur désolation, un déroulement d'infini.[5] Dans ses meilleurs jours, il lui semblait que le temps se consommât plus lentement sur ces plaines de fer que partout ailleurs. Mais, d'autres

---

[3] **par le menu** en détail.
[4] **quartier de la Chapelle** quartier industriel au nord-est de Paris, par où passent deux lignes importantes de chemin de fer.
[5] **avaient . . . un déroulement d'infini** semblaient . . . s'étendre à perte de vue.

fois, il s'amusait sans y songer d'une locomotive haut le pied,[6] d'un flocon de fumée ou de la courbe d'un rail. Tout à coup, il s'apercevait qu'une heure s'était ainsi écoulée sans qu'il y eût pris garde. Les aiguilles tournaient sur le cadran d'un mouvement accéléré et tous ses efforts à retenir le temps ne faisaient qu'en hâter la fuite. Il avait 5 essayé de garder la chambre une partie de la journée et, en fixant un motif du papier de tenture, de tenir son esprit immobile. Mais sa pensée vagabondait malgré lui, et les murs s'animaient de telle sorte qu'il croyait être au cinéma.

Les seuls moments d'optimisme que connût Martin étaient à l'heure 10 de midi. Après avoir acheté quelques provisions sur le marché de la rue Lepic, il montait dans sa chambre préparer son repas sur une lampe à alcool. Sa promenade du matin le mettait en appétit, et c'est en mangeant un bifteck ou une portion d'endives qu'il trouvait quelque consolation à sa mélancolie. «Un jour sur deux, pensait-il, 15 ce n'est peut-être pas grand-chose, mais c'est quand même mieux que de ne pas exister du tout. C'est mieux que d'être mort ou de n'être pas né. Quand on pense à tous ceux qui auraient pu naître et que l'occasion n'a pas favorisés, à tous ceux qui n'ont même pas eu un jour pour goûter à la vie, ni la moitié d'un, ni le quart, on ne peut 20 pas se plaindre.»

Mais la sagesse et les bonnes raisons ne le consolaient pas longtemps. Quand le contentement de son estomac ne les soutenait plus, elles devenaient à peu près comme rien, et les après-midi n'étaient pas moins cruelles que les matinées.   25

Le soir, après une longue promenade dans les rues solitaires, il rentrait chez lui à onze heures, se couchait et s'endormait presque aussitôt. A minuit, il disparaissait d'une manière soudaine pour réapparaître vingt-quatre heures plus tard à la même place et reprendre le fil de son rêve. Bien souvent, Martin avait eu la curio- 30 sité d'attendre tout éveillé l'instant inimaginable où il ne serait plus.

Il n'avait jamais rien observé ou perçu, pas même un passage. Si, dans la seconde d'avant minuit, il était en train de déboutonner son gilet, il se retrouvait, dans la seconde d'après, occupé à la même besogne. Mais il venait de s'écouler une journée pleine, et il n'avait 35 qu'à descendre dans la ville pour en avoir les preuves. Comme la

---

[6] **haut le pied** qui allait à toute vitesse.

sensation de ce temps mort lui était refusée, il avait pris le parti de s'endormir avant minuit pour s'éviter l'angoisse d'une attente inutile.

Il y avait, en somme, fort peu de chances que le mystère fût
5 jamais connu de personne. Il aurait fallu que Martin commît l'imprudence de se trouver à minuit dans un endroit fréquenté et il s'en gardait avec beaucoup de soin. Il eut pourtant une alerte assez chaude. Un jour qu'il n'existait pas, une fuite d'eau se produisit dans sa chambre et inonda l'étage inférieur. Avertie, la concierge
10 vint frapper à sa porte et, constatant qu'elle était fermée à clef de l'intérieur, pensa qu'il était mort.

Elle fit appel à un serrurier et fut très étonnée de ne trouver dans sa chambre ni mort ni vivant. Le chapeau du locataire était accroché au mur, ses vêtements étaient pliés sur une chaise, son
15 linge qui paraissait encore frais, pendait à l'espagnolette de la fenêtre, mais Martin n'était pas là. On n'alla pas jusqu'à soupçonner la vérité, mais l'affaire fit du bruit[7] dans la maison. Le lendemain, comme il descendait de bonne heure à son habitude, la concierge arrêta Martin et lui demanda d'un air menaçant la raison de ce
20 mystère. Il eut assez de sang-froid pour ne pas s'embrouiller dans une explication impossible et répondit avec un air d'insouciance:

— Ma foi, je n'y comprends rien, mais vous avez un peignoir de pilou qui vous va joliment bien[8] . . . ah! oui, joliment bien . . .

— Vous trouvez? dit la concierge.

25 Elle eut un sourire de bonté et Martin ne fut pas inquiété autrement. Depuis cette aventure, il prit garde, lorsqu'il fermait sa porte avant de se coucher, à ne jamais laisser la clef sur la serrure.

Un jour de septembre, Martin devint amoureux et c'était justement l'une des choses qu'il redoutait le plus. D'habitude, quand il
30 apercevait une jolie femme, il prenait la précaution de baisser les yeux. Mais, ce matin-là, comme il se trouvait dans une boucherie de la rue Lepic, il entendit une voix d'or prononcer derrière lui: «Une petite tranche entre vingt et vingt-cinq sous», et déjà il était amoureux. En tournant la tête, il vit une jeune femme aux yeux
35 tendres qui avait tout ce qu'il faut pour occuper la pensée d'un

---

[7] **fit du bruit** causa une vive curiosité.
[8] **vous va joliment bien** vous fait paraître très jolie.

pauvre homme qui n'existe qu'un jour sur deux. Elle fut émue de son regard fervent, de l'entrecôte de célibataire qu'il tenait à la main, et voulut bien lui laisser voir qu'elle rougissait.

Tous les deux jours, il la rencontrait sur le marché de la rue Lepic et ils échangeaient de tendres regards. Martin n'avait jamais autant 5 regretté de ne pas vivre commè tout le monde. Il n'osait adresser la parole à la jeune femme, dans la crainte qu'une aventure n'eût des suites fâcheuses.

Pourtant, un matin qu'il pleuvait, il lui offrit de l'abriter sous son parapluie et elle accepta d'un si doux sourire qu'il ne put résister à 10 lui avouer son amour. Aussitôt, il se mordit les lèvres, mais trop tard. Déjà, elle lui pressait la main sous son parapluie.

— Moi aussi, dit-elle, je vous aime depuis le jour de l'entrecôte. Je m'appelle Henriette. J'habite rue Durantin.

— Moi, dit Martin, je m'appelle Martin et j'habite rue Tholozé. 15 Je suis bien content.

Sur le point de la quitter, dans la rue Durantin, il pensa ne pouvoir moins faire que de lui demander un rendez-vous.

— Si vous voulez, dit Henriette, je suis libre demain, toute la journée. 20

— Impossible, répondit Martin en rougissant. Demain, je ne suis pas là. Mais après-demain?

Tous deux furent exacts au rendez-vous qui avait été fixé dans un café du boulevard de Clichy. Quand ils eurent échangé tout l'ineffable,[9] Martin, qui avait beaucoup réfléchi à la situation, 25 poussa un grand soupir et déclara:

— Henriette, j'ai encore un aveu à vous faire. Je n'existe qu'un jour sur deux.

Il vit au regard d'Henriette qu'elle ne comprenait pas bien et lui expliqua toute l'affaire. 30

— Voilà, conclut-il d'une voix anxieuse. J'ai préféré vous mettre au courant. Evidemment, un jour sur deux, ce n'est pas beaucoup...

— Mais si, protesta Henriette, ce n'est déjà pas mal. Bien sûr, il vaudrait mieux être ensemble tout le temps, surtout les premiers jours, mais la vie est comme ça. On ne fait pas ce qu'on veut. 35

Ils restèrent embrassés jusqu'aux lumières de l'apéritif. Une heure plus tard, Henriette quittait sa chambre de la rue Durantin

---

[9] **tout l'ineffable** tout ce que seulement les amoureux trouvent à se dire.

pour s'installer rue Tholozé. Ce soir-là, ils prirent à peine le temps de dîner. Leurs regards ne pouvaient plus se déprendre et ils découvraient à chaque instant plus sûrement qu'ils étaient faits l'un pour l'autre.

5   L'heure passait sans qu'aucun d'eux y songeât et, sur le coup de minuit, Henriette poussa un cri de surprise. Martin, qui la tenait enlacée, lui fondit brusquement entre les bras. Dans le premier moment de déception, elle faillit lui en vouloir de disparaître ainsi, sans même faire un peu de fumée, mais son amour lui inspira
10   presque aussitôt l'inquiétude qu'il ne revînt pas.

Elle avait beaucoup de mal à imaginer qu'il eût cessé d'exister même provisoirement. Et en vérité, c'était une chose inimaginable, Henriette ne put se défendre de penser qu'il était au ciel et un peu aussi dans la chambre, à la manière des morts qui rôdent partout
15   pour surprendre les pensées des vivants. Avant de s'endormir, elle récita une petite prière dans le but de l'apaiser, de se le concilier et de le recommander à Dieu.

Le lendemain matin, en s'éveillant dans cette nouvelle chambre, elle eut un serrement de cœur en pensant à Martin. Elle le plaignait
20   avec amour, jusqu'aux larmes, et le redoutait en même temps, comme une présence subtile et attentive. Vers neuf heures, la concierge glissa sous la porte un prospectus. Cela fit un léger bruissement qui vint aux oreilles d'Henriette, occupée à enfiler ses bas. Elle tourna la tête avec un sourire amical, mais non sans un peu
25   d'effroi, et dissimula ses genoux nus. Sa première pensée avait été que Martin manifestait sa mauvaise humeur avec cette manière discrète des absents. Elle se rassura en apercevant le prospectus et fut en même temps déçue.

«J'aimerais mieux être sûre qu'il est ici, pensa-t-elle; comment
30   croire qu'il reviendra si vraiment il n'est plus rien?»

Elle eut plusieurs crises de larmes dans la matinée. L'après-midi alla bien mieux. Martin n'avait plus que quelques heures à s'absenter dans cette inconcevable néant, et peu à peu la promesse de son retour délivrait Henriette de toutes ses inquiétudes.

35   A minuit, Martin reprenait corps dans le lit qu'il avait quitté la veille. Rien ne l'avertit d'abord que vingt-quatre heures s'étaient écoulées pendant lesquelles Henriette était restée seule. Ce ne fut qu'un instant plus tard, en voyant l'heure au réveille-matin, qu'il

s'avisa de sa disparition. Tandis qu'Henriette lui caressait la main comme pour le consoler, il eut un regard anxieux et la même question leur vint aux lèvres: «Alors?» Ce fut Martin qui répondit le premier, en haussant les épaules.

—Alors? Eh bien, rien ... Comprends-tu? Rien. Je n'existais pas 5
plus que tu n'existais il y a cent ans. Pour moi, toute cette journée d'hier est du temps mort ... Mais pour toi, Henriette, ce n'est que du temps passé et tu t'en souviens. Raconte-moi hier, raconte la journée. Comment vont les heures quand je n'existe pas? Comment les jours s'ajustent-ils aux jours? Rends-moi ce qui m'échappe, ce 10
qui n'a pas de place dans ma demi-existence. Les journaux n'en disent presque rien. Ils ne savent pas ... ils parlent d'hier pour des gens qui l'ont déjà vécu. Raconte ...

—Ce matin, dit Henriette, je me suis levée à huit heures ...

—Oui, mais avant ... depuis le moment où j'ai cessé d'exister ... 15

—Je ne peux pas dire comment tu as disparu ... Tout à coup, je n'ai plus rien vu. Je sentais encore ta chaleur, la pression de tes mains, et déjà tu étais parti. Je n'ai pas eu peur, puisque j'étais prévenue, seulement une minute de surprise. Malgré moi, bêtement, j'ai levé la tête pour te chercher dans la chambre. Il y avait une 20
mouche bleue qui volait autour de la lampe. Ne me gronde pas, mais j'ai failli me demander si ce n'était pas toi ...

—Oh non! sûrement pas, dit Martin. Cette mouche bleue, je me rappelle l'avoir vue, moi aussi, quelques minutes avant minuit. Ah! si j'étais mouche bleue, les jours où je disparais, je m'estimerais 25
heureux.

Henriette se fut très vite habituée aux absences de Martin. Elle se voyait dans la situation d'une femme dont le mari est occupé au dehors un jour sur deux. Martin se sentait plus heureux depuis qu'il était en ménage. 30

Le temps lui paraissait couler plus rapidement que jamais et il ne songeait pas à s'en effrayer. L'amour et la présence d'Henriette avaient transformé sa vie. Il l'aimait tendrement et ne voulait pas que leur joie fût troublée par des regrets et des calculs inutiles.

—En un mois, disait-il, tu as trente jours de bonheur et, moi, j'en 35
ai quinze. Mais nous arrivons au bout du mois ensemble, c'est l'essentiel.

—Mais non, protestait Henriette, je n'ai pas trente jours de

bonheur. Quand tu n'es pas là, je m'ennuie, j'ai même du chagrin.
Ce qu'elle en disait était un peu pour lui faire plaisir. La vérité
est qu'elle supportait facilement les jours de solitude. Elle reprenait
haleine, goûtait les plaisirs du recueillement et de la fidélité. Son
5 amour avait un parfum de sagesse et d'amitié qui tendait à modérer
la ferveur de Martin. Après deux ans d'union, il en résulta un
désaccord qui resta longtemps secret, au moins pour lui, car
Henriette avait assez de loisirs pour méditer sur l'étrangeté de leur
situation.

10   Elle n'éprouvait aucun remords et s'efforçait simplement à
sauver les apparences. Ce n'était pas sa faute si le temps n'avait pas
marché pour lui et pour elle à la même cadence. Son amour, qui
durait depuis deux années pleines, n'avait ni la fraîcheur, ni l'élan
que gardait celui de Martin, âgé d'une année seulement.

15 Une nuit qu'il revenait à l'existence, il se trouva couché dans
l'obscurité et acheva une phrase qu'il avait commencée la veille, à
l'instant de disparaître. Comme Henriette semblait tarder à
répondre, il avança la main à tâtons et découvrit qu'il était seul au
lit. Il fit la lumière d'une main tremblante. Le réveille-matin
20 marquait minuit et Henriette n'était pas dans la chambre. Il sentit
tout à coup la profondeur de ce temps mort qu'il ne contrôlait pas et
tout ce qu'il pouvait contenir d'événements. Il se leva, fit le tour de
la chambre, et s'étant assuré qu'elle n'avait pas emporté son
bagage, vint se recoucher. Henriette rentra vers minuit un quart et
25 dit avec un sourire tranquille:

— Mon chéri, je te demande pardon, mais je suis allée au cinéma
et la séance a fini plus tard que je n'aurais pensé.

Martin n'osa répondre autrement que par un signe d'approbation,
car il avait peur de se laisser emporter par la colère. Faire grief[10] à
30 Henriette d'être allée au cinéma l'eût amené à lui reprocher son
existence normale. Elle devina qu'il était peiné, irrité, et lui prit la
main entre les siennes:

— Tu m'en veux d'être allée au cinéma? dit-elle doucement. Je
t'assure que si j'avais su rentrer aussi tard . . .

35 — Mais non, protesta Martin. Pourquoi t'en voudrais-je? Tu as
bien le droit d'aller au cinéma, j'imagine, et même partout s'il te

---

[10] **faire grief** reprocher.

plaît. Ta vie t'appartient, et ce n'est pas parce qu'elle se trouve de temps en temps coïncider avec la mienne . . .

—Pourquoi dis-tu de temps en temps? interrompit Henriette. Nos vies coïncident un jour sur deux.

—Oh! je sais bien, ce n'est pas de ta faute, conclut Martin en 5 ricanant. Tu fais ce que tu peux.

Ce qui avait été accidentel devint une habitude et il arriva au moins une fois par semaine à Henriette de rentrer après minuit. Ces retards exaspéraient Martin, mais ne lui fournissaient que de maigres prétextes à se mettre en colère. Il faut bien qu'une femme 10 aille un peu au cinéma, disait Henriette. Il rongeait son frein sans même avoir la consolation de rêver à des vengeances. Chaque minute de retard lui semblait une intrusion des heures mortes dans son existence déjà réduite. Il devint taciturne et le demeura jusqu'au jour où il s'avisa d'être jaloux. Les soupçons qu'il s'efforçait de 15 repousser finirent par lui paraître raisonnables. Un homme qui n'existe qu'un jour sur deux, il faudrait à sa femme, pour lui rester fidèle, une vertu si sombre qu'on oserait à peine s'en féliciter. Cela n'empêchait pas Martin d'accabler la sienne de questions, qui étaient autant de reproches. 20

—Allons, allons, protestait Henriette, voilà que tu te fais des idées.

Sa sérénité mettait Martin hors de lui. Il grinçait des dents, ricanait, sanglotait et recommençait à lui poser les mêmes questions. Henriette trouvait qu'il était devenu bien insupportable, mais elle 25 patientait en se disant qu'elle avait la paix au moins un jour sur deux et que son sort était encore enviable. Sa résolution de rester fidèle fut un peu ébranlée quand Martin lui démontra qu'à moins d'être stupide il était impossible qu'elle le demeurât. Un jour qu'il n'existait pas, elle fit la rencontre d'un accordéoniste blond et 30 sensible qui s'appelait Dédé. Avant même qu'il eût parlé, elle était décidée à faire preuve d'esprit.

—Tel que vous me voyez, lui dit Dédé, je cherche une affection. Pour celui qui n'a pas l'habitude de se faire des réflexions intimes, c'est bien simple, n'est-ce pas. Il n'a qu'à se contenter d'assouvir 35 son idéal esthétique. Mais l'artiste ne peut pas. L'artiste a besoin d'être compris et d'être estimé dans son art. Naturellement que toutes les femmes ne peuvent pas prétendre . . . C'est à nous de savoir distinguer. Mais, pour vous, j'ai le droit et le devoir de vous le dire: vous rentrez dans ma conception de la femme.[11]

Dédé avait une façon ravageuse de mettre son regard dans celui d'Henriette, qui emporta ses quelques hésitations. Martin n'en fut
5 ni plus ni moins jaloux, et tous les jours qu'il existait, la même scène se reproduisait trois et quatre fois.

— Je sais que tu as un amant, disait-il. Jure-moi que tu n'as pas d'amant.

— Bien sûr, mon chéri, répondait Henriette. Je te le jure.

10 Un jour sur deux, Henriette retrouvait l'accordéoniste dans la chambre qu'il occupait rue Gabrielle. Elle l'aimait éperdument sans pourtant renoncer à l'amour de Martin. Dédé, qui avait l'orgueil légitime de sa qualité d'artiste, prétendait se soustraire au devoir de fidélité. Il disait qu'il était une abeille qui s'en allait butinant pour
15 enrichir sa sensibilité d'accordéoniste. Henriette ne tarda pas à connaître les affres de la jalousie. Elle comprit mieux les souffrances de Martin et lui témoigna plus de compassion. Quand elle lui jurait un amour éternel, il y avait maintenant dans sa voix une chaleur émouvante.

20 Mais les femmes qui ont deux amours en tête ne sont presque jamais raisonnables. Sous le prétexte mensonger qu'il venait de recueillir sa vieille mère, en réalité pour défendre son droit de butiner librement, l'accordéoniste déclara un jour à Henriette qu'il ne pouvait plus la recevoir chez lui.

25 — Alors, c'est toi qui viendras chez moi, lui dit-elle.

Dédé se fit longtemps tirer l'oreille[12] et finit par accepter. Un jour que Martin n'existait pas, il arriva rue Tholozé vers la fin de l'après-midi et dîna dans la chambre avec Henriette. Il était préoccupé par les paroles de rupture qu'il voulait prononcer à
30 l'instant de son départ et son hôtesse ne l'était pas moins par ce qu'elle redoutait d'entendre, si bien que le réveille-matin s'arrêta sur dix heures un quart sans qu'aucun d'eux y fît attention. A minuit, lorsqu'il revint à l'existence dans son lit, Martin pensa rester muet de stupeur. Lui tournant le dos il y avait, au milieu de

---

[11] **vous rentrez dans ma conception de la femme** vous me paraissez une femme idéale.
[12] **se fit ... tirer l'oreille** hésita, se fit prier.

la chambre, un homme en petite tenue qui parlait d'une voix grave, tandis qu'Henriette, la tête dans ses mains, écoutait en pleurant. Voilà ce que disait l'homme:

—On n'échappe pas à la loi du destin, Henriette. Toi, tu n'étais pas faite pour me comprendre!   5

Martin n'en put entendre davantage et mit les deux amants à la porte. L'accordéoniste était si étonné par cette apparition que l'idée ne lui vint pas de réclamer ses vêtements. Martin les lui jeta par la fenêtre avec ceux d'Henriette et regagna son lit, où il ne dormit guère.   10

Le lendemain, il essaya de reprendre les plis de sa vie de célibataire, et, gagnant la rue Riquet, alla regarder le brouillard du matin s'étirer sur les plaines brunes du quartier de la Chapelle. Mais le temps lui parut long, et il crut n'arriver jamais à midi. Sa montre tournait lentement, et rien de ce qu'il voyait ne l'intéressait. L'idée   15 de déjeuner seul dans sa chambre lui fut insupportable et il entra dans un restaurant. Le repas, qui dura moins d'une demi-heure, lui semblait ne devoir jamais finir, au point qu'il fut pris de peur en pensant que le temps était en train de se ralentir.

Instruit par son expérience du matin, il passa l'après-midi au   20 cinéma et acheta en sortant un roman policier, mais rien ne faisait[13] contre l'ennui. Tous les jours de son existence se traînaient avec la même lenteur, et il en vint à souhaiter de ne plus vivre qu'un jour par semaine et même un jour par mois.

Un soir qu'il cédait à la nostalgie du temps mort et rêvait à s'y   25 réfugier à jamais, Martin essaya de réagir et décida de mener une vie aventureuse. En sortant de chez lui après l'heure du dîner, il donna un coup de poing dans la figure du premier venu.[14]

L'homme s'éloigna vivement en se tamponnant le nez, et, du haut des marches de la rue Tholozé, l'injuria avec violence. Martin   30 l'écouta un moment, et, s'étant rendu compte que le temps ne passait pas plus vite, abandonna la partie.

Il se promena sur le boulevard. Il était décidé à affronter, aux regards de tous, l'instant de sa disparition. Soudain, il aperçut Henriette de l'autre côté de la chaussée. Elle était assise à la terrasse   35 d'un café en compagnie d'un homme âgé. Martin, sans prendre

---

[13] **ne faisait** n'avait aucun effet.
[14] **premier venu** premier homme qui passa.

garde aux voitures, traversa d'un mouvement irréfléchi. Un taxi, lancé à toute vitesse, n'eut pas le temps de freiner. Il n'y eut pas à proprement parler d'accident, Martin s'étant volatilisé à l'instant même où le capot de la voiture était sur lui, mais comme il ne devait 5 jamais reparaître à Montmartre, il y a lieu de croire qu'il avait eu le temps de recevoir un choc mortel.

Henriette, qui avait reconnu le pauvre Martin, dit à son nouveau compagnon:

— Tiens, il est déjà minuit.

Questions

1. Décrivez la façon bizarre dont vivait Martin.
2. Quel embarras la nécessité de travailler lui aurait-elle causé?
3. Pourquoi Martin n'avait-il pas besoin de gagner sa vie?
4. Quelle émotion Martin éprouvait-il en pensant aux jours où il n'existait pas?
5. Comment Martin prenait-il connaissance de ces jours-là?
6. Quelles émotions lui donnait le mot 'hier'?
7. Pourquoi Martin évitait-il le centre de Paris?
8. Pourquoi Martin choisissait-il si souvent le quartier de la Chapelle pour ses promenades?
9. Par quelles réflexions philosophiques Martin se consolait-il parfois en déjeunant?
10. Dans les occasions où Martin se tenait éveillé à minuit, quel phénomène remarquait-il?
11. Pourquoi Martin préférait-il s'endormir avant minuit?
12. Quel accident a failli révéler un jour son secret?
13. Pourquoi Martin se gardait-il pendant quelque temps de parler à Henriette?
14. Dans quelles circonstances Martin a-t-il fini par avouer son amour?
15. Comment Henriette a-t-elle reçu la nouvelle de l'étrange vie de Martin?
16. Quelles émotions la disparition soudaine de Martin a-t-elle inspirées à Henriette la première nuit qu'ils ont passée ensemble?
17. Pourquoi Henriette a-t-elle prié?

18. Quelles émotions contraires Henriette a-t-elle éprouvées quand la concierge a glissé le prospectus sous la porte?

19. Pourquoi Martin voulait-il entendre Henriette raconter les événements de la veille plutôt que de les lire dans le journal?

20. Quelle impression Henriette a-t-elle eue de la mouche qui volait dans la chambre?

21. Expliquez pourquoi, après deux ans, l'amour d'Henriette n'avait plus la même force que celui de Martin.

22. Comment Henriette a-t-elle expliqué son absence quand Martin est revenu une nuit à l'existence sans la retrouver près de lui?

23. Racontez la manière dont les inquiétudes de Martin, causées par les absences fréquentes d'Henriette, tournaient à la jalousie.

24. Henriette a décidé volontairement de tomber amoureuse de Dédé. Expliquez sa décision.

25. Pourquoi Henriette est-elle devenue jalouse à son tour?

26. Pourquoi Henriette et Dédé ont-ils arrangé un rendez-vous chez Martin plutôt que chez Dédé?

27. Pourquoi Dédé se trouvait-il encore dans la chambre au moment du retour de Martin à la vie?

28. Pourquoi le temps semblait-il passer plus lentement pour Martin après l'expulsion d'Henriette?

29. Pourquoi Martin a-t-il attaqué un inconnu dans la rue?

30. Décrivez en détail la mort de Martin. Qu'est-ce qui indique qu'il est vraiment mort?

31. Que pensez-vous de la dernière phrase de cette nouvelle?

Pierre Gripari

Fils d'un ingénieur-constructeur grec naturalisé français et d'une mère normande, Pierre Gripari naquit à Paris le 7 janvier 1925. Dans son autobiographie, *Pierrot la lune* (1963), il décrit les vingt premières années de sa vie, partagée entre Paris où il fit ses études, et Nouan, aux bords de la Loire, où la famille passait habituellement ses vacances. Enfant, il avait fait de sa mère une idole que de cruelles vérités ont fini par détruire. Le désenchantement s'acheva en 1941 par la mort de celle-ci. Cette perte divise la vie de Gripari en deux parties, car c'est lui aussi qui est mort avec sa mère: «Ce matin-là,» dit-il, «celui qui portait mon nom s'est anéanti à jamais.» Sa mère avait été spirite, et du spiritisme il semble avoir conservé la croyance en la transmigration des âmes. Ses relations avec son père ont toujours été distantes. Gripari ne s'est jamais entendu avec lui, car il s'opposait systématiquement aux volontés de son fils. «Je n'ai jamais eu de père,» a-t-il déclaré. Le lecteur de «L'Ours» comparera avec intérêt les rapports réels entre fils et parents et leur transposition dans cette nouvelle. En juin 1944, lors du débarquement des Alliés en Normandie, le père fut tué, mitraillé dans un car allant à Blois.

Le goût de la lecture et son désir de devenir écrivain se manifestèrent de bonne heure, ainsi que son amour de la musique. A quatorze ans, période des «grandes découvertes», Gripari lisait avec enthousiasme Racine, Molière, et surtout Pascal. Quoiqu'il ne reçût pas d'éducation religieuse orthodoxe, il se considérait chrétien à cette époque. Plus tard, cependant, après avoir lu Nietzsche, il devint athée. Du nihilisme il évolua vers le marxisme, et en 1944 il entra au parti communiste. S'ennuyant très vite des réunions de cellule, il perdit confiance dans le parti. Pendant des années il étudia le piano et hésita longtemps à choisir entre la carrière littéraire et sa vocation musicale.

Ses études au lycée Buffon furent interrompues par la guerre et, en 1939, il les poursuivit à Blois. Pendant l'exode la famille se réfugia dans le Gard, puis s'installa à Nîmes en juin 1940. C'est là qu'il passa, l'année suivante, la première partie du baccalauréat. De retour à Paris en octobre 1941, il fit son année de philosophie au lycée Louis-le-Grand et réussit le second bac en 1942. Vers 1946 il s'engagea dans l'infanterie coloniale.

Aux yeux de Pierre Gripari, l'humanité s'est créé un monde dans lequel elle n'est pas faite pour vivre. L'homme a des besoins et des aspirations qui resteront toujours insatisfaits. La civilisation est donc un vice contre nature, et la société fait ressortir notre côté diabolique. Le seul remède est d'échapper par le rire, car il faut bien rire de la comédie du monde. Cette «seule religion possible» Gripari l'appelle Gribiche ou la «mystique de la rigolade».

En plus de son autobiographie, Gripari a publié deux recueils de nouvelles et deux romans. Dans le plus récent de ceux-ci, *La Vie, la Mort et la Résurrection de Socrate-Marie Gripotard* (1968), il nous offre une satire amusante et fantastique des erreurs des historiens. Imaginant un futur écrivain qui lui ressemble et qui se met à écrire, dans l'avenir, l'histoire romancée de notre époque, il compose un livre cocasse et extravagant où règne une parfaite confusion qui se fonde sur des faits erronés et des paroles dont le sens est déformé. Gripari suggère que les choses surprenantes qu'écrira cet historien futur ne sont pas si éloignées de ce que nous disons aujourd'hui lorsque nous entreprenons d'interpréter les civilisations disparues.

Le domaine où Gripari se sent le plus à l'aise est, cependant, le fantastique quotidien. Cet inlassable conteur a déclaré que les seules histoires qui l'intéressent vraiment sont celles dont il est sûr, dès le début, qu'elles ne sont jamais arrivées, qu'elles n'arriveront jamais. Quelques exemples choisis dans *Contes de la rue Broca* (1967), recueil d'histoires urbaines goguenardes, en donneront une idée. Parmi les sujets nous trouvons deux chaussures qui s'aiment d'amour tendre, une vieille sorcière qui tient à manger une fille à la sauce tomate, et un petit cochon futé qui dévore une étoile. Ce sont des contes d'une fraîcheur et d'une simplicité enfantines qui amusent le lecteur et provoquent le sourire.

Le mélange du réel quotidien et du fantastique caractérisaient déjà sa première collection de nouvelles, *Diable, Dieu et autres contes de menterie* (1965) d'où est tiré «L'Ours». Dans cette nouvelle

Gripari nous raconte les conséquences surprenantes d'une conversation avec une inoffensive peau d'ours. Dans «Le Bélier», le bizarre retour à l'époque du Christ de Marie-André Fuchs et la découverte étonnante qu'il fait de sa propre identité se situent dans le cadre réaliste d'une mission archéologique moderne en Proche Orient. Si la dispute entre mari et femme d'un autre conte, «Midi», a lieu dans les rues de Paris qui nous sont familières, leur descente dans le métro a quelque chose de sinistre, et la présence d'une hideuse poinçonneuse, à pattes nombreuses, fait évidemment partie d'un tout autre monde. C'est cet autre monde, celui du rêve, de l'imaginaire, de l'art que l'auteur évoque dans les épigraphes justificatives du recueil, cet autre monde dont il faut parler, dit-il, en citant Oscar Wilde, parce qu'il n'existerait pas sans cela. Ainsi, Pierre Gripari affirme l'autonomie de l'imagination, la vérité du mensonge.

L'Ours

Pierre Gripari

En vérité, j'ai très peu de souvenirs d'enfance. Dans cela même[1] que je vais vous raconter, j'ignore quelle est la part des souvenirs réels et celle des reconstitutions que j'ai faites depuis.

L'image la plus ancienne que je puisse me rappeler, c'est celle-ci: nous sommes dans la salle à manger du château—en réalité nous n'avions qu'une grande maison de campagne; mais les gens du pays l'appelaient le château, et nous faisions comme eux—je vois ma mère, assise de trois quarts auprès de la fenêtre, en train de coudre un rideau. Elle me parle. Je ne sais pas ce qu'elle me dit. Mais je l'écoute avec un sentiment de déférence, de respect, mêlé d'une sorte de peur. Je suis assis sur la peau d'ours qui est étendue sur le carrelage, devant la cheminée. Cassandre est là, qui débarrasse la table. Elle ne dit rien. Derrière moi, dans la cheminée, brûle un grand feu de bois dont je sens la chaleur. C'est tout.

Il y avait certainement d'autres personnes chez nous, mais je ne m'en souviens plus. Je ne vois que ma mère, notre vieille bonne à qui, Dieu sait pourquoi, elle avait donné le nom de Cassandre, la peau d'ours et moi.

Autant que je me souvienne, la vie était assez monotone au château. Je n'en sortais que pour aller à l'école du village, à quatre kilomètres de là, et j'y allais à pied. Ma mère, qui ne sortait qu'en voiture, estimait qu'à mon âge il fallait prendre l'habitude de marcher par tous les temps—et je ne lui donne pas tort.

J'étais un bon élève, encore qu'un peu sauvage. Mes carnets de notes portaient assez souvent des observations du genre «trop renfermé», «se tient à l'écart de ses camarades», etc . . . Ma mère, qui me faisait la guerre pour la moindre mauvaise note, ne m'a

---

[1] **cela même** i.e., l'histoire qui suit.

jamais parlé de ces appréciations. Il faut croire qu'elles ne lui déplaisaient pas.

Lorsque je revenais de l'école, Cassandre me faisait goûter, ensuite je faisais mes devoirs, j'apprenais mes leçons — que j'allais
5 réciter à ma mère — après quoi j'étais libre jusqu'au dîner. Je veux dire par là que je pouvais faire ce que je voulais à l'intérieur de la maison, car il m'était interdit de sortir seul.

J'étais d'ailleurs ce qu'on appelle un enfant sage. Ma principale distraction consistait à descendre à la salle à manger pour caresser
10 la peau d'ours.

J'aimais cet ours. Je l'aimais, pour ainsi dire, physiquement. Je pouvais passer des heures, couché dessus, à entourer mon cou de ses grosses pattes velues, à caresser sa tête fauve, et à lui raconter tout ce que j'avais sur le cœur. Pendant toutes ces années, il a été, je
15 peux le dire, mon seul ami et mon seul confident.

Je devais avoir[2] huit ans quand ma mère est tombée malade. Quelle pouvait être sa maladie, je ne l'ai jamais su au juste. Cassandre la soignait, et moi je montais chaque soir, après le dîner, pour lui souhaiter bonne nuit avant d'aller me coucher, de sorte que
20 je ne la voyais plus qu'une fois par jour.

Je me demande aujourd'hui si cet éloignement m'a fait de la peine. C'est possible, mais je l'ai oublié. En tout cas, il était volontaire de sa part. Ma mère, autant que je me souvienne, était pétrie d'orgueil — en quoi je tiens bien d'elle, du reste . . . Je crois qu'elle
25 m'aimait sincèrement, et même qu'elle était jalouse de son autorité sur moi. Mais elle préférait ne plus me voir, plutôt que de m'offrir le spectacle de sa déchéance et de sa faiblesse. Lorsque je montais lui dire bonsoir, je la trouvais, tous les jours, à la même heure, dans la même position: assise sur son lit, en liseuse, un peu raide et, bien
30 que légèrement amaigrie, plus majestueuse que jamais.

Et c'est là que mon histoire commence pour de bon.

Un soir, j'étais, comme d'habitude, couché sur la peau d'ours et je lui parlais à l'oreille, quand tout à coup j'entends une voix, très faible, mais distincte, qui semblait sortir de la gueule de l'animal, et
35 cette voix m'appelle par mon nom:

— Pierre.

––––––––––

[2] **je devais avoir** j'avais probablement.

Je réponds: «Oui», machinalement, et je regarde attentivement la tête. Presque aussitôt, la voix reprend:

— Est-ce que tu m'aimes?

C'était bien l'ours qui parlait. Je réponds de nouveau: «Oui», et j'attends en retenant mon souffle — plus rien.[3]

Il me semble aujourd'hui que j'aurais dû avoir peur. Mais non. J'étais légèrement surpris, rien de plus. La peur n'est venue qu'ensuite — bien légère en vérité, bien fugitive, et plutôt une appréhension qu'une peur.

Le lendemain, je redescends dans la salle à manger, et de nouveau l'ours me parle:

— Pierre.

— Oui.

— Moi aussi, je t'aime.

— Moi aussi.

Réponse un peu sotte, il est vrai, mais que dire d'autre en de pareilles circonstances?

Et c'est ici qu'apparaît la peur. Après cette deuxième conversation, je reste dix jours sans remettre les pieds dans la salle à manger, sauf pour me mettre à table.

Au bout de dix jours, cependant, je me retrouve sur la peau de l'ours, et l'ours me parle de nouveau:

— Pierre.

— Oui.

— Pourquoi n'es-tu pas venu ces jours-ci?

— Je ne sais pas.

Et en effet, je ne savais pas.

Le lendemain, même histoire:

— Pierre.

— Oui.

— Veux-tu que nous soyons amis?

— Oui.

A dater de ce jour, nous avons, l'ours et moi, chaque soir une conversation, toujours sur le même modèle: «Pierre. — Oui . . . » — après quoi l'ours me dit une phrase, je lui en réponds une autre,[4] une seule — j'ai très vite remarqué que lorsque je répondais en deux

---

[3] **plus rien** i.e., il n'y a plus de réponse.
[4] **je lui en réponds une autre** je lui réponds par une autre phrase.

phrases, l'ours n'entendait que la première — et c'est fini jusqu'au lendemain.

Cependant je continuais de bien travailler en classe, d'aller chaque soir embrasser ma mère, et d'être un enfant sage. Extérieure-
5 ment tout au moins, il n'y avait rien de changé dans ma vie.

Cela a duré toute une année scolaire — l'année de mon certificat d'études. Combien je regrette, aujourd'hui, de ne pas avoir noté, dès le début, tous nos dialogues! Il est vrai que le détail en serait sans doute fastidieux. A intervalles réguliers, en effet, l'ours me
10 reposait toujours les mêmes questions:

— Est-ce que tu m'aimes?

Et je répondais: «Oui».

— Tu m'aimes comment?

Et je répondais: «Beaucoup».

15 — Est-ce que tu m'aimes plus que tout?

Et je répondais: «Non».

— Qui aimes-tu plus que moi?

Et je répondais: «Maman».

— Pourquoi aimes-tu ta mère plus que moi?

20 La première fois que l'ours m'a posé cette question, j'ai répondu:

— C'est normal. Elle est vivante, elle.

Réponse d'une cruauté atroce, et dont le remords m'a empêché de dormir toute une nuit. Fort heureusement, l'ours n'avait entendu que la première phrase: «C'est normal.» Par la suite, quand il me
25 reposait cette même question, je répondais régulièrement:

— Parce qu'elle est ma mère.

Une autre question du même genre, qu'il me posait souvent, était celle-ci:

— Qu'est-ce que je suis pour toi?

30 Question qui, je dois le dire, avait le don de me bouleverser. Un autre aurait été peut-être exaspéré, à la longue, de s'entendre, presque continuellement, interroger de la même manière . . . Mais, si neutre qu'elle fût,[5] la voix de l'ours me semblait alors exprimer une inquiétude allant jusqu'à l'angoisse. Je ne savais comment lui
35 prouver mon affection — et en même temps je sentais très bien que

---

[5] **si neutre qu'elle fût** malgré le ton neutre de la voix.

celle-ci n'était pas assez absolue pour le satisfaire. Vous me direz que j'aurais pu mentir un peu, pour lui faire plaisir, lui certifier que je l'aimais plus que ma mère, puisque visiblement c'était cela qu'il voulait . . . Mais je ne pouvais pas. Je ne voulais pas — et j'avais bien raison de ne pas vouloir! 5

Tout cela pour vous expliquer qu'à cette dernière question:

— Qu'est-ce que je suis pour toi?

Je répondais généralement:

— Après ma mère, c'est toi que j'aime le plus.

Ou encore: 10

— Tu es mon meilleur ami.

Ce qui était l'absolue vérité, car déjà, sans qu'il le sache, notre amitié avait été scellée dans le sang d'un autre.

Au cours d'une de nos premières conversations, l'ours m'avait dit:

— Ne dis à personne que je te parle. 15

J'avais promis. Mais cette promesse a eu, paradoxalement, un effet tout contraire à celui qu'elle aurait dû avoir. Jusque là, en effet, l'idée ne m'avait même pas effleuré que je puisse parler à quiconque du secret entre l'ours et moi. En promettant de n'en rien dire, m'apparaissait pour la première fois la possibilité[6] de faire 20 cette confidence à un tiers — et je l'ai faite . . .

J'avais, à cette époque, à l'école, je n'ose pas dire un ami, mais . . . disons, un interlocuteur. En général, j'inspirais à mes camarades de classe une antipathie instinctive, qui se manifestait le plus souvent par de l'éloignement, plus rarement par de la violence. Celui-là[7] 25 était le seul à s'être donné un peu de mal pour se rapprocher de moi. En vérité, il ne m'était pas particulièrement sympathique, mais j'acceptais de bon cœur sa compagnie, et en conséquence j'estimais avoir des devoirs envers lui.

D'un naturel extrêmement confiant, il n'avait pas tardé à me 30 mettre au courant de toute sa vie de famille. J'écoutais sans me compromettre, mais il était bien évident que cela ne pouvait pas durer. En échange de ses confidences, il réclamait des miennes. Au désespoir de ne rien avoir à lui dire, un jour, à la récréation, je lui confie mon secret: 35

---

[6] **m'apparaissait . . . la possibilité** Notez bien l'inversion du verbe et du sujet.
[7] **Celui-là** i.e., l'interlocuteur.

—Tu ne sais pas?[8] Chez nous, au château, il y a une peau d'ours. Tous les soirs je lui parle et elle me parle.

Je n'oublierai jamais sa réaction. En un clin d'œil, il avait changé de visage. Il me regardait comme si je lui avais dit quelque chose de
5 sale. Presque aussitôt, il me quittait sans dire un mot.

J'étais moi-même atterré. J'avais trahi le secret (or pour moi la trahison signifiait la mort)—et, qui plus est, je l'avais trahi pour un petit imbécile, incapable de le comprendre et de le supporter. Qu'allait-il en advenir?

10 Bien entendu, ce que je craignais est arrivé. Le soir même, à la sortie de l'école, en passant près d'un groupe de copains parmi lesquels se trouvait mon ex-camarade, je les vois rire en me regardant. Je m'arrête, et l'un d'eux m'interpelle:

—Alors, Peau d'ours?

15 Qu'est-ce que j'ai fait, alors? Je suis incapable de me le rappeler. Toujours est-il que je revois la tête de mon camarade, bien en face, à quelques centimètres de moi. Les autres sont là, tout autour, mais je ne vois que lui. Je lui souffle au visage:

—Tu m'as trahi. Tu mourras.

20 Cette phrase me semble aujourd'hui enfantine, d'une grandiloquence presque risible. Mais je l'avais dite sur le ton qu'il fallait. Sans un mot, sans un rire, le groupe se disperse—et plus jamais il n'a été question du surnom de Peau d'ours.

N'empêche que le secret m'avait échappé. Il ne dépendait plus de
25 moi qu'il soit gardé ou non. Cette seule pensée me rendait malade. Tous les jours, à l'école, je retrouvais mon traître. Je lui en voulais doublement: pour sa trahison d'abord, et pour la mienne ensuite. Je ne lui parlais plus. En sa présence, je me sentais diminué, humilié, lâche, honteux, haineux—la haine prend chez moi toutes les
30 apparences de la peur, je l'ai remarqué bien souvent.

Cette situation a duré plusieurs mois, jusqu'au jour où je me suis trouvé débarrassé de lui d'une façon aussi simple qu'inattendue. Ce jour-là, en arrivant le matin, je croise dans la cour de l'école la maîtresse en grande conversation avec une dame. Je salue et je passe.
35 La dame tient un mouchoir à la main, et elle ne fait que répéter:

—Il a vomi tout son sang, le pauvre petit! Il a vomi tout son sang et il est mort!

---

[8] **Tu ne sais pas?** Tu sais.

Quelques minutes plus tard, lorsqu'en entrant en classe la maîtresse nous annonce la mort de mon ennemi, je ne suis pas surpris — je savais.

La même histoire s'est reproduite deux ou trois fois dans ma vie. Chaque fois que, pour des raisons professionnelles ou autres, je me suis vu obligé de fréquenter régulièrement quelqu'un que je haïssais, ce quelqu'un-là[9] est mort. De mort accidentelle, bien entendu, je n'ai jamais tué personne . . . — et pourtant il m'arrive de me demander parfois si je ne suis pas un assassin.

Mes conversations avec l'ours durent, cette année-là, jusqu'à la fin de l'été qui suit mon certificat d'études. L'automne suivant, ma mère m'envoie en pension dans un collège, en ville.

Je suis donc resté toute une année scolaire sans revoir le château, même à Noël, même à Pâques. Ma mère, dont la santé ne s'améliorait pas, avait chargé un de ses parents éloignés de s'occuper de moi les dimanches et les jours de congé.

Mon oncle — c'est ainsi que je l'appelais — était l'homme le plus franchement cordial que j'aie jamais connu. Il m'avait tout de suite pris en affection, mais ma sauvagerie lui paraissait monstrueuse. En conséquence, il faisait tout son possible pour me distraire, pour me «dégeler», comme il disait. Il y réussissait, dans une certaine mesure, sa gaîté m'amusait — mais je ne la partageais pas. Je pensais à tout autre chose.

Croyez-vous qu'il soit possible de vivre avec une idée présente à l'esprit, jour et nuit, vingt-quatre heures sur vingt-quatre? Moi, je le crois. Il me semble que, cette année-là, même quand je travaillais, même quand je m'amusais, même quand je dormais, je n'ai pas oublié une seconde le château, ni la peau d'ours.

A la fin de l'année, j'étais fou de joie. Pour ne pas faire de peine à mon oncle, j'essayais de mettre cette joie sur le compte de mes succès scolaires — mais le bonhomme n'était pas si bête . . .

Le jour de la distribution des prix, il me dit:

— Tu es heureux de retourner au château, hein?

Un peu honteux, je lui réponds:

— Oui . . .

---

[9] **ce quelqu'un-là** la personne que je haïssais.

Il éclate de rire, puis il ajoute:

— J'ai envie de te faire un cadeau. Dis-moi ce qui te ferait plaisir.

Je lui réponds sans hésiter:

— Un petit carnet pour mettre dans ma poche et écrire ce que je
5 veux!

— C'est tout?

— Oui, mon oncle. Ça me ferait tellement plaisir!

Le jour même, il m'emmène dans une papeterie et me paie, non
seulement un carnet, mais un stylo et un porte-mine.

10 Deux jours plus tard, je repartais pour le château, mes trésors
dans la poche.

Cassandre m'attendait à la gare. A peine descendu[10] du train, elle
me dit:

— Votre mère veut vous voir.

15 Nous faisons en silence les quelques kilomètres qui séparent la
gare du château, et je monte aussitôt chez ma mère. Je la trouve en
liseuse, comme d'habitude, assise sur son lit — visiblement très
affaiblie. Elle me pose quelques questions, auxquelles je réponds
aussitôt, sur la pension, sur mon oncle, puis elle me dit:

20 — Maintenant, va jouer, mon petit, je suis fatiguée.

Je n'attendais que cela pour descendre à la salle à manger. Je
sors de chez ma mère,[11] je referme doucement la porte, je dégringole
l'escalier, je m'engouffre dans le hall . . . mais sur le seuil, je
m'arrête, sidéré: la peau d'ours n'est plus là.

25 Je remonte quatre à quatre et je cours dans ma chambre, où
Cassandre était en train de défaire ma valise. En entrant, je la vois,
une chemise dans les mains, debout, face à la porte, comme si elle
m'attendait.

Je me suis longtemps demandé quel rôle Cassandre pouvait
30 jouer dans cette histoire. Aujourd'hui, je suis presque certain qu'elle
savait.

Sans même reprendre mon souffle, je lui demande:

— Où est la peau d'ours?

Je vois le sourire mince de Cassandre et je l'entends répondre:

35 — Votre mère m'a dit de la monter au grenier.

— Pourquoi?

------

[10] **A peine descendu** J'étais à peine descendu.
[11] **de chez ma mère** de la chambre de ma mère.

—Ça, monsieur Pierre, je suis incapable de vous le dire.

—Il me la faut, Cassandre, je la veux.

Toujours souriante, les yeux morts, elle me répond:

—Je ne peux pas prendre ça sous mon bonnet, monsieur Pierre. Voyez votre mère et demandez-lui. 5

Là-dessus, je ne fais qu'un saut de ma chambre à celle de ma mère. Le cœur battant, je frappe. J'entends:

—Entrez.

J'entre. Cette fois, elle n'est pas assise sur le lit, à m'attendre, mais couchée, la mine défaite, et elle semble souffrir. Je ne l'ai 10 jamais vue ainsi. Elle se redresse:

—C'est toi?

—Maman, donne-moi la peau d'ours.

—La peau d'ours? Quelle peau d'ours?

—Maman, donne-moi la peau d'ours. 15

—Pourquoi faire?

—Maman, il me faut la peau d'ours.

—Mais qu'est-ce que c'est que[12] ce ton?

Elle évite de répondre, elle essaye de fuir, elle se fâche, elle éclate en reproches—mais moi, avec une obstination dont je ne me serais 20 jamais cru capable, je ne sais que[13] lui répéter:

—Maman, donne-moi la peau d'ours, il me la faut, je la veux . . .

Cette conversation dure longtemps, très longtemps. Mais à la fin, ma mère, vaincue, grimaçant de douleur, se laisse retomber sur l'oreiller et me crie, sur un ton de véritable désespoir: 25

—Eh bien fais ce que tu veux! Va-t'en et prends-la donc, ta peau d'ours!

Je n'ose même pas lui dire merci. Je prends la fuite et je retourne dans ma chambre. Je retrouve Cassandre, une chemise dans les mains, dans la même position, comme si elle n'avait pas bougé 30 depuis mon départ.

—Maman veut bien, Cassandre.

Avec le même sourire absent, elle me répond:

—C'est bien, monsieur Pierre. Si vous voulez, je la mettrai ici, dans votre chambre. 35

Il me semble que, même alors, j'ai eu conscience de vivre la journée la plus importante de ma vie. C'était la première fois que

---

[12] **qu'est-ce que c'est que** que signifie.
[13] **je ne sais que** je peux seulement.

ma mère cédait. C'était aussi la première fois que j'avais voulu aussi intensément quelque chose, que j'avais été aussi impitoyablement décidé à l'obtenir.

Le soir même, pendant le repas, en me servant mon potage, Cassandre me dit de sa voix égale:

— Votre mère vous demande de ne plus monter chez elle, monsieur Pierre. Elle est souffrante. Aussitôt qu'elle ira mieux, elle vous le fera savoir.

Je reçois cette nouvelle avec une sorte de soulagement. Dans quelle mesure ai-je alors pressenti que je ne verrais plus ma mère?

Aussitôt le repas fini, je monte dans ma chambre, et je vois, devant la cheminée, étendue sur le carrelage, la peau d'ours.

Et cette nuit-là, de nouveau, l'ours me parle:

— Pierre.

— Oui.

— Je te remercie.

— Je t'aime.

Avant de me coucher, je prends mon stylo, mon carnet, et je note soigneusement ces quatre répliques. Ce n'était pas pour autre chose que j'avais demandé ce cadeau à l'oncle.

Ce carnet, le voici. Cela fait[14] vingt-cinq ans que je le traîne partout, et je le garderai jusqu'à ma mort. A dater de ce jour, toutes mes conversations avec l'ours y sont notées, je n'ai plus qu'à vous les lire.

17 juillet:

— Pierre.

— Oui.

— Comment m'aimes-tu?

— Qui es-tu?

Ici, je ne me contente plus de répondre, je pose à mon tour des questions.

18 juillet:

— Pierre.

— Oui.

— On m'a tué par magie.

— Qui t'a tué?

---

14 **Cela fait** Voilà.

19 juillet:
— Pierre.
— Oui.
— Je ne peux pas te le dire.
— Je t'aime plus que tout.

20 juillet:
— Pierre.
— Oui.
— Qu'est-ce que je suis pour toi?
— Tu es mon grand frère.

Le lendemain matin, en me levant, je m'aperçois que mon veston a disparu, avec le carnet et le stylo qui étaient dans la poche intérieure. Je crois que je n'ai jamais eu aussi peur de ma vie. Comment faire pour réclamer ce carnet, dont je voulais dissimuler à tout le monde jusqu'à l'existence?[15] En quelles mains allait-il tomber? Qu'allait devenir le secret de l'ours?

Je descends prendre mon petit déjeuner, littéralement malade. Mais voilà qu'en m'asseyant j'aperçois, posés à côté de mon assiette, le carnet, le stylo et le porte-mine. Cassandre est debout auprès de ma chaise:

— Je m'excuse, monsieur Pierre. Hier soir, j'ai oublié de vous demander votre veste pour le teinturier. Je l'ai prise cette nuit pendant que vous dormiez. Il y avait ceci dans la poche intérieure gauche.

Je lève les yeux. Je la regarde. A-t-elle ouvert le carnet? J'essaie de deviner. Mais son visage n'exprime rien. Ses yeux n'expriment rien. Toujours le même sourire impersonnel.

A la date du 21 juillet, j'écris:
Carnet rendu par Cassandre, ce matin, au petit déjeuner.
Puis le dialogue suivant:
— Pierre.
— Oui.
— Est-ce que tu m'aimes?

L'ours n'est pas encore satisfait. La série des questions recommence. Je coupe court:
— Je t'aime plus que ma mère.

---

[15] **jusqu'à l'existence** son existence même.

22 juillet:

—Pierre.

—Oui.

—Qu'est-ce que je suis pour toi?

5 —Tu es mon père.

23 juillet:

—Pierre.

—Oui.

—Je suis vraiment ton père?

10 —Oui, tu es mon père.

Le lendemain, le même dialogue se répète mot pour mot.

A la date du 25 juillet l'ours me demande:

—Es-tu capable de voler à la cuisine?

—Quoi?

15 26 juillet:

—Pierre.

—Oui.

—Un bol de lait et un bol de miel.

—Je vais essayer.

20 27 juillet:

—Pierre.

—Oui.

—Pose les deux bols devant moi ce soir.

—Je ne les ai pas encore.

25 28 juillet:

—Pierre.

—Oui.

—Tu poseras les deux bols devant ma tête.

—Quand je les aurai, oui.

30 29 juillet:

—Pierre.

—Oui.

—Tu poseras les deux bols par terre devant moi.

—Dès ce soir.

En fait, je n'avais toujours pas réussi à me les procurer. Mais j'avais mon idée. Je commence par noter cette dernière conversation, puis, au lieu de me coucher, j'attends que la nuit soit un peu avancée. Au bout d'une petite heure, je descends, en chaussettes, à la cuisine, je prends deux bols, que j'emplis, l'un de lait, l'autre de 5 miel, et je me dispose à remonter — quand tout à coup la cuisine s'éclaire. Je me retourne: Cassandre est devant moi, une lampe à pétrole à la main.

Je reste sur place, pétrifié, muet. Cassandre me regarde, regarde les deux bols . . . Quelle question va-t-elle me poser? Le silence 10 s'éternise. J'ai envie de crier.

Cassandre regarde les deux bols, me regarde . . . et elle me sourit. Pour de bon, cette fois. Franchement. Avec tout son visage. C'est la dernière fois que je la vois, elle aussi, mais jamais je n'oublierai ce sourire. 15

— Je vous souhaite une bonne nuit, monsieur Pierre.

Elle dit, et s'en va en emportant la lampe. Je reste seul, une bonne minute, dans l'obscurité, prêtant l'oreille — plus personne, plus rien. Je remonte l'escalier, pas à pas, lentement, mes deux bols dans les mains. Arrivé dans ma chambre, je les pose sur le carrelage, 20 devant la tête de l'ours, et je me couche.

Et puis un baiser me réveille. Quelqu'un me tient la tête dans ses mains, et m'embrasse. En même temps j'entends à mon oreille une voix bien connue:

— Pierre. 25

— Oui.

— Je suis vraiment ton père?

— Oui.

J'ouvre les yeux. Il fait gris dans la chambre. C'est le petit jour. Un homme est assis sur le bord de mon lit. Je ne l'ai jamais vu, mais 30 je le reconnais. C'est réellement mon père.

— Alors, viens. Je t'emmène.

Mal réveillé, je lui demande:

— Mais la peau d'ours?

Il sourit: 35

— C'est fini, la peau d'ours. Allons, viens; il faut partir tout de suite.

Je ne pose plus de questions. J'obéis. Je m'habille, et une minute plus tard, nous quittons le château, comme deux voleurs — ou

comme deux amoureux. L'herbe est trempée de rosée, le jour se
lève — une aurore brumeuse et piquante.

Ma vie avec mon père, pendant les vingt années qui ont suivi, je ne
vais pas vous la raconter, c'est une tout autre histoire. Après sa
5 mort, je suis retourné au pays. Cassandre était morte — malheureusement. Les gens ne m'ont pas reconnu. Je n'ai d'ailleurs pas cherché
à me faire reconnaître, mais je les ai fait parler. Et c'est alors
seulement que j'ai appris ce qui s'était passé cette nuit-là.

Le matin de notre départ, les gendarmes, alertés par Cassandre,
10 étaient arrivés au château. Ils étaient montés dans la chambre de
ma mère, et là, sur le lit, ils avaient trouvé ma mère morte, égorgée,
le visage à moitié dévoré, comme par une bête fauve.

Questions

1. De quoi nous avertit le narrateur au premier paragraphe?
2. Manque-t-il une personne essentielle dans l'image la plus
   ancienne que se rappelle le narrateur?
3. Précisez les sentiments du narrateur pour sa mère.
4. Que peut signifier le nom de Cassandre que la mère a donné à la
   vieille bonne?
5. Quel est le rôle joué par la peau d'ours dans la vie du jeune
   homme? Quel vide semble être comblé par ces rapports?
6. Qu'est-ce qui arrive à la mère lorsque le garçon a huit ans?
7. Pourquoi la nature de cette maladie reste-t-elle obscure? Qui
   soigne sa mère?
8. Quelle est la conséquence de cette maladie dans la vie du fils?
9. Quel trait de caractère le fils a-t-il hérité de sa mère?
10. Quel événement extraordinaire a lieu un soir?
11. La question qui sort de la gueule de l'animal vous semble-t-elle
    significative?
12. En quoi toutes les conversations se ressemblent-elles?
13. Extérieurement la vie de Pierre est-elle changée?
14. Sur quel sujet tourne continuellement la conversation?
15. Quelle rivalité s'établit entre la peau d'ours et la mère?

16. Quelles émotions humaines la voix de l'ours semble-t-elle exprimer?

17. Expliquez la phrase, 'Notre amitié avait été scellée dans le sang d'un autre.'

18. Qu'est-ce qui provoque la confidence faite à un tiers? Est-ce vraisemblable au point de vue psychologique?

19. Précisez la réaction du camarade. Que révèle-t-elle au lecteur? Quel effet a-t-elle sur Pierre?

20. Pourquoi la trahison signifie-t-elle la mort pour Pierre? La mort de qui?

21. Qu'éprouve Pierre pendant trois mois quand il revoit le 'traître'? Pourquoi?

22. Les circonstances de la mort du traître semblent-elles étranges? Qu'est-ce qui est nettement suggéré?

23. S'il n'a jamais tué personne, pourquoi le narrateur se demande-t-il s'il n'est pas un assassin?

24. Quelles sont les relations entre Pierre et son 'oncle'?

25. Qu'est-ce qui paraissait 'monstrueux' à l'oncle? Pourquoi ne réussit-il pas entièrement à distraire Pierre?

26. Qu'est-ce qui explique la joie de Pierre à la fin de l'année? Son oncle est-il dupe de la cause de cette joie?

27. Comment expliquez-vous le choix de cadeau que fait Pierre?

28. Le rôle joué par Cassandre vous semble-t-il étrange? Que veulent dire son éternel sourire, ses yeux morts?

29. Qu'est devenue la peau? Peut-on deviner la raison réelle de l'absence de Pierre pendant toute une année scolaire?

30. Comparez les deux visites de Pierre dans la chambre de sa mère. En quoi la seconde visite est-elle décisive?

31. Etudiez l'obstination de Pierre et la résistance enfin vaincue de la mère. Faut-il y voir simplement la lutte entre deux volontés? Entre deux générations?

32. Discutez la valeur symbolique de la peau.

33. Quand la mère demande que son fils ne monte plus dans sa chambre, pourquoi Pierre reçoit-il la nouvelle avec une sorte de soulagement?

34. Comment l'ours est-il mort? Pourquoi ne peut-il pas dire qui l'a tué? Pouvez-vous le deviner? Donnez surtout vos raisons.

35. Etudiez l'évolution des relations entre Pierre et l'ours.

36. Qu'est-ce que l'ours demande à Pierre de voler et de placer devant sa tête? Pourquoi?

37. Qu'est-ce qui réveille Pierre?

38. Comment Pierre peut-il reconnaître son père s'il ne l'avait jamais vu?

39. Qu'est devenue la peau d'ours, et pourquoi faut-il fuir?

40. Pourquoi le narrateur passe-t-il sous silence les vingt années vécues avec son père?

41. Que suggère la mort de la mère? Que laisse supposer sa blessure mortelle?

42. Dégagez les éléments fantaisistes et réalistes dans cette nouvelle. Quelles vérités psychologiques et morales contient-elle?

Vocabulaire

Abbreviations

adj. adjective
adv. adverb
approx. approximately
bot. botanical
colloq. colloquial
conj. conjunction
esp. especially
f. feminine
fig. figurative
fut. future
geog. geographical
gram. grammatical
inf. infinitive
interj. interjection
iron. ironical

lit. literal
m. masculine
milit. military
n. noun
neol. neologism
pl. plural
pop. popular
p. part. past participle
prep. preposition
pres. p. present participle
pron. pronoun
sing. singular
sl. slang
v. verb
var. variant

A

abaisser to lower, abase
abandonner to abandon, leave, give
up; *s'—à* to abandon oneself to,
yield to
abattoir *m.* slaughter-house
abattre to put down, dishearten
abeille *f.* bee
aberration *f.* deviation from the norm
aboi: *aux—s* at bay, desperate, in a
tight fix
abolir to abolish, destroy
abondance *f.* abundance, prosperity
abonné *m.* subscriber; *—au réseau*
holder of a commuter's ticket; *—au*
Vittel drinker of spring water (*iron.*)
abord: *d'—* at first, to begin with; *tout*
d'— at the very first, first of all
aboutir (*à*) to result (in)
aboyer to bark
abri *m.* shelter; *à l'—* protected,
sheltered, hidden; *mettre à l'—de*
to shelter from
abriter to shelter
absence *f.* absence, lack
absent absent, absent-minded, empty
absenter: *s'—* to be away
absolu absolute, complete, perfect
absorber to absorb
abstenir: *s'—* to abstain, refrain

abstention: *par—* by not acting
abstrait abstract
abus *m.* abuse, corrupt practice
abuser to mislead, deceive, abuse
Académie Française *f.* French
Academy, a body of forty illustrious
writers, artists, statesmen, generals,
etc.
Académie Goncourt *f.* Group of
distinguished writers and critics
who award the Prix Goncourt, an
annual literary prize. Founded by
the Goncourt brothers
accabler to overwhelm
accablant overpowering, overwhelming
accéder to reach
accéléré accelerated
accent *m.* accent, stress, tone of voice;
—chantant singsong accent; *de tout*
son—moqueur with all its scornful
tone
accepter to accept
accès *m.* access, approach
accidentel, -le accidental, chance
accompagné de accompanied with, by
accompagner to accompany; *s'—de* to
be accompanied by
accomplir to accomplish
accord *m.* agreement; *d'—* agreed

accordéon *m.* accordion; *un petit air d'*—a little tune (played) on the accordion

accordéoniste *m.* accordion-player

accorder to grant

accort pleasing, trim (girl)

accréditer to render believable, give substance to

accroché à hooked on to

accrocher to hang up, hitch;—*la conversation* to get a conversation started; *s'—à* to cling to

accroître to increase

accroupi crouched

accueillir to welcome, receive

accumulé accumulated, stored up

accuser to accuse; accentuate

achalandé drawing customers, attracting trade

acharner: *s'—sur* to pursue furiously, relentlessly

achat *m.* purchase

acheter to buy; bribe; *s'—* to buy for oneself

achever to finish, put a finishing touch to; *s'—* to be complete

acquérir to acquire

acquis *p. part of acquérir* acquired, secured

acquisition *f.* acquisition, purchase

acteur *m.* actor

actrice *f.* actress

actualité *f.* current event

actuel, -le present, current

adieu *m.* farewell

admettre to admit, allow, recognize

admirablement admirably

admirer to admire

admis *p. part of admettre* admitted

adonis *m.* handsome young man, Adonis

adoption: *d'*—adopted

adoration: *en—devant* adoring

adresser to address;—*la parole* to speak; *s'—à* to address oneself to

advenir to happen; *Qu'allait-il en—?* What would be the consequences?; *ce qu'il était advenu de* what had happened to, become of

affaibli weak, weakened

affaire *f.* business, matter; deal; *rivaux en—s* business rivals

affairer: *s'—to* hustle about, busy oneself

affamé starved

affecter to affect

affection: *prendre en—to* take a liking to

affectueu-x, -se affectionate

affirmer to affirm, assert

affolement *m.* great excitement, panic

affranchir to (set) free; *s'—* to free oneself

affres *f. pl.* pangs, agony

affreu-x, -se horrible, frightful, atrocious; *n.* atrocious-looking person

afin de in order to

africain African

Afrique *f.* Africa;—*du Nord* North Africa

agacer to irritate

âge *m.* age; *entre deux—s* middle-aged

âgé aged

agenouiller: *s'—* to kneel

agir to act; *s'—de* to be a question of

agiter to shake

agrandir to enlarge; *faire—*to have enlarged

agréable pleasant

agrément *m.* agreeableness; *d'*—pleasant

aider to help, foster

aigu, -ë sharp, shrill

aiguille *f.* needle; hand (of a time-piece)

aiguiser to sharpen

ailleurs elsewhere; *d'*—furthermore, besides

aimer to like, love;—*mieux* to prefer; *s'—d'amour tendre* to love each other tenderly

aîné elder

ainsi thus; *pour—dire* so to speak; —*que* as, like, as well as; *c'est—que je l'appelais* that's what I called him;—*qu'on l'appelait* as he was called

air *m.* air; look, aspect, appearance; way; tune; *l'—absent* looking absent-minded;—*de parenté* family resemblance;—*de triomphe* expression of triumph; *à l'—libre* in the open air; *avoir l'—de* to seem to; *d'un—menaçant* in a threatening way; *d'un—soupçonneux* in a distrustful way; *les—s assurés* semblance of self-assurance; *se donner des—s* to pretend

aisance *f.* ease, facility

aise *f.* ease; *à l'—* comfortable; *mal à l'—*uneasy

aisé wealthy

ajouter to add

ajuster: *s'—à* to get along with, adapt

alcool *m.* alcohol

alcoolique alcoholic

alerte *f.* alarm;—*chaude* narrow escape

alerté alerted

alimentation *f.* food

alimenter: *s'* — to feed oneself
allée *f.* path
Allemagne *f.* Germany
allemand, *adj.* German
aller to go; — *à pied* to walk, go by
  foot; — *de pair avec* to accompany;
  — *mieux* to feel better; *s'en* — to go off,
  go away; *va-t'en* go away, scram;
  allons come on; *Allons bon!* No
  fooling!; *allant jusqu'à* reaching the
  point of
Alliés *m. pl.* Allied Forces (World
  War II)
allocution *f.* speech
allonger: *s'* — to stretch out
allumer to light, kindle; to excite,
  allure
allure *f.* demeanor
allusion *f.* allusion, hint, reference
alors then, so, at that time; — *que* when,
  at the time that; *ou* — or else;
  jusqu' — until then
alternance *f.* alternation
alterner to alternate
amaigri grown thin, emaciated
amant *m.* lover
amateur *m.* amateur, admirer, fancier;
  — *d'art* art lover; — *de petites victimes*
  preferring small prey
ambassade *f.* embassy
ambassadeur *m.* ambassador
ambiguité *f.* ambiguity
ambulance: *service des* — s ambulance
  service
âme *f.* soul; *les bonnes* — s good,
  righteous people
améliorer: *s'* — to improve, get better
aménager to arrange, furnish, fit up
amener to lead, bring; persuade; — *du*
  client to draw customers
am-er, -ère bitter
américain *adj.* American
amertume *f.* bitterness
ami *m.* friend; *se faire des* — s to make
  friends
amiable amicable; *règlement à l'* —
  friendly agreement
amical friendly
amitié *f.* friendship; *avec* — kindly,
  affectionately
amollir: *s'* — to soften, become soft
amour *m.* love
amoureu-x, -se (*de*) in love (with);
  n. lover
amour-propre *m.* self-respect, vanity,
  pride
amusant amusing, entertaining
amuser to amuse; *s'* — *à* to enjoy
  oneself in; *s'* — *de* to have fun with.

make fun of
an *m.* year; *avoir vingt-deux* — s *de plus*
  que to be twenty-two years older
  than
anachronique anachronistic
analyse *f.* analysis; *faire l'* — *de* to
  analyse
analyser to analyse
ancien, -ne former; ancient, old
anéantir to annihilate; *s'* — to be
  annihilated
anéantissement *m.* annihilation
ange *m.* angel; — *gardien* guardian
  angel
anglais *adj.* English
Angleterre *f.* England
angoisse *f.* anguish
animer: *s'* — to become animated
animosité *f.* animosity
anneau *m.* ring
année *f.* year
annoncer to announce, call out
anormal abnormal
antenne *f.* antenna
antérieur previous
antipathie *f.* antipathy
antipathique antipathetic, arousing
  feelings of aversion
antique ancient
antiquité *f.* antiquity, oldness
antisémite antisemitic
août *m.* August
apaiser to appease
apercevoir to catch sight of; *s'* — to
  perceive, discover, notice
apéritif *m.* aperitive wine; *à l'heure de*
  l' — at the cocktail hour
aphone aphonous, toneless
apparaître to appear
apparemment apparently
apparence *f.* appearance; *sauver les* — s
  to keep up appearances
apparition *f.* ghost, sudden appearance
appartenir to belong
appel *m.* call, appeal; *faire* — *à* to call;
  cour d' — court of appeals
appeler to call, name; call forth;
  faire — to summon; *qu'il est convenu*
  d' — which one politely calls; *s'* — to
  be named, to call each other
appendice *m.* appendage; — *nasal* nose
appétit *m.* appetite; *mettre en* — to make
  hungry
application *f.* care, attention
apporter to bring
appréciation *f.* evaluation, estimation
appréhensi-f, -ve apprehensive
apprendre to learn
approba-teur, -trice approving

approche *f.* approach; *à son* — as he, she approached
approcher: *s'* — *de* to go up to, approach
approfondir to fathom, probe
approuver to approve
approximativement approximately
appuyer to lean, press; *s'* — *à* to lean up against
après after
après-demain *m.* the day after tomorrow
après-midi *m.* afternoon
apte suitable
arbitre *m.* referee, judge
arborer to put on, display (*lit.* to hoist)
arbuste *m.* shrub
archéologique archeological
archi-sec supremely dry
ardent burning, intense
ardeur *f.* ardor
arête *f.* fish bone
argent *m.* money
argile *f.* clay, adobe
argot *m.* slang
arme *f.* weapon; branch of military service
armé armed, equipped
armée *f.* army; — *de terre* land army
arménien, -ne *adj.* Armenian
arracher to tear out, pull up; — *à* to wring, wrest from; *s'* — *à* to free oneself from
arranger to set up, arrange, straighten; *s'* — *pour* to prepare oneself, make arrangements for
arrêter to stop; *s'* — to stop oneself
arrière: *en* — behind; backwards
arrivée *f.* coming, arrival
arriver to arrive; happen; — *à* to manage, succeed in; *en* — *à* to come to, get to; *il m'arrive de* . . . I sometimes . . .
arroser to moisten, sprinkle
arrosoir *m.* watering pot
art *m.* art; *œuvre d'* — work of art
artificiel, -le artificial
artillerie *f.* artillery
arum *m.* calla lily
aryen, -ne *adj.* Aryan
ascenseur *m.* elevator
aspect *m.* aspect, appearance
aspiration *f.* aspiration, yearning
assassin *m.* murderer
assemblée *f.* gathering, group
asseoir: *s'* — to sit down
assez (*de*) enough; quite, rather; *j'en ai* — *de* I'm fed up with
assiette *f.* plate, dish

assimiler to assimilate
assis seated, sitting, situated
assister to assist; — *à* to attend, be present at
associé *adj.* associated, connected; *n.m.* associate
assoupir: *s'* — to doze off
assouvir to satisfy
assurance *f.* (self) assurance
assurer to assure; *s'* — to make sure, guarantee
asticoter to nag
astucieu-x, -se crafty, cunning
athée *adj. and n.*, *m. f.* atheist
atroce atrocious
attaché attached
attaque *f.* attack
attaquer to attack
attarder: *s'* — *à* to linger, delay in
atteindre to attain, reach, overtake; to strike, harm
attendre to wait (for), expect; *s'* — *à* to expect; *s'* — *que* to expect that; *s'* — *au pire* to expect the worst
attente *f.* wait, waiting
attenti-f, -ve attentive, assiduous
attention: *faire* — *à* to pay attention to
attentivement attentively, carefully
atterré crushed, overwhelmed
attester to bear witness, certify
attirance *f.* attraction, lure, temptation
attirer to attract, draw
attrait *m.* attraction
attraper to catch, seize
aubaine *f.* windfall, stroke of luck
aube *f.* dawn
auberge *f.* inn; *fille d'* — maid in an inn
aucun *adj.* no, not any
audace *f.* audacity
au-dessous de below
au-dessus de above, over
augmenter to increase
aujourd'hui today
auparavant earlier, before
auprès de near, close to, with, attached to
auréole *f.* halo
aurore *f.* dawn
aussi also, too; so, as; thus; — . . . *que* as . . . as
aussitôt immediately; — *que* as soon as
autant as (so) much; as (so) many; *en faire* — to do likewise; *il en vaut* — *de* one might just as well; *d'* — *plus* . . . *que* all the more . . . because; — *que je me souvienne* as far as I can recall
auteur *m.* author
authenticité *f.* authenticity, genuineness

authentique genuine
autobiographie *f.* autobiography
autocar *m.* bus
autochtone aboriginal
automne *m.* autumn
autonomie *f.* autonomy
autorisé authorized, having authority, empowered
autoritarisme *m.* authoritativeness, authoritarianism
autorité *f.* authority
autour (*de*) around
autre other; *un* — another person; *les uns . . . les* — *s* some . . . others . . .; *chez les* — *s* in other people
autrefois formerly
autrement otherwise; — *que* in any other way except; *il était bien* — *cruel* it was far more cruel
Autrichien, -ne *n., m. f.* Austrian
autrui other people
avaler to swallow
avance *f.* advance; *à l'* — in advance
avancé advanced, *la nuit* — *e* late, well into the night
avancer to advance, move ahead, put forward; — *la main* to put out one's hand; — *de quelques pas* to move ahead a few steps; *s'* — to advance
avant before; — *de* before; *en* — forward, to the front
avantage *m.* advantage
avant-garde ahead of the times
avant-veille *f.* two days before, the day before yesterday
avec with
avenir *m.* future
aventure *f.* adventure; *d'* — perchance
aventurer: *s'* — to venture forth
aventureu-x, -se adventurous
aventurier *m.* adventurer (amorous)
averti: *n'être pas encore* — *de* to be still unaware of
avertir to warn, notify, alert
avertissement *m.* warning
aveu *m.* confession
aveugle *adj.* blind; *n., m. f.* blind person
aveuglément blindly
avide greedy, eager
avili degraded, disgraced
avis *m.* opinion, judgment; *changer d'* — to change one's mind
aviser to notice; *s'* — *de* to notice, realize; to take it into one's head
avocat *m.* lawyer
avoir to have; — *à* to have to; — *à voir avec* to have to do with; — *l'air de* to appear to, seem to; — *beau* (+ *inf.*) to do something in vain; — *conscience de*

to be aware of, conscious of; — *un geste* to make a gesture, move; — *l'habitude de* to be in the habit of; — *peur* to be afraid; — *sur le cœur* to have on one's mind; — *vingt-deux ans de plus que* to be twenty-two years older than; *il y avait, il y eut, il y a eu* there was, there were; *qu'y a-t-il?* what is there? what's the matter?
avorter to miscarry, fail
avouer to confess, confide

B

baccalauréat (bac) *m.* certificate awarded after state examination, equivalent to junior college degree, and prerequisite to university studies
bafouiller to stammer
bague *f.* ring
baigner to bathe
baiser *m.* kiss
baisse *f.* fall in price
baisser to lower; *se* — to stoop down
bal *m.* dance
balai *m.* broom
balance *f.* scales; *jeter son poids dans la* — to tip the scales
balbutier to stammer, blurt out
balle *f.* bullet
banal commonplace
bancal bandy-legged; *la* — *e* the bandy-legged woman
bande *f.* strip
bandoulière: *en* — slung over the shoulder
banlieue *f.* suburbs
banque *f.* bank; *employé de* — bank clerk
banquier *m.* banker
barbare barbarous
barrer to cross out
bas *m.* bottom; stocking; — *de laine* nest egg, savings (kept in a wool stocking)
bas, -se low; *très* — in a very low voice; *chapeau* — !hats off!
base *f.* foundation
bataille *f.* battle
bateau *m.* boat, ship
bâti built
battre to beat; — *la campagne* to wander aimlessly; *se reconnaître battu* to acknowledge defeat
bazar *m.* variety store
béant gaping
beau, bel, belle beautiful, handsome, fine, admirable; *moins* — *sire* less gentlemanly; *avoir* — (+ *inf.*) to do something in vain; *il avait* — *être* it was in vain; *de plus belle* all the more

beaucoup very much, a lot
beaujolais *m.* beaujolais (type of wine)
beau-parent *m.* parent-in-law
beauté *f.* beauty
bébé *m.* baby
bec *m.* beak, mouth; — *à boisson* person given to drink, tippler; *en* — *d'oiseau de proie* shaped like a vulture's beak
bêcheu-r, -se hard-working, plodding
bée wide-open; *bouche* — gaping
bel: — *et bien* simply
bélier *m.* ram
belle *f.* fair lass, lovely lady
belle-mère *f.* mother-in-law
berné tricked, taken in, made a fool of
besogne *f.* task
besoin *m.* need; *avoir* — *de* to need
bétaillère *f.* live-stock cart, wagon
bête *f.* beast, animal; *affaroucher la* — to frighten away the prey
bête *adj.* stupid
bêtement stupidly
bêtise *f.* foolishness, nonsense
béton *m.* concrete
beugler to bellow, low
biais *m.* (*fig.*) expedient, way out
bibliothèque *f.* library
biblique Biblical
bien *adv.* well; quite, indeed; *bel et* — simply; *eh* — well; *mais* — but rather; — *que* although; — *peu charitablement* most uncharitably; *c'est* — all right, fine; *il était* — *à elle* it really belonged to her; *vouloir* — to be willing
bienfait *m.* benefit, reward
biens *m. pl.* possessions, property
bientôt soon
bienvenue *f.* welcome
bière *f.* beer
bifteck *m.* steak
billet *m.* note
biographie *f.* biography
bitumé paved with asphalt
bizarre strange, odd, queer
blague *f.* joke, trick
blaguer to joke, jest, banter
blâmer to blame
blanc, -he white
blasé indifferent, blasé
blason *m.* coat of arms; (*fig.*) status symbol
blesser to hurt, wound, offend
blessure *f.* wound
bleu blue
bleuâtre bluish
blindé *m.* armoured vehicle
bloc *m.* block; pad of paper; — *Job* packet of cigarette papers
Blois French city on the Loire river

bluffer to bluff
boire to drink
bois *m.* wood
boisson *f.* drink, liquor; *bec à* — person given to drink, tippler
boîte *f.* box
boiter to limp
boiteuse *f.* lame woman, woman who limps
bol *m.* bowl
bombardement *m.* bombing
bombardier *m.* bomber
bon, -ne good; *pour de* — in earnest, for good, really; — *mot* pun, joke, witticism; *tenir* — to hold fast, hang on; *une* — *ne minute* a full minute
bondé crowded
bonheur *m.* happiness
bonhomie *f.* good nature, aimiableness
bonhomme *m.* good fellow, chap
bonjour *m.* good morning, hello; greeting
bonne *f.* maid servant
bonnement simply
bonnet: *prendre ça sous mon* — to do that on my own responsibility
bonsoir *m.* good evening!
bonté *f.* goodness, good will
bord *m.* edge, brim; *à* — *de* on board; *aux* — *s de* on the shores of
border to border
botte *f.* boot
bouche *f.* mouth; — *bée* gaping, open-mouthed
bouché plugged, stopped up
bouchée *f.* mouthful
boucher *m.* butcher; *garçon* — butcher's helper
boucher to stop up; *se* — *les oreilles* to plug one's ears
boucherie *f.* butcher shop
bouchon *m.* cork
boucle *f.* buckle; curl of hair
bouffonnerie *f.* (piece of) buffoonery, clownish antics
bouger to move, budge
boulette *f.* small ball
bouleversement *m.* upheaval
bouleverser to throw into confusion
bouleversant overwhelming
bouquet *m.* bunch, bouquet; aroma (of wine or food)
bourgeois *adj.* middle-class; *n.* member of the middle class
bourgeoisie *f.* middle class
bourré (*de*) stuffed, crammed (with), full (of)
bourreau *m.* executioner, tormentor
bourrelet *m.* roll

bourse *f.* stock exchange

bousculé jostled

bout *m.* end; *à—de cou* stretching his neck; *à—de force* exhausted; *au—de* after; *au—du fil* at the (other) end of the wire; *venir à—de* to overcome; *jusqu'au—* to the (very) end

bouteille *f.* bottle

boutique *f.* shop

bouton *m.* button

bras *m.* arm; *à pleins—* fully, with the length of the arms

brave good, worthy

bref, brève brief, short

brevet *m.* certificate

brie *m.* brie (type of cheese)

brièvement briefly

briller to shine

brimade *f.* bullying

brique *f.* brick

briser to break; *brisons là!* let's cut it short!

britannique British, Britannic

brocard *m.* jibe, taunt

brouhaha *m.* uproar, hubbub

brouillard *m.* mist

brouiller: *se—* to blur, become indistinct

bruissant rustling

bruissement *m.* rustling

bruit *m.* noise; rumor, sound, report

brûler to burn

brumeu-x, -se misty, foggy

brun brown

brunâtre brownish

brusque sudden, abrupt; *d'un geste—* with an abrupt gesture

brusquement abruptly

brusquerie *f.* abruptness

brutalement roughly, rudely

bureau *m.* desk; office

but *m.* purpose, goal; *dans quel—* for what purpose

buter *(dans)* to stumble, bump up (against); *se—* to become stubborn

butin *m.* booty

butiner to pillage, loot

buvard *m.* blotter

buveur *m.* drinker

C

ça *pron.* that; *—y est* that's that; *avec—* in addition; *c'est—* that's right

cabas *m.* shopping basket

cabinet *m.* study

câbler to cable, send a cablegram

cache-pot *m.* tub (for a plant)

cacher to hide; *—son jeu* to conceal one's hand, play dishonestly

cachette *f.* hiding place

cadavre *m.* corpse

cadeau *m.* gift; *faire un—* to give a gift

cadence *f.* cadence; *à la même—* at the same rate (of speed)

cadran *m.* dial

cadre *m.* frame, framework

café *m.* coffee; café

caillou *m.* pebble

caisse *f.* box; cashier's office

caissier *m.* cashier

calcul *m.* calculation, scheming

calcula-teur -trice calculating; *machine —trice* computer

calculer to calculate; scheme, work out in advance

calmer: *se—* to calm down

camarade *m. f.* comrade, fellow, mate; *—de classe* school-mate

camoufler to camouflage

camp *m.* faction, side

campagne *f.* country, countryside; campaign; *battre la—* to wander aimlessly; *maison de—* country house; *à la—* in the country

canaille coarse, rascally

canard *m.* duck

canari *m.* canary

canine *f.* canine tooth

canne *f.* cane, walking stick

canton *m.* canton, district

cantonade *f.* wings (of a stage); *à la—* (to speak) to someone behind the scene, not visible

caoutchouc *m.* rubber

cap *m.* cape (*geog.*)

capable able, capable

capeline *f.* hood; *—de voyage* hooded cape used for traveling

capitonner to upholster

capot *m.* hood

capricieu-x -se capricious

capucine *f.* nasturtium (*bot.*)

car *m.* bus

car *conj.* for

carabinier *m.* carabineer, gendarme

caractère *m.* character

caractériser to characterize, be the distinguishing feature of

caractéristique *adj.* characteristic

carder to comb, untangle (wool with a steel brush)

cardinal (*pl.* **cardinaux**) *m.* cardinal

caresser to caress, pet

carnet *m.* notebook; *—de notes* report card

carré *adj.* square, well-set, firmly seated; *n.* square; *un—de papier* a square piece of paper

carreau *m.* tile flooring; window pane

carrefour *m.* crossroads
carrelage *m.* flooring (of square tiles)
carrière *f.* career
carte *f.* card; map; —*postale* postcard;
—*de lune* map of the lunar surface
cas *m.* case; *en tout*—in any case; *le*—
échéant if need be, should the
occasion arise; *pour le*—*où* in case
case *f.* box
caserne *f.* barracks
casquette *f.* cap
casser to break
catholique Catholic
cauchemar *m.* nightmare
cause *f.* cause; *à*—*de* because of
causer to chat; cause; —*une émotion* to
upset
cave *f.* cellar, wine-cellar
ce, cet, cette (*pl.* **ces**) *adj.* this, that;
these, those
ceci *pron.* this
céder to yield, give in to
cela *pron.* that; —*fait* it has been, for;
sans—otherwise
célèbre famous
célébré celebrated
célibataire *m.* bachelor
cellule *f.* cell
celui, celle (*pl.* **ceux, celles**) *pron.* the
one, this one, that one, the ones;
those, these; —*-ci* the latter;
ceux-là même the very ones
cendrier *m.* ashtray
cent a hundred; *pour*—per cent; *être à*
—*pour*—*du sourire* to be a full,
complete smile
centaine *f.* about a hundred; *des*—*s*
hundreds
centimètre *m.* centimetre (0.3937 inch)
cependant however, nevertheless; —*que*
while
cerner to encircle
certain *adj.* sure, certain; *pron. pl.*
certain ones; *pour*—*s* for some people
certainement certainly, surely
certes indeed, most certainly
certificat *m.* certificate; —*d'études*
elementary school diploma
certifier to assure
certitude *f.* certainty, truth
cerveau *m.* brain
cesser to cease
chacun *pron.* each, each one
chagrin *m.* sadness; *un air de*—a
gloomy, discontented look
chair *f.* flesh
chaise *f.* chair
châle *m.* shawl
chaleur *f.* heat, warmth

chambre *f.* bedroom; —*d'invité* guest
room; *la femme de*—chambermaid;
valet de—man servant
champ *m.* field; *sur le*—at once
champignon *m.* mushroom
chance *f.* luck, chance; *une*—*sur deux* a
fifty-fifty chance
chanceler to totter
chancelier *m.* chancellor
changement *m.* change, alteration
changer to change; —*de visage* to
change countenance, alter facial
expression
chantant: *accent*—singsong accent
chanter to sing, sing out
chapeau *m.* hat; —*bas!* hats off!
chaperonné chaperoned
chaque *adj.* each, every
char *m.*: —*d'assaut* tank (*milit.*)
charge *f.* post, mission
charger to charge, load; —*de* to entrust
with; *se*—to become full
charitablement: *bien peu*—most
uncharitably
charivari *m.* din, uproar, tin-kettle
music
charme *m.* charm; *faire du*—to put on
the charm, be alluring
charnel, -le carnal, sensual
charrette *f.* cart
charrier to carry, cart, drag
chasser to chase away, drive out
chasseur *m.* hunter, light cavalryman,
fighter plane
château *m.* castle; manor, mansion
châtier to chastise
chaud warm, hot
chauffeur *m.* driver
chaussée *f.* pavement, roadway
chaussette *f.* stocking, sock; *en*—*s* in
stocking feet
chaussure *f.* shoe
chaviré capsized, leaning
chef *m.* chief, head
chef-d'œuvre *m.* masterpiece
chemin *m.* road, way; —*de fer* railroad;
prendre le—*de l'exil* to go into exile
chemineau *m.* tramp
cheminée *f.* fireplace, hearth, mantel
cheminement *m.*: —*intestinal* intestinal
tract
chemise *f.* shirt, chemise; —*de nuit*
nightgown
chêne *m.* oak tree
cher, chère dear; *valoir*—to be worth
much, be significant
chercher to seek, look for; —*à* to try
to, attempt; *se*—to be in search of
oneself; *venir*—to come and get, meet

chercheur *m.* seeker
chérie *f.* darling
cheval (*pl.* **chevaux**) *m.* horse
chevelure *f.* (head of) hair
chevet *m.* head (of a bed)
cheveux *m. pl.* hair
chèvre *f.* goat
chez at (to) the house of; among, with, in; *loin de—nous* far from us; *—soi* at (in) one's house, home; *—nous* at our house; *—moi* with me
chiffre *m.* number, total, figure
chimérique chimerical, fantastic
chipolata *f.* small sausage
chirurgien *m.* surgeon
choc *m.* shock
choisir to choose
choix *m.* choice
chopine *f.* half-litre mug (of beer)
choquer to shock
chose *f.* thing; *quelque—*something; *bien autre—*quite a different thing; *tout autre—*something quite different; *ce n'était pas pour autre—*it was for no other reason; *on aide les—s* events are fostered; *les—s en restèrent là* the situation remained unchanged
choyé coddled
chrétien, -ne Christian
chuchoter to whisper
chute *f.* fall; *la—du jour* nightfall
ciel *m.* sky, heaven
cigare *m.* cigar
ciment *m.* cement
cimetière *m.* cemetery
cinéma *m.* the movies
cinq five
circonstance *f.* circumstance
cireur *m.:—de bottes* bootblack, shoe-shine boy
cirrhose *f.* cirrhosis
citadin *m.* city-dweller
citation *f.* quotation
cité named, cited
citer to quote
citron *m.* lemon
civil *m.* civilian
clair clear
clamer to shout
claquer to slam; click
clarté *f.* clarity
classe *f.* class, classroom; *en—in* school, in class
clef (*also* **clé**) *f.* key; *fermé à—*locked
client *m.* customer; *amener du—to* draw customers; *—de passage* passing, occasional customer
clientèle *f.* customers

clin, *m.:—d'œil* glance; *en un—d'œil* in the twinkling of an eye
cliquetis *m.* clatter
clochard *m.* tramp, hobo (*pop.*)
cloche *f.* bell-glass (in gardening)
clocher to limp, hobble
clope *f.* person who limps or hobbles, limper, hobbler
cocasse droll, comical
cocher *m.* coachman
cochon *m.* hog, pig
cœur *m.* heart; *de bon—*willingly; *sur le—*on one's mind; *tenir à—* to value highly
coffret *m.* small box
cogner to beat, knock; *se—la tête* to beat, bump one's head
cohue *f.* throng, noisy crowd
coiffé (*de*) wearing on the head
coiffeur *m.* hair dresser
coin *m.* corner; region, small area, part of town, neck of the woods
coïncider to coincide
colère *f.* anger; *se mettre en—* to get angry
colin *m.* hake (type of fish)
collaborer to collaborate
collective: *photo—*group photograph
collège *m.* high school, secondary school
collègue *m.* colleague
coller to stick, adhere; *se—to* stick, adhere
colmater to fill up, seal
combat *m.* struggle; *mission de—* combat mission
combattre to fight
combien how much
comble *m.* summit, height; *c'était là le—*that was the limit
combler to fill
combustible *m.* fuel
comédie *f.* comedy
comique comic, comical
comité *m.* committee
commande *f.* order
comme like, as; since; as if;—*cela* thus
commencement *m.* beginning
commencer to begin;—*à* to begin to;—*par* to begin with
comment how;—*faire?* what's to be done?
commentaire *m.* comment, remark, commentary
commenté: *très—*much talked about
commenter to comment upon
commerce *m.:* *représentant de—* travelling salesman
commettre to commit

commis *m.* clerk; —*boucher* assistant butcher, butcher's helper

commission *f.* errand, message; *être chargé d'une*—to have a message to deliver

commode *f.* chest of drawers

communiquer to transmit, send

compagne *f.* female companion

compagnie *f.* company; *en*—*de* accompanied by

comparaison *f.* comparison

comparer to compare

compartiment *m.* compartment

compensation *f.* amends

compétence *f.*: *avec*—competently

complaire: *se*—(*à*) to take pleasure (in)

complaisant obliging

complément *m.* object (*gram.*)

complet *m.* suit (of clothes)

complètement completely

complexe *m.* psychological complex

complice *m.* accomplice, plotter; *se rendre*—*de* to be a party to

complicité *f.* complicity

comporter to entail

composé composed, written

composer to form, constitute; compose, write

compréhension *f.* understanding

comprendre to understand

comprimé compressed

compris understood; included

compromettre: *se*—to commit oneself, get involved

compte *m.* account; *à bon*—cheaply; *loin du*—off the track, far from the truth; *mettre sur le*—*de* to attribute to; —*en banque* bank account; *se rendre*—*de, que* to realize; *tenir*—*de* to bear in mind; *trouver son*—to find it advantageous

compter to count, number, include; to matter; —*sur* to depend upon

comptoir *m.* counter

concéder to concede

concevable conceivable

concevoir to conceive

concierge *f.* doorkeeper, apartment superintendent

conciliant conciliatory

concilier to conciliate

conclure to conclude

conçu (*p. part. of concevoir*)

concurrence *f.* competition

concurrent *m.* competitor

condamnation *f.* blame, censure, condemnation

condamner to condemn, blame

condition *f.* condition, situation, state; *dans ces*—*s* under these circumstances

conduire to lead

conduite *f.* conduct

confiance *f.* confidence; *faire*—*à* to trust; *avoir*—*en* to put one's trust in

confiant *adj.* confident

confidence *f.* confidence, secret; *faire*—*à* to share a secret with, confide in

confident *m.* confidant, intimate friend

confier to entrust, confide

confirmer to confirm

confiscation *f.*: *mettre à l'abri d'une*—to prevent from being confiscated

conflit *m.* conflict, dispute

confondre to confuse, baffle; *se*—to become confused

conforme (*à*) in conformity (with)

confort *m.* comfort

congé *m.*: *jour de*—day off

congestionné congested

conjugal marital

connaissance *f.* knowledge, acquaintance; *faire*—*avec* to become acquainted with, get to know

connaître to know, be acquainted with; *se faire*—to become known

connu known; *bien*—very familiar

consacrer to devote (time, etc.); *se*—(*à*) to devote oneself (to)

conscience *f.* conscience, awareness; *avoir*—*de* to be aware of, conscious of

conscient conscious, aware

conseil *m.* advice

conseiller to advise

consentir (*à*) to consent, agree (to)

conséquence *f.*: *en*—consequently, accordingly

conséquent: *par*—consequently

conserver to keep, maintain, retain

considérer to consider, examine; *se*—to consider oneself

consister (*à*) to consist (in, of)

consoler to console

consommer: *se*—to be consumed

conspiration *f.* conspiracy

constance *f.* persistence

constatation *f.* verification

constater to ascertain

constituer to constitute

construit built, constructed

consulter to consult

conte *m.* tale, story

contempler to contemplate

contemporain contemporary

contenant *m.* container

contenir to contain, hold; *contenant ma respiration* holding my breath

content (*de*) happy (with), glad (of)
contenter: *se — de* to be satisfied with
contenu *adj.* contained, repressed;
n. m. contents
conter to tell, relate
contexte *m.* context
continuellement continually
continuer to continue
contour *m.* outline
contraindre to constrain, force
contraire *adj. and n.* contrary,
opposite; *au —* on the contrary;
tout — à quite opposite from
contrarié vexed, annoyed
contre against
contredire to contradict
contrefait *m.* counterfeit; deformed
person
contre-jour: *à —* against the light
contre-lettre *f.* defeasance (document
rendering null and void)
contrepoids *m.* counterweight
contrôler to control, check
convaincre (*p. part. convaincu*) to
convince
convenablement suitably, decently
convenance *f.* propriety, decorum
convenir to admit, acknowledge; agree
convenu agreed, admitted; *qu'il est —
d'appeler* which one politely calls
conversation *f.*: *en grande —* deep in
conversation
convertir to convert; *se —* to become
converted
convier to invite
coordonnée *f.* coordinate
copain *m.* pal, chum
copie *f.* copy
coq *m.* cock, rooster
coquet neat, tidy
corbeau *m.* crow
corbeille *f.* basket; *— à papier*
wastebasket; *— de senteur* flower
basket
corbillard *m.* hearse
cordon *m.* cord, ribbon
corps *m.* body
corpulence *f.* stoutness
correspondre to correspond
corsage *m.* bodice
corvée *f.* chore, unpleasant task
cosaque Cossack
cote *f.* stock list; *sur toute la —* across
the board
côté *m.* side, part; *à — near*; *à — de*
beside, next to; *à son — next* to him,
her; *— tables comme — comptoir* both
on the table side and on the counter
side; *de l'autre —* on the other side;

du — de toward, in the direction of;
point de — stitch in the side
coton *m.* cotton
cou *m.* neck; *à bout de —* stretching his
neck
couche *f.* hotbed
couché lying down
coucher to sleep, lie down for the
night; *se —* to go to bed
coude *m.* elbow; angle, bend, turn;
de — en — from one elbow to the next
coudre to sew
coulée *f.* stream
couler to flow; *se —* to slink
couleur *f.* color; *de —* colored; *perdre
ses —s* to grow pale
couloir *m.* corridor
coup *m.* blow, stroke; *à — sûr*
undoubtedly; *à —s de millions* by
spending millions; *à —s de mousquet*
with musket fire; *à petits —s*
rapidly; *bien calculer son —* to plan an
attack carefully; *— d'œil* glance; *— de
fil* telephone call; *— de pied* kick; *— de
poing* punch; *—s foireux* dirty blows;
du même — at the same time; *porter
un — à* to injure; *tout à —* suddenly;
tout d'un — all at once;
coupe *f.* cut (of clothes)
coupe-papier *m.* paper-knife
couper to cut; *— court* to interrupt, cut
short, cut off
cour *f.* courtyard, law-court; *faire la
— à* to woo, court; *— d'appel* court of
appeals
courage *m.*: *perdre —* to give up;
rendre — to restore courage, cheer
up
couramment fluently
courant *m.*: *être au —* to be
acquainted, well-informed; *mettre
au —* to inform
courbe *f.* curve
courir to run, circulate
couronné crowned, rewarded
courrier *m.* mail
courroux *m.* wrath
cours *m.* course; *au — de* during, in the
course of
course *f.* chase
coursier *m.* steed, charger
court short; *la guerre tout — war*,
period; *couper — to* interrupt, cut
short
courtois courteous
courtoisement courteously
cousu sewn; *— de fil blanc* quite obvious
couteau *m.* knife
coutelier *m.* cutler, knife-maker

coutume *f.* custom; *avoir—de* to be in the habit of

couture *f.* sewing; *maison de—* fashion store, couturier

couvent *m.* convent

couvercle *m.* lid, cover

couvert *m.* place setting

couverture *f.* blanket, covering

couvrir to cover

craindre to fear

crainte *f.* fear

cramoisi crimson

cramponner: *se—à* to cling desperately to

crâne *m.* skull

cravate *f.* necktie

crédule credulous

créer to create; *se—* to create for oneself

crêpe *f.* pancake

creuser to dig

creux *m.* cavity, hollow

creu-x -se, *adj.* hollow; *aux heures—ses* during empty hours, at slack periods

crever to burst; die

crevette *f.* shrimp

cri *m.* cry, scream; *pousser des—s* to cry out, scream

crier to cry out, scream

crin *m.* horse-hair, mane

crinière *f.* mane

crise *f.* crisis; *—de larmes* crying fit

critique *adj.* critical

critique *m.* critic

critiquer to criticize

croire to believe; *—à* to believe in, have faith in; *il faut—que* presumably; *me croie qui veut* believe me if you will

croiser to cross, fold (arms); to meet, pass; *se—* to join, come together

croiseur *m.* cruiser

croix *f.* cross

croyable credible

croyance *f.* belief

croyant *m.* believer

cru raw

cruauté *f.* cruelty

cruel, -le cruel, harsh

cuiller *f.* spoon; *nourrir à la—* to spoon-feed

cuirasse *f.* armor plate

cuirassé *m.* battleship

cuire to cook

cuisine *f.* kitchen

cuisiner to prepare food, cook

cuisinière *f.* cook

cuit cooked

culot *m.* nerve, cheek (*pop.*); dottle (of a pipe)

culte *m.* worship, cult

cure-dent *m.* toothpick

curieu-x, -se *adj.* curious, inquisitive; *n.* curious or inquisitive person; *au plus—de* to the strangest part of

curieusement oddly, in a peculiar way

curiosité *f.* curiosity

cynique cynical

cynisme *m.* cynicism

cyprès *m.* cypress tree

D

dactylographe *f.* stenographer

dalle *f.* flagstone

dallé paved with flagstones

dame *f.* lady

dame *interj.* gosh, golly

dans in

danser to dance

danseu-r, -se *n.*, *m. or f.* dancer

date *f.* date; *de fraîche—* recent

daté de postmarked

dater to date; *à—de* starting with

davantage more

débarquement *m.* landing

débarrasser to clear (table, etc.); *se—de* to get rid of

débattre to debate; *se—* to struggle

débordant overflowing

déboucher to emerge

debout standing up

débouter to dismiss, declare a non-suit (law); *faire—* to cause to be dismissed

déboutonner to unbutton

débrouiller: *se—* to find a solution, make do

début *m.* beginning

débuter to begin, make one's debut

déception *f.* disappointment

décevant deceptive, disappointing

décharger to discharge, absolve

déchéance *f.* downfall, decline

déchu fallen, decayed

de-ci—, *de-là* here and there

décidé (à) resolved, determined (to)

décimer to decimate

déclarer to declare, state

déclic *m.* click

décoiffé dishevelled, disarranged (hair)

décolleté low-cut

décomposer: *se—* to fall apart, collapse

déconcerté baffled

décoration *f.* decoration, medal (of honor)

décoré decorated (*milit.*)

décourageant discouraging

décourager: *se—* to become discouraged

découverte *f.* discovery

découvrir to discover
décrire to describe
déçu disappointed
dédaigneu-x, -se scornful
dedans *adv.* inside
défaillant weak, faltering
défaire to unpack, undo
défait emaciated, exhausted
défaite *f.* defeat
défaut *m.* flaw; *à—de* in the absence of
défendre to defend, stand up for; to forbid, prevent
défendu prohibited
défenseur *m.* defender, protector
défensive *f.*: *aux—s un peu canailles* defending herself in a coarse manner
déférence *f.* deference, respect
déférent deferential
défi *m.* challenge, defiance
défini defined, definite
définiti-f, -ve definitive, final
défoncer to break up
déformé distorted
défrayer (*de*) to pay (for)
défunt deceased
dégager to make clear, distinguish, reveal; derive; *se—(de)* to eventuate (from)
déganté ungloved
dégât *m.* damage
dégeler to thaw out, melt
dégoût *m.* disgust
dégoûtant disgusting
dégoûté (*de*) disgusted (with), repelled (by)
dégringoler to hurtle down, tumble
déguisé disguised, concealed
déhanché dislocated at the hip (*lit.*); having a poor figure, crippled (*fig.*)
déhanchement *m.* contortion, limping stride (of hip)
dehors outside; *au—* outside; *en—de* except, save
déjà already
déjeuner to eat lunch
déjeuner *m.* lunch; *petit—*breakfast; *descendre à—*to come down for breakfast
délabré dilapidated
délégué *m.* delegate
délibéré deliberate
délicieu-x, -se delicious, delightful
délimiter to define
délire *m.* delirium; *ce fut du—*the laughter became delirious
demain tomorrow
demande *f.* question, request
demander to ask; *se—*to wonder
démarche *f.* walk, bearing

démenti *m.* contradiction, denial
demeure *f.* dwelling, abode, residence
demeurer to remain; live, dwell; *—ferme* hold fast, remain steadfast
demi *adj.* half; *à—*half-way; *un—*a glass of beer
demi-bœuf *m.* side, hind of beef
demi-dieu *m.* demigod
demi-rire *m.* repressed laugh
demi-sourire *m.* half-smile
démocratie *f.* democracy
démodé outmoded
démon *m.* devil, demon
démontrer to show, demonstrate
dénouement *m.* unravelling (of a plot)
dénouer: *se—*to be concluded
dent *f.* tooth
dénuder to lay bare, despoil
départ *m.* departure
dépasser to exceed
dépeindre to depict
dépendre (*de*) to depend (upon)
dépens *m.*: *aux—de* at the expense of
dépense *f.* expense
dépenser to spend
déplacement *m.* deployment
déplaire (*à*) to displease
déplaisant unpleasant, ugly
déployer to spread out
déposer to lay, put down, deposit
dépourvu (*de*) lacking in, without; *—d'intérêt* uninteresting
déprendre: *se—*to leave each other
déprimant depressing
depuis since, from; after;*—longtemps* for a long time
déraciner to uproot
dérider to unwrinkle (*lit.*), to cheer up; *se—*to cheer up
dérision *f.* mockery, derision
dérisoire laughable, ridiculous
derni-er, -ère last, past; *ce—*the latter
dérober to steal, conceal; *se—*to steal away, disappear
dérouler: *se—*to unroll; to develop, take place
derrière behind
dès from, beginning with;*—que* as soon as
désaccord *m.* disagreement
désargenté having lost its silver, tarnished; penniless
désarroi *m.* confusion, dismay
désavantage *m.* disadvantage
désavouer to disavow
descendance *f.* descent, lineage
descendre to descend, go down, get off, take downstairs; *se faire—*to have brought down

descente *f.* descent, going down
description *f.: faire la—de* to describe
désenchantement *m.* disenchantment
déséquilibré unbalanced, crazy
désert deserted
désertique desert-like
désespéré desperate, hopeless
désespérer to despair
désespoir *m.* despair; *au—de* in despair over, in desperation at; *se laisser aller au—* to give in to despair
déshérité *m.: les—s* the disinherited
désigner to designate; indicate
désir *m.* desire, wish
désirer to wish, desire; *laisser à—* to leave something to be desired; *Monsieur désire?* What'll you have, sir?
désolé sorry
désordre *m.* confusion, disorder
désormais henceforward
despote *adj.* despotic, tyrannical
desséché dried out, desiccated
desservir to clear the table
dessin *m.* shape; drawing
dessiné: *—avec force* strongly outlined
dessiner to draw, design; *se—* to appear
dessous *adv.* underneath; *au-(en-)—de, prep.* beneath; *par en—, adv.* underneath
dessus *adv.* over, on top of; *au—de, prep.* above; *reprendre le—* to get the upper hand again
destin *m.* destiny
destiner to destine, intend
destruc-teur, -trice destructive
détail *m.* detailed account
détaillé detailed
détailler to cut up
détecter to detect
déterrer to dig up
détester to hate, detest
détourner to turn away; *se—* to turn away, turn around
détruire to destroy
deux two; *tous (les)—, toutes—* both
deuxième second; *au—* on the third floor
devant before, in front of; in the face of (*fig.*); *celle du—* the front one; *droit—* straight ahead; *venir au-—de* to come toward
développer to develop, expand
devenir to become; *n'en—pas moins* to become none the less; *ce qu'il était devenu* what had become of him
deviner to guess
devise *f.* motto
devoir to owe; to have to, be supposed to, ought

devoir *m.* duty, obligation; *faire ses—s* to do one's lessons, homework
dévorer to devour
dévoué devoted
diable *m.* devil; *où—* where the devil
diabolique diabolical; *notre côté—* our diabolical nature, evil tendencies
dialogue *m.* conversation, dialogue
dicton *m.* saying, proverb
Dieu God
difficile difficult
difficulté *f.* trouble, difficulty
difforme twisted, deformed
digne worthy
dignité *f.* dignity
dilemme *m.* dilemma
dimanche *m.* Sunday
diminuer to diminish, weaken; *se sentir diminué* to feel small, insignificant
dîner *m.* dinner; *à—* at dinner; *invitation à—* dinner invitation
dîner to dine
diplomatique diplomatic
diplômé *m.* graduate
dire to say, tell; *que—d'autre?* what else can one say? *pour ainsi—* so to speak; *vouloir—* to mean; *se—* to tell oneself; *se—ses amis* to claim to be his friends; *c'est vous qui dites ça!* that's what you think!
direction *f.* direction; directorship, management
diriger to direct; *se—vers* to go, head for
discerner to discern, detect
discr-et, -ète reserved, discreet
discrètement discreetly, cautiously, tactfully
discuter to discuss
disgrâce *f.* misfortune
disparaître to disappear
disparition *f.* disappearance
disparu lost, vanished
dispenser to dispense
disperser: *se—* to disperse, scatter
disposer to arrange, lay out; *—de* to have at one's disposal; *se—à* to prepare to, get ready to
disposition *f.* disposal; *mettre à leur—* to make available to them
dispute *f.* quarrel, bickering, dispute
disputer to contest, vie for
dissimuler to conceal, disguise
distance *f.* distance, aloofness; *reprendre leurs—s* to become aloof again
distant distant cool
distinct clear, distinct

distinguer to distinguish, single out; *se*—to distinguish oneself
distraction *f*. recreation, diverson
distraire to distract, amuse
distraitement inattentively, absent-mindedly
distribuer to dole out, distribute
distribution *f*.:—*des prix* commencement exercise, awarding of prizes and diplomas
divers *adj*. different
divisé divided, broken up
diviser to divide
dix ten
dix-huit eighteen
docteur *m*. doctor
doigt *m*. finger, toe
domaine *m*. domain, area;—*familial* family estate
domestique *n*., *m. or f*. servant
dominé dominated, governed
don *m*. gift; *avoir le*—*de* to be capable of, have the knack of
donc therefore, so, then, indeed
données *f. pl*. data
donner to give, yield;—*un coup de fil* to telephone;—*la main à* to shake hands with;—*tort à* to accuse; *se*—to attribute to oneself, to assume; *se*—*des airs* to pretend; *se*—*du mal pour* to take the trouble to
dont of whom, of which, whose, from which
dormir to sleep
dos *m*. back
doser to measure the quantity of; *dosant sa voix au plus juste* using just the right tone of voice
doublé (*de*) lined (with)
doublement doubly, for two reasons
doubler to double, increase two-fold; to line
doucement softly, quietly, easy does it!
doucereu-x, -se affectedly sweet, mealy-mouthed
douceur *f*. gentleness, sweetness
douche *f*. shower
douleur *f*. pain; *grimaçant de*—wincing with pain
douloureu-x, -se painful, mournful
doute *m*. doubt; *mettre en*—to question, challenge; *sans*—doubtless, surely
dou-x, -ce sweet, gentle
douzaine *f*. dozen
douze twelve
drame *m*. drama
dresser to raise; *se*—to stand up
drogue *f*. drug, narcotic
droit right, right-hand; straight; *tout*—straight ahead, straight up;—*devant* straight ahead; *à*—*e* to the right; *à*—*e et à gauche* here and there; *en ligne*—*e* in a straight line
droit *m*. right, privilege, law; *faire son*—to study law; *professeur de*—law professor
drôle odd, funny; *un*—*de vice* an odd vice
dû due, owed; *réclamer son*—to ask for one's due, ask to be payed
duc *m*. duke
duchesse *f*. duchess
dupe *f*. *être*—*de* to be taken in by, be fooled by
dur hard, harsh
durant during
durcir (*also*, *se*—) to harden
durer to last
dureté *f*. harshness

E

eau *f*. water;—*de source* spring water
ébranlé shaken
ébranler to shake; *s'*—to start, set in motion
ébréché chipped, cracked
écart *m*. deviation; *faire un*—to swerve; *se tenir à l'*—*de* to remain aloof from
écarter to push aside, turn away;—*du marché* to eliminate from competition
échange *m*. exchange; *en*—*de* in exchange for;—*de bons procédés* exchange of friendly services
échanger to exchange
échantillon *m*. specimen
échapper to escape
écharpe *f*. scarf
échauffer: *s'*—to get excited
échéant: *le cas*—if the occasion should arise, if need be
échec *m*. failure
échelle *f*. ladder
écho *m*. sound, echo
échouer to run aground, be stranded; to land
éclair *m*. flash of lightning
éclaircir to clarify; *s'*—to light up, be illuminated
éclat *m*. brightness, glitter; *faire*—to create a sensation, cause a stir
éclater to break out;—*en reproches* to burst forth with reproaches;—*de rire* to burst out laughing;—*en sanglots* to burst into sobs
école *f*. school
économe *n*., *m. or f*. bursar, treasurer, housekeeper

Ecosse *f.* Scotland

écouler: *s'*—to go by (time)

écouter to listen (to)

écrasant devastating, crushing

écrasement *m.* crushing

écraser to crush; *s'*—to crumble, collapse

écrier: *s'*—to cry, exclaim

écrire to write

écriture *f.* writing, handwriting

écrivain *m.* writer

édifié (*sur*) enlightened (about), well-informed (of) (*fig.*)

édile *m.* city father

effaroucher to scare off, frighten away

effectuer to carry out, accomplish

effet *m.* effect; *en*—indeed, in fact

efficace effective

effleurer (*de*) to touch lightly (with); *l'idée ne m'avait pas effleuré* it hadn't even occurred to me

effondré collapsed, sunken

efforcer: *s'*—(*à*) to make an effort (to)

effort *m.*: *un*—*pour* an attempt to

effrayant frightening

effrayer to frighten; *s'*—to be frightened

effroi *m.* fright

égailler: *s'*—to disperse

égal equal, even

également equally, likewise, also

égard *m.* deference, respect, homage; *à cet*—in this regard, on that account

église *f.* church

égorgé cut at the throat, slaughtered

élan *m.* enthusiasm, dash, thrust, outburst

élégance *f.* style, taste, elegance

élève *n.*, *m.* or *f.* pupil, student

élevé lofty

élever to bring up, raise; *s'*—to rise

éliminer to eliminate

éloigné distant

éloignement *m.* removal, distance, remoteness

éloigner to remove, push further away, put at a distance; *s'*—to withdraw, go away

élu elected

emballer: *s'*—to bolt

embarras *m.* embarrassment

embarrassé embarrassed

embaucher to hire, engage

emblavement *m.* sowing

emblée: *d'*—obviously

embonpoint *m.* stoutness

embrasser to embrace, kiss; *s'*—to embrace, kiss (each other)

embrouiller: *s'*—(*dans*) to get involved, mixed up (in)

émerveiller: *s'*—to marvel

émettre to emit, let out, issue

émigration *f.*: *dans l'*—into exile; *revenu d'*—returned from exile

éminence *f.* rising ground, eminence

emmener to take, convey, lead away

émoi *m.*: *jeter l'*—to stir up, excite

émotion *f.*: *causer une*—to upset

émoustiller to arouse

émouvant moving, touching

émouvoir to move, arouse

emparer: *s'*—*de* to seize, take possession of

empâté heavy, flabby

empaumer to get round, lure

empêcher to prevent; *s'*—*de* to prevent oneself from; *n'empêche que* just the same

empêtrer: *s'*—to become entangled

emphase *f.* bombast; *avec*—pompously, bombastically

emphatique grandiloquent

emplette *f.* purchase

emplir to fill; *s'*—*de* to fill up with

emploi *m.* job, position; use, utilization

employé *m.*: —*de banque* bank-clerk; —*des postes* postal clerk

employer to use

employeur *m.* employer

empoisonner to poison

emporter to carry off, take away; prevail; *l'*—*sur* to win out over, prevail

empressé eager, attentive

empressement *m.* eagerness

ému (*p. part. of émouvoir*) moved, aroused

en in; of it, of them, about it, concerning them; from here; while

encadrer to frame

encaisse *f.* receipts, cash balance

enchaîner to link; follow through, continue without hesitation

enchères *f. pl.* auction

enclos *m.* enclosure

encore again, still, further, in addition; —*un(e)* one more; —*une fois* once again; *pas*—not yet, still not; —*que*, (*conj.*) although, in spite of the fact that

encourager to encourage, cheer up

encourageant encouraging

endormir: *s'*—to go to sleep, fall asleep

endroit *m.* place; *par*—here and there

endurance *f.*: *faite d'*—the product of endurance

enfance *f.* childhood
enfant *n.*, *m. or f.* child
enfantin childish
enfiévrer to inflame (*fig.*)
enfiler to put on, slip on
enfin at last, finally; in short
enfuir: s'—to flee
engager: s'—to enlist; *s'*—*sur* to
 enter upon
engin *m.* machine
engouffrer to engulf, bury; *s'*—*dans* to
 rush into
engourdi benumbed, sluggish, asleep
énigmatique enigmatic
enjamber to step over
enlacer to embrace, entwine
enlever to take away, remove, snatch
 up; *faire*—to get rid of
enliser: s'—to sink, be swallowed up
 (in the mire)
ennemi *m.* enemy
ennui *m.* boredom, vexation; *des*—*s*
 difficulties
ennuyer to bore, distress, annoy; *s'*—
 to be bored
ennuyeu-x, -se, boring, dull
énorme enormous, huge
enquérir: s'—*de* to inquire about
enquête *f.* inquiry, investigation
enquêteur *m.* investigator
enrager to fume, be enraged
enrichi (*de*) enriched, embellished
 (with)
enrichir to enrich, embellish
enseignement *m.* instruction
enseigner to teach
ensemble together
ensemble *m.* whole, everything
 together
ensoleillé sunlit
ensuite then, next; later, following
entamer to encroach upon, disturb
entendre to hear; to mean, intend; to
 understand; *s'*—to hear oneself; *s'*—
 avec to get along with; —*demander*
 to hear someone ask; *qu'on t'entende*
 so we can hear you
entendu understood; *bien*—of course
enthousiasme *m.* enthusiasm; *avec*—
 enthusiastically
enthousiaste enthusiastic
enti-er, -ère complete, entire; *tout*—
 altogether, completely
entièrement entirely
entonnoir *m.* funnel
entouré (*de*) surrounded (by)
entourer (*de*) to surround (with)
entraînement *m.* training
entre between

entrecôte *m.* rib-steak
entrée *f.* entrance
entreprendre to undertake
entrepris intimidated
entrer to enter, go in
entretemps meanwhile
entretenir to support; *s'*—to converse,
 talk with
entretien *m.* upkeep
entrevoir to envision; glimpse
envahir to invade
enveloppe *f.* envelope
enveloppé wrapped up, shrouded
envergure *f.* great scope (*lit.*, wing
 spread)
envers toward
envie *f.* envy, wish; *avoir*—*de* to want,
 feel like
envier to envy
environ about, approximately
envoi *m.* sending, enclosure
envoyer to send
épais, -se thick
épandre: s'—to spread out
épargner to spare
épater to astonish, flabbergast
épaule *f.* shoulder
éperdu mad, frantic
épicerie *f.* grocery store
épier to spy, keep 'tabs' on;
 —*l'occasion* to be on the lookout for
 the opportunity
épigraphe *f.* epigraph
épingle *f.* pin; *coup d'*—pin-prick;—*à
 cheveux* hairpin
éponger: s'—*le front* to mop one's
 brow
époque *f.* period, time, epoch
épouser to marry, wed; marry off
épou-x, -se *n.*, *m. or f.* spouse
épouvantable frightful;—*à voir*
 frightful to behold
épouvanté horrified
éprouver to experience, feel;—*des
 scrupules* to have scruples
épuiser to exhaust
équilibre *m.* balance, equilibrium
ère *f.* era
errer to wander
erreur *f.* error
erroné erroneous
escadrille *f.* air squadron
escadron *m.* squadron
escalier *m.* stairway
escroqué stolen, swindled
Espagne *f.* Spain
espagnol Spanish
espagnolette *f.* bolt (of a French
 window)

espèce *f.* kind, species; —*humaine* mankind

espérer to hope

espoir *m.* hope

esprit *m.* mind, spirit; wit; —*d'investigation* inquisitive state of mind; *présent à l'*—on the mind, in one's thoughts; *revenir à l'*—to come back to mind; *venir à l'*—to come to mind

esquisser to sketch

essai *m.* essay

essayer to try

essentiel, -le *adj.* essential; *n.*, *m.* the main thing

essouffler: *s'*—to get out of breath

essuyer to wipe, clean

estimer to esteem, respect; to consider, think, deem; *s'*—to consider oneself

estomac *m.* stomach

estomper to blur, tone down; *s'*—to diminish, vanish

estrade *f.* platform, stand

établir to establish; *s'*—to become established; to take up residence

établissement *m.* establishment

étage *m.* floor, storey; *premier*—second floor

étal *m.* butcher's stall, shop

étalage *m.* display (of goods for sale); display-stall

étanchéité *f.* water-tightness

étape *f.* stage, phase

état *m.* state; —*major* headquarters; *remettre en*—to put back to rights, to mend

Etats-Unis *m. pl.* United States

été *m.* summer

étendre (*also*, *s'*—) to extend

étendu stretched out

étendue *f.* extent

éternel, -le eternal, perpetual

éterniser: *s'*—to become eternal, to be endless

éternité *f.*: —*de l'âme* immortality of the soul

étirer: *s'*—to stretch

étoile *f.* star

étonnant astonishing

étonnement *m.* astonishment, surprise

étonner to astonish; *s'*—to be astonished

étouffer to stifle, smother; *s'*—to choke, suffocate

étourdi *m.* scatterbrain

étrange strange

étrang-er, -ère *n.*, *m. or f.* stranger, foreigner; *à l'*—to a foreign land, abroad

étrangeté *f.* strangeness

étrangler to strangle

être to be; —*au courant* to be acquainted, well-informed; —*en train de* to be in the act of

être *m.* being, person; —*humain* human being

étreinte *f.* embrace, grasp

étroit narrow, close, strict

étroitement closely

étude *f.* study; *faire ses*—*s* to go to school, be educated

étudiant *m.* student

étudier to study

européen, -ne *adj.* European

eux *pron.* they, them; *l'un d'*—one of them; —*-mêmes* themselves

évanouir: *s'*—to faint, pass out

éveillé awake; *tout*—wide awake

éveiller to awaken, arouse; *s'*—to wake up

événement *m.* event

évidemment obviously

évidence *f.*: *de toute*—quite obviously

évident clear, obvious, evident

éviter to avoid, shun

évoluer to evolve, develop

évolution *f.* military exercise

évoquer to evoke; allude to

exactement exactly

exagérer to exaggerate

examen *m.* examination

examiner to examine

exaspérer to exasperate

exaucé fulfilled

ex-camarade *m.* former pal

excepté except (for, that)

excès *m.* excess

excipient *m.* excipient, base

exclure to exclude

excuser to excuse, pardon; *s'*—to apologize

exécrable abominable

exemple *m.* example; *par*—? what do you know?

exercer: *s'*—to practice, carry out, exercise

exercice *m.*: —*de rétablissement* action of lifting oneself by the hands

exergue *m.*: *en*—inscribed around outer edge (as in coins or medals)

exiger to require, demand

exister to exist; *il existe* there is, are

exode *m.* exodus (refers to the flight southward of French refugees before the invading German armies in 1940)

exorbité protruding

expérience *f.* experience, experiment

expérimenté experienced
expertise *f.* expert's report, evaluation
expiation *f.* atonement
explétif expletive, pleonastic (*gram.*)
explication *f.* explanation
expliquer to explain; *s'* — to be explained
exploité exploited
explorer to explore, investigate
exposé *m.* report, explanation
exposer to expose, show, explain
exprimer to express; *s'* — to express oneself
extérieur exterior, external, outer
extérieurement externally, from the outside
extrait *adj.* taken from, drawn from
extrait *m.*: — *de naissance* birth certificate
extraordinaire extraordinary
extrêmement extremely

F

fabricant *m.* manufacturer
fabrique *f.* factory
fabriquer to make, produce
façade *f.* front of a building
face *f.* face; — *à* facing; *bien en* — directly opposite, squarely in front; *en* — (*de*) opposite; in the face; *faire* — to stand up to, cope (with a situation)
fâcheu-x, -se *adj.* embarrassing; *n.* a bore, impertinent person
fâcher: *se* — to become angry
facile easy
façon *f.* way, manner; *à la* — *de* like, in the manner of; *de* — *que* in such a way that; *sa* — *de se taire* his way of remaining silent
facture *f.* bill, invoice
faculté *f.* faculty; option; department of a university
faible weak, faint
faiblesse *f.* weakness
faille *f.* crack
faillir (+ *inf.*) to almost, just miss (doing something); — *s'étouffer* to almost choke
faim *f.* hunger; *avoir* — to be hungry
faire to do, make; cause, have (something done); — *appeler* to summon, send for; — *attention à* to pay attention to; — *un cadeau à* to give a gift to; — *comme eux* to imitate them, do likewise; *comment* — ? what's to be done?; — *confiance à* to put one's trust in; — *confidence à* to share a secret with; confide in; — *la*

cour à to woo, court; — *la description de* to describe; — *de la peine à* to grieve, hurt, make sad; — *de son mieux* to do one's best; — *du charme* to put on the charm, be alluring; — *du joli* to be a pretty kettle of fish; — *du ski nautique* to go water skiing; *en* — *autant* to do likewise; *en* — *la remarque* to mention; — *un écart* to swerve; — *ses études* to go to school, be educated; — *figure de* to look like; — *gris* to be in semi-darkness; — *la guerre à* to wage war with, fight; — *une idole de* to idolize; — *mouche* to hit the bull's eye; — *naître* to give rise to; — *un pas* to take a step; *n'était plus à* — was well established, unsurpassed; — *peur à* to frighten; — *plaisir à* to please; *pourquoi* — ? what for?; — *une promenade* to take a walk; — *ressortir* to bring out, throw into relief; *ne* — *qu'un saut* to go with one leap; — *savoir* to inform, let (it) be known; — *le sacrifice de* to sacrifice; — *sensation* to create a stir, cause a sensation; — *signe à* to signal; — *un signe de tête* to nod; — *songer à* to remind of; — *souvenir* to remind of; — *taire* to silence; — *le tour de* to go all around, make the rounds of; to review; — *tout son possible* to do one's best; — *venir* to send for, have come; — *une visite à* to pay a visit to; *se* — *connaître* to become known; *se* — *descendre* to have brought down; *se* — *des amis* to make friends; *se* — to become; *se* — — to have (something) done, made for oneself; *se* — *faute de* to abstain from, fail to; *se* — *reconnaître* to have oneself recognized, to reveal one's identity; *se* — *servir* to be waited on, to have oneself served; *se* — *tout petit* to make oneself very inconspicuous; *elle ne fait que* all she does is; *fit* said
fait *adj.* made; — *de* made of, shaped by; *bien* — *de sa personne* well-groomed; — *e pour être* created to be; *pas tout à* — not exactly
fait *m.* fact; *au* — ! by the way!; *en* — *as* a matter of fact
falloir to be necessary; *il me le faut* I must have it
familial (*m. pl.* **familiaux**) of the family; *domaine* — family estate
famili-er, -ère familiar, intimate
famille *f.* family; *vie de* — family life
fané withered, faded
fantaisiste fanciful

fantastique *adj. and n., m.* fantastic, fanciful, chimerical (person)
fantôme *m.* phantom
farouche fierce
fasciner to fascinate
fastidieu-x, -se tedious, wearisome
fatalement inevitably
fatalité *f.* calamity, fatality, fate
fatigué tired, worn out
faussaire *m.* forger
faute *f.* fault, error; — *de* for lack of; *se faire* — *de* to abstain from, fail to
fauteuil *m.* armchair
fauve tawny, wild
fau-x, -sse *adj.* false, fake; *n., m.* fake, forgery
faveur *f.* favor; *en leur* — for them, in their behalf; *jouer en sa* — to weigh favorably; *parler en* — *de* to speak favorably of
favori, -te favorite
favoriser to favor
fébrile feverish
féconder to fertilize
féerique fantastic
feindre to pretend, feign; — *l'inattention* to pretend to be inattentive
féliciter to congratulate
femme *f.* woman, wife; — *de chambre* chambermaid
fenêtre *f.* window
fer *m.* iron
ferme *f.* farm
ferme *adj.* firm, steadfast
fermement firmly
fermer to close; — *à clef* to lock
fermeté *f.* firmness
fermeture *f.* closing; *jour de* — day when a business, etc. is closed
férocité *f.* cruelty, savageness
ferraille *f.* scrap-iron, junk
ferveur *f.* fervor
festoyer to celebrate
fête *f.* holiday, feast-day
feu *m.* fire
feuillage *m.* foliage
feuille *f.* leaf
feuilleter to leaf through
feutre *m.* felt, felt hat
feutré padded, muffled
février *m.* February
fiançailles *f. pl.* engagement (for marriage)
ficher to drive in, thrust in; *se* — *de* not to care a damn for, not to give a hoot for; *lui fiche la paix* leave him, her alone (*sl.*)
ficti-f, -ve false
fidèle faithful, true, accurate

fidélité *f.* loyalty, faithfulness
fielleu-x, -se *adj.* bitter, rancorous; *n.* bitter person, rancorous person
fier, fière proud
fier: *se* — *à* to trust, rely on
fierté *f.* pride
fiévreu-x, -se feverish, restless
figé stiff, frozen
figure *f.* face, figure; *faire* — *de* to look like; *assez de* — sufficiently good-looking
figuré: *sens* — figurative meaning
figurer to represent
fil *m.* thread; wire, telephone wire; *cousu de* — *blanc* quite obvious; *donner des coups de* — to telephone; — *s téléphoniques* telephone wires
filant: — *des Ave Maria* telling the beads, saying the rosary
filer to run off
filet *m.* net; baggage rack
fille *f.* girl, daughter; *jeune* — girl; — *d'auberge* servant girl in an inn
filou *m.* thief, sharper
fils *m.* son
fin *adj.* fine, delicate
fin *f.* end; *à la* — finally; *tirer à leur* — to draw to a close
final: *mettre le point* — *à* to settle
financi-er, -ère financial
fine *f.* brandy
finesse *f.* delicacy, fineness, slenderness
finir to finish, end; — *à* to wind up at; — *par* to end up by; *en* — to get it over with; *n'en pas* — to be endless; *c'est fini* that's all
fisc *m.* internal revenue office
fixe set, staring
fixer to fix, set; stare at; *se* — to settle down
flagornerie *f.* fawning, base flattery
flanc *m.* flank, side
flancher to give way, weaken
flatteu-r, -se flattering
fléau *m.* scourge
flèche *f.* arrow, barb
flétrir to wither
fleur *f.* flower
fleurir to bloom; to adorn with flowers
flocon *m.* flake; — *de fumée* puff of smoke
floraison *f.* blooming, flowering
flot *m.* flood
flottant: *empire* — floating empire (of merchant ships)
flotte *f.* fleet
flotter to float
flûtes *f. pl.* skinny legs (*pop.*)
foi *f.* faith; *Ma* —! Good heavens!

foire *f.* fair
foireux: *coups* — dirty blows
fois *f.* time; *une* — once; *une* — *par jour* once a day; *une* — *par semaine* once a week; *une* — *pour toutes* once and for all; *une* — *encore, encore une* — once again; *à la* — at the same time, both
foisonner to swarm, abound
folie *f.* folly, madness; *tomber dans la* — to go mad
follement madly
fonction *f.* function, role
fond *m.* bottom *à* — basically; *au* — *de* in the depths of; — *de verre* dregs of a glass; *celle du* — the one in the back
fondé founded, based
fondement *m.* foundation; *sans aucun* — completely unfounded
fonder: *se* — *sur* to be founded upon, based on
fondre to melt; — *en larmes* to melt into tears
force *f.* strength, force; *à bout de* — exhausted; *à* — *de* by dint of; *de* — by force; *dessiné avec* — strongly outlined; *de toutes mes* (*ses*) — *s* with all my (his, her) strength; *perdre de sa* — to weaken
forfait *m.* contract
formation *f.* moulding (of character)
forme *f.* form, shape; *en* — *de* in the shape of; *sous* — *de* in the guise of; *sous la* — *de* in the shape, form of; under the guise of
former to form, make up, constitute
fort *adj.* strong; loud; *plus* — louder
fort *adv.* very loudly; *de plus en plus* — louder and louder; *si* — so much, so heavily
fortement greatly, immensely; strongly, solidly
fou, folle crazy; — *de joie* overjoyed; *point* — *du tout* not at all crazy
fouet *m.* whip
fouetter to whip up, stimulate
fouiller to rummage, search
fouisseu-r, -se burrowing
foule *f.* crowd
fouler to tread upon
fourberie *f.* deceit
fourchette *f.* fork
fournir to furnish
fox *m.* fox-trot
fraîcheur *f.* freshness
frais, fraîche fresh; *de* — freshly, newly; *de* — *date* recent; *Il devait être* —, *l'amoureux!* The lover must have been young! (*iron.*); *prendre le* —

to take the air
frais *m. pl.* expenses
franc, -he frank
Français *m.* Frenchman
français *adj.* French; *n., m.* the French language
franchement frankly, openly, freely
franchir to pass through
frapper to strike, knock; — *du pied* to stamp one's foot
frauduleu-x, -se fraudulent
frayeur *f.* alarm, fright
frein *m.* brake; check-rein; *ronger son* — to champ at the bit
freiner to put on the brake
frénésie *f.* frenzy
fréquenter to associate with, see frequently
frère *m.* brother
frétillant lively
friser to be, come close to, barely miss
frites *f. pl.* fried potatoes
frivole frivolous
froid cold
froideur *f.* coldness
fromage *m.* cheese
froncé: *le sourcil* — with knitted brow
froncer to frown; — *les sourcils* to knit one's brows, frown
front *m.* forehead; front (*milit.*); *s'éponger le* — to mop one's brow
frontière *f.* frontier, boundary
fruit *m.*: *avec* — fruitfully
fugiti-f, -ve fleeting
fuir to flee, elude
fuite *f.* flight, escape; *prendre la* — to flee, take flight; *une* — *d'eau* a plumbing leak
fumée *f.* smoke
fumer to fertilize (with manure)
fumiste *m.* practical joker
funérailles *f. pl.* funeral
furieu-x, -se furious
furtivement furtively, secretly
fusain *m.* spindle tree
fusée *f.* rocket
futé sly, cunning
futur *adj.* future

G
gâcher to spoil
gadoue *f.* organic fertilizer
gagner to earn, win; — *sa vie* to earn one's living; *n'y* — *rien* to profit nothing from it
gaillard hearty, healthy
gaillardise *f.* jollity, broad joke, free mirthful expression
gaîté *f.* gaiety

galant *m.* beau, suitor

galop *m.*: *au*—galloping

galuchat *m.* sharkskin

gamin *m.* urchin, boy, kid, lad

gant *m.* glove

garantir guarantee

garçon *m.* boy, employee; —*boucher* butcher's helper

Gard *m.* department in southern France

garde *f.*: *monter bonne*—to guard vigilantly; *prendre*—*à* to pay attention to, be careful to

garde *m.* guard, guardsman, keeper

garde-à-vous *m.* attention (*milit.*)

garder to keep, retain; —*la chambre* to remain in one's room; *se*—*de* to beware of, guard against

gardien *m.* caretaker; *ange*—guardian angel

gare *f.* station

garnir to garnish, decorate

gâteau *m.* cake

gâter to spoil; *se*—to worsen, deteriorate

gauche left; awkward; *à*—to the left

gaupe *f.* slut, trollop

gausser: *se*—*de* to jeer, deride

gaz *m.* gas; —*d'éclairage* illuminating gas; *mettre le*—to turn on the gas

gazomètre *m.* gas tank

géant giant

gênant bothersome

gendarme *m.* gendarme (member of the French national police)

gêne *f.* embarrassment

gêné embarrassed, disturbed

gêner to disturb, embarrass; *se*—to inconvenience oneself, to put oneself out

général: *en*—generally

généralement usually, generally

généreu-x, -se generous, noble

générosité *f.* generosity, nobility

génie *m.* genius; engineering corps

genou (*pl.* **genoux**) *m.* knee; *à*—*x* kneeling, on one's knees; *des deux*—*x* with both knees

genre *m.* type, kind; *dans le*—*rogomme* of the raucous variety

gens *n.*, *m.* or *f. pl.* people; *jeunes*— young men; *les*—*du pays* the local people, inhabitants of the region

gentil, -le nice, pleasant

gentiment nicely

geophage *m.* or *f.* earth-eater

gérant *m.* manager

gerbe *m.* bunch

geste *m.* gesture; *avoir un*—, *faire un*— to make a gesture; *d'un*—*brusque* with an abrupt gesture; *d'un*— *machinal* with a mechanical gesture

gigantesque gigantic

gilet *m.* vest

glacé icy

glisser to slip, slide

gloire *f.* glory, fame

godet *m.* flower pot

goguenard mocking, jeering

goguenardise *f.* banter, mocking, raillery

goguette: *en faire des*—*s* to joke merrily about

golf *m.* golf; golf course

gonflement *m.* swelling

gonfler: *se*—to swell, puff out

gorge *f.* throat

gorgonzola an Italian cheese

gothique Gothic

goulûment greedily

goût *m.* taste, liking, savor; *n'avoir plus de*—*à rien* no longer like anything; *de très mauvais*—in very poor taste

goûter (*à*) to taste, enjoy; to have a snack

goutte *f.* drop (of water, etc.)

grâce *f.* grace, favor, mercy; gracefulness, charm; —*à* thanks to

graillonner to hawk up phlegm

graisse *f.* fat, grease

grand tall, big, large; great, important

grand'chose: *pas*—not much

grandeur *f.* size

grandiloquence *f.* grandiloquence, bombast, pompousness

grandir to grow, increase

grand-oncle *m.* great uncle

gras, -se fat

grave serious

graver to engrave

graviter to gravitate

Grec *m.* Greek

greffe *f.* graft; *faire une*—to graft

greffer to graft, perform a surgical transplant

grenier *m.* attic

grenouillard *m.* (*neol.*) drinker of water, instead of alcoholic beverage (*iron.*) (from: *la grenouille* frog)

grief *m.*: *faire*—*à* to be angry at

griffonner to scribble, scrawl

grimaçant: —*de douleur* wincing with pain

grimper to climb

grincer to grate, creak; to speak in a grating voice; —*des dents* to grind one's teeth

gris gray; pale, dull (of light)

grisonnant turning gray, becoming gray-haired
grognement *m.* growl, groan
grogner growl, snarl
grommeler to grumble, growl
grondement *m.* roar, rumbling
gronder to scold; snarl, growl
gros, -se big, large, fat
grossi-er, -ère *adj.* vulgar, crude; *n.* uncouth person
grotesque *m.* grotesque figure, ludicrous person
groupe *m.* group
gruger to crunch, eat up; *se laisser —* to be tricked, cheated
grumeau *m.* lump
guère: *ne . . . —* scarcely
guéret *m.* plowed field
guérir to cure
guerre *f.* war; *cri de —* war-cry; *faire la — à* to wage war with, fight
gueule *f.* mouth (of an animal)
guider to guide

H

habileté *f.* cleverness, expertise, skill
habillé dressed
habiller: *s' —* to get dressed
habiter to inhabit, live in, dwell in
habitude *f.* habit; *avoir l' — de* to be in the habit of, to be used to; *comme d' —* as usual; *d' —* usually; *prendre l' — de* to form the habit of
habitué *m.* regular customer
habituellement usually, regularly, as a rule
habituer: *s' — à* to get used to
hachoir *m.* cleaver, chopping knife
haine *f.* hatred
haineu-x, -se malevolent, full of hatred
haïr to hate
haleine *f.* breath; *reprendre —* to get one's second wind
hall *m.* lobby, lounge; entrance hall
halluciné *m.* deluded person, person suffering from hallucinations
hanté haunted
harmonie *f.* harmony
harmoniser: *s' —* to harmonize
hasard *m.* chance; *au —* by chance, at random; *jeux du —* tricks of fortune, combinations of chance; *par —* by chance
hâte *f.* haste; *en toute —* in great haste
hâter: *se —* to hasten
hausser to raise, shrug; *se —* to rise
haut high, high-pitched; *a — e voix*

out loud; *de — e lutte* high-handedly, by force; *très — (adv.)* very loudly
haut *m.* top; *du — de* from atop
hauteur *f.* height; *à mi- —* halfway up
hébreu *m.* Hebrew language
hécatombe *f.* slaughter
hectare *m.* two and a half acres; *pourvu d' — s* owning property
hein? eh?
héler to hail, call
herbe *f.* grass
héritage *m.* inheritance
hériter to inherit
hermine *f.* ermine
héros *m.* hero
hésiter to hesitate
heure *f.* hour, o'clock; *à la bonne —* good! fine!; *aux — s creuses* at slack periods; *de bonne —* early; *tout à l' —* a while ago; *une petite —* about an hour, less than an hour; *vingt-quatre — s sur vingt-quatre* twenty-four hours a day
heureu-x, -se happy
heureusement fortunately
heurter: *se —* to bump
hideu-x, -se hideous
hier yesterday
hiérarchie *f.* chain of command
hisser: *se —* to hoist oneself
histoire *f.* story; history; *même —* same thing (again); *une toute autre —* quite a different story
historien *m.* historian
hitlérien Hitler's
hocher to nod, shake the head
hollandais Dutch
hommage *m.* praise, compliment, homage
homme *m.* man; *— de science* scientist, scholar
Hongrois *m.* Hungarian
honnête honest
honneur *m.* honor
honorabilité *f.* honorableness, respectability
honte *f.* shame; *avoir — de* to be ashamed of
honteu-x, -se shameful, ashamed
hop: *— -là!* alley oop!
hôpital (*pl.* **hôpitaux**) *m.* hospital
horreur *f.* horror, dread; *avoir — de* to loathe, abhor
horrifier to disgust, horrify, shock
hors (*de*) outside of; *— — lui* beside himself; *— — moi* beside myself; *— — propos* irrelevantly, at random
hôte *m.* host; guest

hôtel *m.* town house, hotel; —*particulier* private mansion; *maître d'* —butler

hôtelier *m.* hotel keeper

hôtesse *f.* hostess

huile *f.* oil

huit eight; *à—jours* when a week old

humain *adj.* human; *l'espèce—e* mankind; *être*—human being; *n., m.* that which is human

humanisme *m.* humanism

humaniste *n., m. or f.* humanist, classical scholar

humanité *f.* mankind, humanity, human nature

humeur *f.* mood, humor; *d'—tendre* in an affectionate mood; *sembler d'—à* to seem to be in the mood for, inclined toward

humilier to humiliate

humilié humiliated

humilité *f.* humility

humus *m.* earth

hurlement *m.* howl, shriek

hypocrisie *f.* hypocrisy

hypocrite hypocritical

hystérique hysterical

I

ici here

idéaliste idealistic

idée *f.* idea, plan; —*maîtresse* principal idea; *l'—me vint de* it occurred to me to; *se faire des—s* to get ideas into one's head

identique identical

identité *f.* identity

idole *f.* idol; *faire une—de* to idolize

if *m.* yew tree

ignorer to be ignorant of, not to know

illuminer to illuminate

illusoire illusive, delusive

illustre illustrious, renowned

il y a there is, there are; —(+ time) ago; *qu'y a-t-il?* what's the matter?

image *f.* image, picture

imaginaire imaginary, fantastic, unreal

imaginer: s'—to imagine

immédiatement immediately

immeuble *m.* building

immobile fixed, motionless

immuable unchanging

imparfait imperfect

impassibilité *f.* impassiveness

impassible unperturbed, unmoved

impérieu-x, -se imperious, compelling

impersonnel, -le impersonal

impitoyable merciless

impitoyablement mercilessly

implorant imploring, pleading

importer to be important; *n'importe qui* anybody; *peu*—to matter little

imposer: s'—to assert oneself; impose itself

imprégner to impregnate

imprévu unforeseen, unexpected

imprimé *m.* printed form

imprudent foolhardy

inassouvi unsatiated

inattaquable unassailable

inattendu unexpected

incommodé upset, distressed

incommoder: s'—to inconvenience oneself

inconcevable inconceivable

inconnu unknown; *n.* unknown person

incontestablement indisputably

inconvénient *m.* objection

incroyable incredible

indécis undecided, hesitant; indistinct

indéfinissable undefinable, elusive

indéfrisable uncurlable

index *m.* index finger

indice *m.* sign, clue

indien, -ne Indian

indigne unworthy

indigné indignant, offended

indigner to offend

indignité *f.* indignity; unworthiness

indiquer to indicate

indiscipliné unruly

industrieu-x, -se industrious

inébranlable unshakable

inefficace ineffectual

inégalité *f.* inequality

inertie *f.* inertia

infailliblement infallibly

infanterie *f.* infantry

inférieur lower, inferior

infiniment infinitely

infirme *m. or f.* crippled person, invalid

infirmière *f.* nurse

infliger (à) to inflict (upon)

informateur *m.* informer

informe shapeless

infortune *f.* misfortune

ingénier: s'—(à) to contrive, manage (to)

ingénieur *m.* engineer; —*constructeur* construction engineer

ingénieu-x, -se ingenious

inhabituel, -le unaccustomed, unusual

inhumain inhuman, cruel

inhumation *f.* burial

inimaginable unimaginable

ininterrompu uninterrupted

injure *f.* insult

injurier to insult

inlassable tireless, indefatigable**

inné innate, inborn
innocemment innocently
innombrable innumerable
inoffensi-f, -ve harmless
inonder to flood
inqui-et, -ète uneasy, worried, disturbed
inquiéter to bother, make anxious
inquiétude *f.* anxiety
insatisfait unsatisfied
insidieu-x, -se insidious
insinuer to insinuate
insister (*pour*) to insist (upon), stress
insolite unusual
insouciance *f.* nonchalance
instable unstable
installé settled, ensconced
installer: *s'* — to move in, set oneself up
instance *f.* lawsuit; *première* — suit in
  lower court
instant *m.:* *un* — for a moment; *par* — *s*
  from time to time
instar: *à l'* — *de* like, in the manner of
instauration *f.* beginning, institution
instinct *m.:* *d'* — instinctively
instruit instructed, taught
insultant insulting
insupportable unbearable
intenable untenable
intensément intensely; intently
interdire to outlaw, forbid; *il m'était*
  interdit I was forbidden
intéressé covetous, mercenary; biased
intéresser to affect, concern, interest;
  s' — *à* to be interested in
intérêt *m.* interest; *dépourvu d'* —
  uninteresting
intérieur *m.* interior; *adj.* interior,
  inner; *à l'* — *de* inside; *poche* — *e*
  inside pocket
interlocuteur *m.* interlocutor
interpeller to call
interrogateur questioning
interroger to question; *s'* — examine
  oneself
interrompre to interrupt
intervalle *m.* interval
intervenir to intervene
intime intimate
intimité *f.* intimacy
introduire to introduce
inutile useless
inventer to invent, contrive, imagine
invité *m.* guest; *chambre d'* — guest room
involontaire involuntary
invoquer to invoke, appeal to, allege
ironie *f.* irony
ironique ironic
ironiquement ironically
irradié irradiated

irrécusable unimpeachable
irréfléchi thoughtless; *d'un mouvement*
  — on a thoughtless impulse
irrésolution *f.* indecision
irrespectueu-x, -se disrespectful
irriter to irritate, annoy
isolé isolated, lonely
isolément separately
isoler to isolate
issu (*de*) born (of); descended (from)
Italien, -ne *n.*, *m.* or *f.* Italian
italien, -ne *adj.* Italian
italique *m.* italics
ivoire *m.* ivory
ivrogne *m.* drunkard

J

jadis previously, in olden times
jaillir to gush, spurt
jalousie *f.* jealousy
jalou-x, -se jealous
jamais ever; never; *plus* — never again;
  à — forever; *à tout* — for ever and ever
jambe *f.* leg; *à toutes* — *s* as fast as
  possible
janvier *m.* January
jardin *m.* garden
jardinage *m.* gardening
jardinier *m.* gardener
jaune yellow
jeter to throw, cast, throw away; *se* —
  (*sur*) to throw oneself, pounce
  (upon); — *l'émoi* to stir up, excite
jeu *m.* game, trick, amusement; — *de*
  cartes deck of cards; — *x du hasard*
  tricks of fortune or fate; *cacher*
  son — to conceal one's hand, play
  dishonestly; *mettre en* — to risk,
  bring into play
jeune young
jeunesse *f.* youth; young people
Job: *le bloc* — packet of cigarette papers
joie *f.* joy
joindre: *se* — (*à*) to join
joli pretty
joncher to strew
joue *f.* cheek
jouer to play: gamble; — *en sa faveur*
  to weigh favorably; — *le rôle* to act
  the part
jouet *m.* toy
jouir (*de*) to enjoy
jour *m.* day, daylight; *au petit* — at
  dawn; *ces* — *s-ci* these days, recently;
  de nos — *s* in our time; *huit* — *s* a
  week; *la chute du* — nightfall; *le* — *se*
  lève dawn is breaking; *par* — per day;
  petit — twilight, half light; *tous les* — *s*
  every day

journal *m.* newspaper; diary
journaliste *m. or f.* reporter, journalist
journée *f.* day
jovialité *f.* jollity, conviviality
joyeu-x, -se joyous, merry; — *drille* merry-andrew
jubiler to rejoice
jugement *m.* judgment, opinion
juger to judge, deem
Juif *m.* Jew
juif, juive Jewish
Juive *f.* Jewess
juillet *m.* July
juin *m.* June
jumelle *f.* female twin
jurer to swear
jusqu'à as far as, up to, until, to the point of; including; — *ce que* (*conj.*) until; — *l'existence* its very existence
jusqu'alors until then
jusque là until then
juste right, just; tight; *au* — exactly; *au plus* — with great precision; — *ce qu'il fallait* the right amount; *toucher* — to strike home; *voir* — to judge accurately
justement precisely, just so
justificati-f, -ve justificative, documentary
justifier: *se* — to be justified

K

kilomètre *m.* kilometer (⅝ of a mile); *faire quelques* — *s* to go (walk, ride, etc.) a few kilometers

L

là there; *par* — by that
labour *m.* plowing
lacérer to lacerate, tear up
lâche cowardly
lacune *f.* lacuna, oversight
là-dedans in it
là-dessus whereupon, thereupon
laid ugly
laideur *f.* ugliness
laine *f.* wool; *bas de* — nest egg, savings (kept in a wool stocking)
laisser to leave; let, allow; — *à désirer* to leave something to be desired; — *aller les choses* to let events take their course; — *percer* to show, reveal; — *supposer* to suggest; — *tomber* to drop; — *tranquille* to let alone, leave undisturbed; *se* — *aller au désespoir* to give in to despair; *se* — *gruger* to be tricked, cheated
lait *m.* milk

lamenter: *se* — to complain
lampe *f.* lamp; — *à pétrole* oil (kerosene) lamp
lance *f.* lance, spear
lancé driven
lancer to launch, throw, hurl; emit, utter; *se* — to launch oneself
langue *f.* tongue; language
larcin *m.* theft
large *m.* open sea
large *adj.* wide, broad
larme *f.* tear; *en* — *s* in tears; *fondre en* — *s* to melt into tears
las, -se weary
leçon *f.* lesson
lecteur *m.* reader
lecture *f.* reading
légendaire legendary
légende *f.* legend
lég-er, -ère light, slight
légèreté *f.* lightness
Légion *f.*: — *d'Honneur* Legion of Honor (highest French decoration, created by Napoleon I)
légitime legitimate
lendemain *m.* next day; *sans* — short-lived
lent slow
lentement slowly
lenteur *f.* slowness
lequel (laquelle, lesquels, lesquelles) which, which one(s)
lettre *f.* letter; *les* — *s* literature; *licence ès* — *s* master of letters
levantin Levantine
lever to lift, raise; *se* — to get up, stand up
lèvre *f.* lip
lézarde *f.* crevice, chink
Liban *m.* Lebanon
libéra-teur, -trice *n.* liberator; *adj.* liberating
libérer to liberate; *se* — free oneself
liberté *f.* liberty
libre free
licence *f.* master's degree; — *ès lettres* master of letters; — *ès sciences* master of science
lié linked, tied
lieu *m.* place; — *de croire* reason to believe; — *commun* trite remark, commonplace; *au* — *de* instead of; *avoir* — to take place
ligne *f.* line
lilas *m.* lilac
limace *f.* slug, bug
limite *f.* limit
lin *m.* linen
linge *m.* underwear

lire to read
lis (*also* **lys**) *m.* lily
liseuse *f.* bed-jacket
lit *m.* bed
littéraire literary
littéral literal
littéralement literally
littérateur *m.* man of letters
littérature *f.* literature
livre *m.* book
livrer: *se*— to surrender, give oneself up; confide
locataire *m.* tenant, lodger
locution *f.* idiom, expression; —*toute faite* stock phrase
loge *f.* apartment (esp. of *concierge*)
logicien *m.* logician
logique logical
loi *f.* law
loin far; *au*—in the distance; *plus*—further on; *revenu de*—having returned to reality
lointain distant
Loire *f.* longest of the five principal rivers of France
loisir *m.* leisure
long, longue long; *à la longue* in the long run; *au*—*du jour* all day long; *le*—*de* along
longer to walk along or past
longtemps for a long time; *depuis*—a long time ago
longuement for a long time
longueur *f.* length
lors: —*de* at the time of; —*même que* even when
lorsque when
lot *m.* lot, fate; share
loti favored, provided for; *bien*— (*iron.*) in a fine pickle
lourd heavy
lucide lucid, sane, clear
lugubre lugubrious, mournful
luire to shine, glisten
lumière *f.* light; *faire la*—to turn on the light(s)
lune *f.* moon
lunettes *f. pl.* eyeglasses
luron *m.* (*sl.*) good guy
lutte *f.* struggle; *de haute*—high-handedly, by force
lutter to struggle
luxe *m.* luxury
lycée *m.* secondary school

M
mâcher to chew
machin *m.* (*sl.*) gadget, thingamajig
machinal mechanical

machinalement mechanically
machine *f.*: *tapé à la*—typewritten
magasin *m.* shop, store
magie *f.* magic
maigre thin, scrawny
main *f.* hand; *à la*—by hand; handwritten; *donner la*—*à* to shake hands with; *les*—*s en avant* with hands extended
maint many a
maintenant now; *dès*—right now
mais but; —*bien* but rather
maison *f.* house; —*de couture* dress shop; —*de campagne* country house, vacation cottage
maître *m.* master; —*d'hôtel* butler; *toile de*—master painting
maîtresse, *adj.*: *idée*—principal idea
maîtresse *f.* mistress; schoolmistress
maîtriser to control, master, subdue
majestueu-x, -se majestic
majeur major, greater
mal *m.* pain, difficulty; evil; *avoir*—*à* to have difficulty in; *se donner un peu de*—*pour* to take some trouble to
mal *adv.* badly, poorly; *pas*—not bad; —*à l'aise* ill at ease; —*réveillé* half asleep
malade sick; *rendre*—to make ill, sicken
maladie *f.* illness
maladroit *n. or adj.* clumsy (person)
malaise *m.* uneasiness
Malaisie *f.* Malaysia
maléfique evil, maleficent
malencontreu-x, -se unfortunate
malentendu *m.* misunderstanding
malgré in spite of
malhabile clumsy, awkward
malheur *m.* misfortune
malheureu-x, -se unfortunate, unhappy
malheureusement unfortunately
malhonnête dishonest
malicieu-x, -se malicious, sly
mali-n, -gne mischievous, cunning, clever
malingre weak, sickly
malle *f.* trunk
malmener to mistreat
maman *f.* mama, mom
mandat *m.* mandate, orders (*milit.*)
manège *m.* trick, stratagem
mangé gnawed, nibbled
manger to eat; *salle à*—dining room
manie *f.* mania
manier to handle
manière *f.* manner, way; *d'une*—in a way; *les bonnes*—*s* good manners

manifestation *f.* manifestation, sign, expression
manifeste obvious
manifester to show, express
manœuvre *f.* action; stratagem
manque *m.* lack, absence
manquer to miss, fail; be missing; —*à* to fail in; —*de* (+*n.*) to lack; —*de* (+*inf.*) to fail to
maquignon *m.* trickster, 'con man' (*lit.* horse trader)
marchand, *m.* merchant, dealer; *adj.* mercantile; *flotte*—merchant fleet
marchandises *f. pl.* freight, merchandise
marche *f.* step (of stairs); march
marché *m.* market, market-place; *écarter du*—to eliminate from competition; *jour de*—market day
mardi *m.* Tuesday
marécage *m.* swamp, marsh
marengo *m.* fricasseed fowl
marge *m.* margin
mari *m.* husband
marier: *se*—to get married
marieuse *f.* matchmaker (female)
marin *m.* sailor
marin *adj.* marine, maritime
marine *f.* navy
maritorne *f.* serving-girl, maid-of-all-work; slut
marmonner to mumble
marquant notable, striking
marque *f.* mark
marquer to mark, leave a mark, show, note
marri sorry, contrite
marronnier *m.* chestnut tree
marteau *m.* hammer
masque *m.* mask
masse *f.* mass, pile
massif *m.* flower bed
massi-f, -ve massive, heavy
mat dull, without lustre
matelas *m.* mattress
matériel, -le material, physical
maternel, -le maternal, motherly
matière *f.* matter, substance
matin *m.* morning; *le*—in the morning; *le lendemain*—the next morning
matinal *adj.* morning, matutinal
matinée *f.* morning
mauvais bad
maux (*pl. of mal, n., m.*) pains; evils
mécanisé mechanized
méchanceté *f.* wickedness; ill temper
méchant wicked; ill-tempered
médecin *m.* physician
méditerranéen, -ne Mediterranean

méfiance *f.* suspicion, distrust
méfiant suspicious, distrustful
méfier: *se*—to be careful
mégot *m.* (*sl.*) cigarette; *bout de*—cigarette butt
meilleur better, best
mélancolique melancholy
mélange *m.* mixture
mêlé (*de*) mixed (with)
mêler to mix; *se*—*à* to mingle with
membre *m.* member, limb
même *adj.* same; very; *du*—*coup* at the same time; *en être de*—to be the same
même *adv.* even; *quand*—even so, just the same; *tout de*—just the same
mémoire *f.* memory; *lui revint à la*—came back to him (he remembered)
menace *f.* threat
menacer to threaten
ménage *m.* household; *en*—like a married person; *femme de*—maid
ménager to spare, conserve
mendier to beg, go begging
mener to lead
meneur *m.* leader, ring-leader
mensonge *m.* lie, falsehood
mensong-er, ère false, deceptive
menterie *f.* (*colloq.*) fib
mentir to lie
menu small
mépris *m.* scorn
méprisant scornful, contemptuous
mer *f.* sea
merci thanks, thank you; *sans*—mercilessly
mercredi *m.* Wednesday
mère *f.* mother
meringue like meringue
mériter to deserve
mesquinerie *f.* pettiness, shabby trick
mesure *f.* measure, moderation; proportion; *à*—*que* in proportion as; *dans une certaine*—to a certain extent; *dans (à) quelle*—? to what extent?
mesurer to measure, gauge
métier *m.* trade, profession; *de son*—by trade
métro *m.* (Paris) subway
mets *m.* dish, food
mettre to put, place; employ; —*à l'abri de* to shelter from; —*à leur disposition* to make available to them; —*au courant* to inform; —*au point* to put into final form; —*bon ordre à* to put a stop to, set things straight; —*du temps à* to delay in; —*en demeure* to force, oblige; —*en*

doute to question, challenge; *— en jeu* to risk, bring into play; *— en scène* to stage (a play); *— le point final à* to settle; *— sur le compte de* to attribute to; *se — à* to begin to, set about; *se — à table* to sit down to table

meuble *m.* piece of furniture

meubler to furnish

meurtri-er, -ère murderous, deadly

miauler to mew

midi *m.* noon

mie *f.*: *— de pain* soft part of bread

miel *m.* honey

miette *f.* crumb

mieux *adv.* better, best; *aller —* to feel better; *de son —* as best one can; *valoir —* to be better, preferable

milieu *m.* middle, midst; environment; *au — de* in the middle of

milliers *m. pl.*: *des —* thousands (*approx.*)

mince thin, slim; insignificant

mine *f.* look, countenance; *prendre une — embarrassée* to look embarrassed; *avoir bonne —* to look well; *la — défaite* looking exhausted

minuit *m.* midnight

minutieu-x, -se tiny, minute

mirobolant prodigious, astonishing

miroitant glistening, shimmering

mitiger to mitigate

mitraillé machine-gunned

mobile changeable, excitable; movable

mobiliser to set in motion; mobilize

mobilité *f.* liveliness; mobility

moche (*sl.*) rotten, lousy, ugly

modèle *m.* pattern; *adj.* exemplary

modérer to moderate

modification *f.* change of heart

moelleu-x, -se soft, pithy

moindre least

moins less; *à — d'être* unless one is; *au —* at least; *du —* at least; *le —* the least; *tout au —* at the very least

moire *f.* watered silk

mois *m.* month

moitié *f.* half; *à — dévoré* half devoured

mollo (*sl.*) gently, cautiously

moment *m.* time, moment; *à un —* at one time; *au — de* at the time of; *en ce —* at this (that) time; *le — venu* at the appropriate time

mondain fashionable, social

monde *m.* world; society, people; *le beau —* fashionable society; *tout le —* everybody

mondial world-wide

monotone monotonous, dull

monstrueu-x, -se monstrous, atrocious

montagne *f.* mountain; *en —* in the mountains

monter to rise, go up; take (carry) up; *— bonne garde* to guard vigilantly; *— d'un octave* to go up an octave; *— tout droit* to rise straight up

montre *f.* watch

montrer to show, point out; *— du doigt* to point to; *se —* to prove to be

moquer: *se — de* to make fun of, mock

moquerie *f.* mockery, derision

moqueur mocking, scornful; *de tout son accent* — with all its scornful tone

moral moral, mental, intellectual

morceau *m.* piece; *sur une fin de —* at the end of a musical number

mordre to bite; *ça mord!* They're biting!

morne bleak, dismal

mort *f.* death; *m.* dead man

mort *adj.* dead; *les yeux — s* with expressionless eyes

mortel, -le mortal, fatal

mot *m.* word; *— de vrai* word of truth; *— pour —* verbatim, word for word; *bon —* witticism, joke, pun; *en ne soufflant —* not uttering a word

motif *m.* motif, pattern; motive

motte *f.* clod, lump (of earth)

mou, molle soft

mouche *f.* fly; *faire —* to hit the bull's-eye

mouchoir *m.* handkerchief

moudre to grind out

moue *f.* pout, grimace

mouillé wet

mourir to die

mousquet *m.* musket

mousse *f.* moss; froth, foam

mousseline *f.* muslin

mouton *m.* sheep

mouton *f.* curly hair style

mouvement *m.* movement, motion; impulse; *— irréfléchi* thoughtless impulse; *un — de salle* a stir or commotion in the room

mouvoir to move

moyen *m.* means; *au — de* by means of; *trouver — de* to manage to

moyen, -ne *adj.* average

muet, -te mute, speechless

muni armed; equipped

Munichois, -e *n.* inhabitant of Munich

mur *m.* wall

mûr ripe

murer to wall up

musée *m.* museum

musiqueux *m.* music-man (as opposed to 'musician')

myosotis *m.* forget-me-not
mystère *m.* mystery
mystérieu-x, -se mysterious
mystificateur *m.* faker, one who perpetrates hoaxes
mystifier to mystify

N

naï-f, -ve naïve, innocent
nain *m.* dwarf
naissance *f.* birth; *aveugle de—*born blind; *extrait de—*birth certificate
naître to be born; *faire—*to give rise to
nappe *f.* tablecloth; sheet
naquit *passé simple of naître*
narguer to taunt, defy
narine *f.* nostril
nasal: *appendice—*proboscis, nose
naturalisé naturalized
nature *f.* nature, kind, sort; *contre—*unnatural; *—, le Vittel?* just plain Vittel water?
naturel, -le natural
naturel *m.* simplicity, straightforwardness
naturellement naturally
nausée *f.* nausea
nautique: *faire du ski—*to go water skiing
navire *m.* ship
né (*p. part. of naître*) born
néanmoins nevertheless
néant *m.* nothingness
nécessiter to require, necessitate
négliger to neglect
nègre *m.* negro
négresse *f.* negress
ne . . . que only
nerf *m.* nerve
nettement clearly, sharply
neutraliser to neutralize
neutre neutral
neveu *m.* nephew
nez *m.* nose; *au—de* under the nose of, in the face of; *—du genre champignon* mushroom-shaped nose
ni . . . ni . . . neither . . . nor . . .
nier to deny
Nîmes city in southern France
n'importe no matter
nippes *f. pl.* clothes, duds
Nitouche: *Sainte—*hypocrite, posing as demure or pious
niveau *m.* level, height
noblesse *f.* nobility
noce *f.: dans les—s* at wedding feasts; *nuit de—s* wedding night
Noël *m. or f.* Christmas
noir black; *roman—*Gothic novel

nom *m.* name; *au—de* in the name of; *sans—*nameless, indescribable
nombreu-x, -se numerous
nonchalance *f.* carelessness
nonnette *f.* young, little nun (*iron.*)
nord *m.* north; *—-est* northeast
normand from Normandy
nostalgie *f.* nostalgia, homesickness
note *f.* note; mark, grade; *carnet de—s* report card
noter to note, write down; notice
nouer to tie, knot; *—des amitiés* to make friends; *—la gorge* to cause a lump in one's throat, strangle
nourrir to feed, nourish; *—à la cuiller* to spoon-feed
nouv-eau, -elle new, other, different; *à (de)—*once again
nouveauté *f.* novelty; *en voilà une—!* now there's something new!
nouvelle *f.* short story; piece of news; *les—s* news
noyau *m.* pit (of fruit)
noyer to drown
nu bare, naked; *mettre à—*to lay bare
nuage *m.* cloud
nuance *f.* subtle shading or difference
nucléaire nuclear; *à tête—*having a nuclear warhead
nuit *f.* night; *à la—tombante* at nightfall; *chemise de—*nightgown; *cette—*last night
nul, -le not any; no one; *nulle part* nowhere
nuque *f.* nape of the neck

O

obéir to obey
objectif *m.* goal, objective
objet *m.* object, thing; *—d'art* small artifact; *—s de culte* religious articles
obligatoire obligatory; inevitable
obligé obliged; *se voir—de* to have to, be obliged to
obligeance *f.* kindness, helpfulness
obnubiler to becloud, obfuscate
obscur dark
obscurcir to obscure
obscurité *f.* darkness, obscurity
obsédé obsessed, haunted, tormented
observant *adj.* observer
observateur *m.* observer
obstination *f.* obstinacy
obstiné obstinate, stubborn
obstinément obstinately
obstiner: *s'—(à)* to be obstinate (about), persist (in)
obtenir to obtain
occasion *f.* occasion, **opportunity**, chance

occupé busy
occuper to occupy, live in; engross; *s'—de* to take care of, handle
ochracé greenish yellow
œil *m.* (*pl.* **yeux**) eye; *—-de-bœuf* oval window; *avoir l'—sûr* to have a sharp eye; *un clin.d'—* a wink
œuvre *f.* work; *—d'art* work of art
offense *f.* insult, offense
office *f.* pantry, servants' quarters
officier *m.* officer
officieu-x, -se obliging
offre *f.* offer
offrir to offer, give; *s'—* to propose oneself
oiseau *m.* bird; *en bec d'—de proie* shaped like a vulture's beak
ombre *f.* shadow
oncle *m.* uncle; *grand-—* great-uncle
ongle *m.* fingernail
ONU (*Organisation des Nations Unies*) the United Nations
opérer to operate; *ça s'opère* it can be operated on
ophtalmie *f.*: *faire une—* to have an inflammation of the eyeball
opposer (*à*) to oppose; *s'—* to stand in opposition, contrast; *s'—à* to oppose, block
optimiste optimistic
or *m.* gold
orage *m.* storm
orbite *f.* eye socket
ordre *m.* order; command; *y mettre bon—* to set things straight, put a stop to
oreille *f.* ear
oreiller *m.* pillow
orgueil *m.* pride
orienter: *s'—* to get one's bearings
origine *f.* source, origin; descent, extraction
orner to adorn
os *m.* bone; *scie à—* butcher's saw
oser to dare
ossement *m.* (dead) bones
ostentatoire ostentatious
ôter to take off, remove
ou or
où where; when; in which; *d'—* whence
oublier to forget
ours *m.* bear
outil *m.* tool
ouvert open
ouvrage *m.* work
ouvrier *m.* workman, laborer
ouvrir to open
ovale *m.* oval

P

paille *f.* straw
pain *m.* bread
pair: *aller de—avec* to accompany
paisiblement peacefully
paix *f.* peace; *lui ficher la—* to leave her alone (*sl.*)
palabres *f. pl.* small talk
pâle pale, light
pâleur *f.* pallor; *devenir d'une—extrême* to turn deathly pale
pâlir to turn pale
palmier *m.* palm tree
pan *m.* flap, patch
panneau *m.* snare, trap
pantelant panting
papeterie *f.* stationery store
papier *m.* paper; *—à plum* waxed paper; *—de tenture* wallpaper; *un carré de—* a square piece of paper; *corbeille à—* wastebasket
papillon *m.* butterfly
Pâques *m. pl.* Easter
paquet *m.* package
par by, through; *—jour* per day; *—là* by that; *—trop* exceedingly
parade *f.* show, 'front'
paradoxalement paradoxically
paraître to appear, seem; *il n'y paraîtra plus* it'll be all over
paralysé paralyzed
paralytique *m. or f.* paralytic
parapluie *m.* umbrella
parc *m.* park, grounds
parcelle *f.* portion, part
parce que because
parcourir to travel over; run through
par-dessus above
pardi by golly!
pardonner to pardon
pareil, -le similar, alike; such; *en de pareilles circonstances* in such circumstances; *ses—s* those who resemble him
pareillement similarly
parent *m.* parent; relative
parenté *f.* relationship; *air de—* family resemblance
se parer to adorn oneself
paresse *f.* laziness
parfait perfect
parfaitement perfectly
parfois sometimes
parfum *m.* perfume, fragrance
parier to bet
parler to speak, talk about; *—à l'oreille* to whisper; *à proprement—* strictly speaking
parmi among

paroi *m.* wall, partition
parole *f.* word; *donner la*—give the floor; *prendre la*—take the floor
parquet *m.* floor
part *f.* share, portion; role; *de la*—*de* on behalf of, from; *de sa*—on one's part; *d'une*—on the one hand; *nulle*—nowhere; *quelque*—somewhere
partage *m.* share, portion
partager to share, divide
partenaire *m.* or *f.* partner
parti *m.* (political) party; *prendre le*—*de* to decide to
particuli-er, -ère particular, peculiar, special;—*à* characteristic of; *ce qu'il y avait de*—*dans* what was peculiar about
particulièrement especially
partie *f.* part, share; game; *faire*—*de* to belong to; *en*—partly
partir to leave; *à*—*de* beginning with
partout everywhere
parvenir (*à*) to arrive; succeed in, manage to
parvenu *m.* upstart, nouveau-riche
pas *m.* step, stride;—*à*—step by step; *avancer de quelques*—move ahead several steps; *faire un*—to take a step; *presser le*—to quicken one's pace
passage *m.* passage, way, passing; transition; visit; *client de*—occasional customer; *sur son*—as he passed by
passag-er, -ère momentary, passing, fleeting
passant *m.* passer-by
passé *m.* past
passer to pass, go by; spend (time); slip on (garment); protrude;—*en revue* to review;—*pour* to appear to be;—*sur* to pass over, not to mention;—*un examen* to take an exam;—*se*—to happen, take place;—*sous silence* to say nothing about
passe-temps *m.* pastime
passionner to interest deeply
pasteur *m.* pastor, minister (Protestant)
patelin crafty
paternel, -le paternal, fatherly
patienter to be patient
pâtissier *m.* pastry cook
patron *m.* boss, proprietor
patronne *f.* boss's wife, proprietress
patte *f.* paw
paume *f.* palm (of hand)
paupière *f.* eyelid
pause *f.* stop, rest, pause

pauvre poor, unfortunate; scanty
pauvreté *f.* poverty
pavé *m.* pavement; paving-block
payer to pay for; *il me paie* he buys me
pays *m.* country, region; *les gens du*—the local people
paysage *m.* countryside, landscape
peau *f.* skin
péché *m.* sin
pêche *f.* fishing
peigne *m.* comb
peignoir *m.* dressing gown
peindre to paint, depict
peine *f.* difficulty; sorrow; *à*—scarcely; *faire de la*—*à* to sadden, grieve; *sans*—with no trouble; *toutes les*—*s du monde* a great deal of difficulty
peiné annoyed
peint painted
peintre *m.* painter
peinture *f.* painting; depiction, description
Pèlerin *m.* Pilgrim
pelle *f.* shovel
pelletée *f.* shovelful
pelure *f.* peel, skin
penché leaning, bending over
pencher: *se*—(*sur*) to lean over
pendant *adj.* hanging
pendant *prep.* during;—*que*, (*conj.*) while
pendre to hang
pénétré: *d'un ton*—with conviction
pénétrer to penetrate; comprehend
pénible difficult, painful
pensée *f.* thought
penser (*à*) to think (about); *qu'en pensez-vous?* what's your opinion?
pension *f.* boarding school; *envoyer en*—to send to boarding school
pente *f.* slope; (*fig.*) tendency
pépin *m.* seed (of fruit)
perçant piercing
percée *f.* thrust, assault
percer to pierce, cut open; show through; *laisser*—to reveal
percevoir to perceive
perchoir *m.* perch, stand
perdre to lose;—*de sa force* to weaken;—*de ses couleurs* to grow pale, fade;—*de vue* (*que*) to lose sight of (the fact that);—*courage* to give up;—*le sens* to go out of one's mind
père *m.* father
péremptoire peremptory
périlleu-x, -se perilous
périmé obsolete, out of date
perle *f.* pearl

permanent *m.* that which endures; lasting truth
permettre (*de*) to permit, allow (to)
Pernod *m.* brand of alcoholic beverage
personnage *m.* character (in play, novel, etc.); *retrouver le* — to resume the role
personne *f.* person; *ne . . .* — nobody
personnel, -le personal
personnifier to personify
persuadé persuaded, convinced
perte *f.* loss; *à* — *de vue* as far as one can see
pesamment heavily
peser to weigh
petit, *adj.* little, small; *n.* little one; —*-fils* grandson; —*jour* twilight; dawn; *se faire tout* — to make oneself inconspicuous
pétrifié petrified
pétrir to knead: *pétrie d'orgueil* puffed up with pride
pétrole *m.* oil; *lampe à* — oil (kerosene) lamp
peu little, few, slightly; — *à* — little by little; *à* — *près* approximately; *quelque* — somewhat; *un* — a little, slightly
peur *f.* fear; *avoir* — to be afraid; *faire* — *à* to frighten *pris de* — frightened
peut-être perhaps
phénomène *m.* phenomenon
philosophe *m.* philosopher
philosophie *f.*: *année de* — final year of secondary education in France, during which some students concentrate on philosophical studies
phlébite *f.* phlebitis
photo *f.*: — *collective* group photograph
photographier to photograph; *laisser* — to have photographed
phrase *f.* sentence
physionomie *f.* physiognomy, face, features
physique physical
piano *m.*: — *mécanique* player piano
pichet *m.* jug, pitcher
pick-up *m.* phonograph
pièce *f.* room; part; play, drama; — *de théâtre* play
pied *m.* foot; *à* — on foot, walking; *frapper du* — to stamp one's foot; *sans remettre les* — *s dans* without returning to; *sur la pointe des* — *s* on tiptoe
pierre *f.* rock, stone
pierreu-x, -se rocky, stony
piété *f.* piety
piétinement *m.* tramping, tread

piétiner to tread, mark time, stamp about
pieu-x, -se pious
pieusement piously
pignon *m.* gable
piler to crush, grind
pilou *m.* flannelette
pinceau *m.* artist's brush; *touche de* — brush stroke
pincée *f.* pinch
pincer to pinch
piocher to dig
pionnier *m.* pioneer
piquant stinging, prickling; biting (cold)
pique-nique *m.* picnic
piqueniqueur *m.* picnicker
pire *adj.* worse, worst; *s'attendre au* — to expect the worst
pis *adv.* worse; *tant* — so much the worse
piscine *f.* swimming pool
pitié *f.* pity
pittoresque picturesque
place *f.* place; *à leur* — in their place; *plus à sa* — more appropriate; *rester sur* — to stay still
placement *m.* investment
placer to place, put; *fort haut placé* very prominent (in business, government, etc.)
plafond *m.* ceiling; *aux* — *s surbaissés* with low ceilings
plaider to plead, argue
plaidoyer *m.* appeal, plea
plaindre to pity; *se* — (*de*) to complain (about)
plaine *f.* plain, wilderness
plaire (*à*) to please
plaisant *m.* joker; *mauvais* — practical joker
plaisanter to joke
plaisantin *m.* wag, joker
plaisir *m.* pleasure; *faire* — *à* to please
plan *m.*: *de premier* — predominant
plancher — floor
planer to hover, soar
planté planted, fixed
planteur *m.* planter
plantoir *m.* trowel
plat *m.* dish; flat part
plat *adj.* flat
plateau *m.* tray
plate-bande *f.* flower bed
plein full
pleurer to weep
pleurnicher to snivel
pleuvoir to rain
pli *m.* fold; habit, idiosyncrasy (*fig.*)

plier to fold

plonger to plunge, thrust

pluie *f.* rain

plum *m.*: *papier à*—waxed paper in which small cakes are wrapped

plupart *f.* most, the majority; *pour la*—for the most part

plus more;—*jamais* never again;—*personne* no one else;—*que tout* more than anything;—*rien* nothing else; *de*—*en plus* more and more; *en*—*de* in addition to; *ne . . .*—no longer; *non*—neither, either; *je n'ai*—*qu'à . . .* all I have to do now is . . .; *qui*—*est* furthermore; *raison de*—all the more reason

plusieurs several

plutôt rather;—*que de* (+ inf.) rather than

poche *f.* pocket;—*intérieure* inside pocket

pochette *f.* pocket handkerchief

poêle *m.* stove

poème *m.* poem

poète *m.* poet

poids *m.* weight

poinçonneuse *f.* woman who punches subway tickets

poignée *f.* handful; doorknob

poignet *m.* wrist

poing *m.* fist; *coup de*—punch

point *m.*:—*de côté* stitch in the side;—*de vue* point of view; *au*—on target; *au*—*que* to such an extent that; *mettre au*—to get straight, bring to a head; *mettre le*—*final à* to settle

pointe *f.* point, tip; *à*—*s brûlées* with burnt ends; *sur la*—*des pieds* on tiptoe

pointer to appear, sprout, come to a head

pois *m.* pea;—*cassé* split pea;—*de senteur* sweet pea

poisson *m.* fish;—*rouge* goldfish

poitrine *f.* chest, breast

poivrot *m.* drunkard

poli polite

politique *f.* policy

polonais Polish

pompier *m.* fireman

pont *m.* bridge

pontifiant pontifical, pompous

populaire popular; vulgar, common

port *m.* seaport, harbor

portail *m.* portal, gate

porte *f.* door; *se tenir à la*—to stand in the doorway

porte-avions *m.* aircraft carrier

portée *f.* scope; *à*—*de* within reach of

porte-mine *m.* pencil case

porte-plume *m.* penholder

porter to carry, bear, wear; impel, cause;—*secours à* to come to the aid of;—*son regard vers* to turn one's eyes toward;—*un coup à* to injure

porteur *m.* porter

portier *m.* doorman

posé (*p. part. of poser*) placed, put down

poser to place, put down;—*des questions* to ask questions; *se*—*sur* to come to rest upon

positi-f, -ve positive

possédé *m.* madman

posséder to own, possess

possession *f.*: *rentrer en*—*de* to regain possession of

possible: *faire tout son*—to do one's level best

poste *m.*:—*de radio* radio set

poste *f.* mail; post office; *employé des*—*s* mail clerk

posthume posthumous

potage *m.* soup

potin *m.* gossip

poubelle *f.* trash can

pouce *m.* thumb: *se tourner les*—*s* to twiddle one's thumbs

poudre *f.* powder

poudré powdered

pouffer to guffaw, burst out laughing

pour for

pourboire *m.* tip

pourquoi why;—*faire?* what for?

pourriture *f.* decay; decayed matter

poursuite *f.* pursuit; *à la*—*de* in search of

poursuivre to pursue; continue; prosecute

pourtant however, yet

pourvu de provided with, endowed with

pousser to push, urge; grow; utter;—*à la roue* to put one's shoulder to the wheel;—*des cris* to cry out, scream

poussière *f.* dust

poutre *f.* wooden beam

pouvoir to be able, can, may

pouvoir *m.* power; *au*—in power

pratique *f.* practice, activity

pratique *adj.* practical

pratiquer to practise

précaution *f.*: *prendre ses*—*s* to play it safely

précepte *m.* precept, teaching

précipitation *f.*: *avec*—hurriedly

précipiter to hurl down; *se*—to hasten; *se*—*sur* to pounce upon

précisément exactly
préciser to specify
préconçu preconceived
préféré preferred, favorite
préférence *f.*: *de*—preferably
préférer to prefer
prélèvement *m.* appropriation
premi-er, -ère first; *première instance* suit in lower court; *au*—on (to) the second floor; *le*—*venu* the first one to come along
prendre to take, seize, assume; have (a meal);—*au sérieux* to take seriously;—*en affection* to take a liking to;—*garde à* to pay attention to;—*la fuite* to take flight;—*le chemin de l'exil* to go into exile;—*le parti de* to make up one's mind to; —*les apparences de* to assume the appearance of;—*l'habitude de* to form the habit of;—*relief* to be enhanced;—*une mine embarrassée* to look embarrassed; *se laisser*—to fall into a trap
prénom *m.* first name
préparer to prepare, cook; *se*—to be in preparation
près (*de*) near; *à peu*—almost, just about; *tout*—very close
prescrire to prescribe, require
présent: *à*—now;—*à l'esprit* on the mind, in one's thoughts
présentement now, for the present
présenter to present, introduce
présider to preside over
presque almost
presse *f.*: *la grande*—the major newspapers
presse-bouton *adj.* push-button
pressentiment *m.* premonition
pressentir to have a presentiment of
presser to hasten;—*le pas* to quicken one's pace
pression *f.* pressure
prêt ready
prétendre to claim;—*à* to aspire to
prétendu supposed;—*tel* supposed to be so, so-claimed
prêter to lend; attribute;—*des intentions à* to ascribe motives to; —*l'oreille* to listen;—*un œil* to donate an eye
prétexte *m.* pretense
prêtre *m.* priest
preuve *f.* proof; *faire*—*de* to show proof of, demonstrate; *qui a fait ses*—*s* which has proven itself
prévenir to warn, notify
prévoir to foresee

prier to pray, beg; *je vous en prie* please; *se faire*—to wait to be asked
prière *f.* prayer
prime *f.* bonus, premium
principal main, chief, principal
principe *m.* principle; *en*—in principle; *par*—on principle
priorité *f.* priority, precedence
prise *f.*: *être aux*—*s avec* to be at grips with
prisonnier *m.* prisoner
privé private; deprived
prix *m.* price; prize; *à tout*—at any price; *au*—*de* at the cost of; *distribution des*—commencement exercises
probablement probably
problème *m.* difficulty, problem
procédé *m.* process; trick; *bons*—*s* friendly services
prochain next
proche close, near;—*de* close to, approaching
Proche-Orient *m.* Near East
proclamer to proclaim, announce; *se*— to declare oneself
procurer: *se*—to obtain, procure
prodiguer to lavish, give freely
produire to produce; *se*—to take place
produit *m.* product
profiter (*de*) to take advantage of;—*de ce que* to take advantage of the fact that
profond deep
profondément deeply
profondeur *f.* depth
progrès *m.* progress
proie *f.*: *en*—*à* victim of, fallen prey to
projet *m.* project, plan
promenade *f.* walk, stroll; *faire une*— to take a walk
promener: *se*—to stroll;—*un long regard sur* to scrutinize carefully
promesse *f.* promise
promettre to promise
prononcer to pronounce, speak; *se*—to speak out, take a stand
prophétiser to prophesy, foretell
propos *m.* remark, utterance; *à*—*de* with regard to; *hors de*—irrelevantly, at random
proposer to propose; *se*—*de* to resolve to
proposition *f.*: —*principale* main clause
propre right, suitable; own (e.g., *son*— *esprit* his own mind); *au sens*—in the strict sense; *ça ferait du propre* that would be a fine mess
propriétaire *m.* owner
propriété *f.* estate, property

prostré prostrate
protéger to protect
protestation *f.* protest
proue *f.* prow
prouver to prove
province *f.*: *de—* provincial
provisoire temporary
provoquer to provoke
prunelle *f.* pupil (of eye)
prussien, -ne Prussian
Psaume *f.* psalm
publier to publish
publi-c, -que public
pudeur *f.* modesty, decency
puis then, next
puis, *v, var. of (je) peux*
puiser to draw, take, borrow, extract
puisque since (because)
puissance *f.* power
puissant powerful
puni punished
pupille *f.* pupil (of eye)
pur pure, unadulterated
puritain puritan
pyromane *n. or adj.* pyromaniac

Q
qualité *f.* quality
quand when; *— même* even so, just the same
quant à as for
quarante forty
quart *m.* quarter; *de trois—s* turned at a three-quarter angle
quartier *m.* section, district, neighborhood
quatorze fourteen
quatre four; *—à—* four steps at a time
quatrième fourth
que *conj.* that; *ne . . .—* only
que *pron.* whom, which
quel, -le what, what a . . .; *on ne sait quelles . . .* some unknown . . .
quelconque of any kind, whatsoever
quelque(s) some; a few; *—chose* something; *—peu* somewhat;
quelqu'un somebody
quelquefois sometimes
question *f.*: *—de principe* matter of principle; *il était—de* it was about; *poser une—* to ask a question; *reposer les mêmes—s* to ask the same questions over again
qui who, whom, which; *—de . . . ou de . . .* whether . . . or . . .; *—plus est* furthermore, in addition; *n'importe—* anybody
quiconque whoever, anyone
quincaillerie *f.* hardware

quinzaine *f.* about fifteen; fortnight, two weeks
quinze fifteen
quitter to leave
quoi what; *—qu'on en dise* whatever one may say about it; *à—sert . . .?* what is the purpose of . . .?; *après—* after which; *en—?* how, in what way?; *sans—* otherwise
quoique although
quolibet *m.* gibe, low joke
quotidien, -ne daily, everyday

R
rabougri stunted, withered
rabrouer to rebuke, chide, treat roughly; *se—* to get oneself rebuked
raccrocher to hang up (phone)
race *f.*: *de bonne—* pedigreed
racine *f.* root
raconter to tell, tell about
radicelle *f.* small root
raffiné refined
rafler to sweep away
rage *f.*: *de—* furiously
rageu-r, -se furious
ragoûtant tempting, appetizing
raide stiff, rigid
raider: *se—* to stiffen
raie *f.* line, stripe; *à la—* on the line
raisin *m.* grape
raison *f.* reason; *à—de* at the rate of; *avoir—* to be right; *donner—à* to side with; *—de plus* all the more reason
raisonnement *m.* reasoning
rajeunir to rejuvenate
ralentir: *se—* to slow down
ramasser to pick up
ramener to bring back
ramure *f.* boughs
rancart *m.*: *mise au—* abandonment
rancune *f.* spite, grudge
rangements *m. pl.* orderliness
ranger to gather up, put away; *se—* to settle down
rappeler to recall, remind, summon; *se—* to remember
rapport *m.* report; connection; *par—à* in relation to
rapporteur *m.* speaker (at a meeting)
rapprocher to bring closer; *se—de* to draw closer to
rarement rarely
rasé shaven
rassemblement *m.* concentration, grouping
rassembler to gather
rasseoir: *se—* to sit down again
rasséréné calmed, reassured

rassurant reassuring
rassurer: *se* — to reassure (oneself)
ratisser to rake
ravageu-x, -se devastating
ravin *m.* ravine
ravir to delight
ravissant ravishing
rayer to stripe; strike out, delete
rayon *m.* counter, department (in store)
rayonner to beam, radiate
réagir to react
réalisable feasible
réalisation *f.* accomplishment
réaliste realistic
réalité *f.* reality; *en* — in fact
réapparaître to reappear
rebiffer: *se* — to be restive, champ at
    the bit
récemment recently
recette *f.* recipe
recevoir to receive; entertain
réchaud *m.* hot plate, small stove
rêche harsh, rough
recherche *f.* research, search, quest; *à
    la* — *de* in quest of
rechercher to seek out
récif *m.* reef
récit *m.* story, tale
réciter to recite
réclamer to reclaim; demand; — *son dû*
    to ask for one's due, be paid
reclus *m.* recluse, shut-in
recommander to recommend
recommandés *m. pl.* registered mail
recommencer to begin again, start over
reconnaissable recognizable
reconnaissance gratitude
reconnaissant grateful
reconnaître to recognize, admit,
    acknowledge; *se* — *battu* to acknow-
    ledge defeat; *se faire* — to reveal
    one's identity
reconquérir to reconquer
reconstituer to reconstruct
reconstitution *f.* reconstruction
recoucher: *se* — to go back to bed
recouvert covered over
récréation *f.* play-time, recess
récrier: *se* — to cry out; disparage
reçu *p. part. of recevoir* received
recueil *m.* collection, anthology
recueillement *m.* meditation
recueillir to take in, gather up
reculant retreating
reculer to retreat, draw back
récupérer to get back, recover
redescendre to come back down
redoubler to increase, double; — *de
    violence* to become twice as intense

redoutable formidable, dangerous
redouter to fear, dread
redresser: *se* — to straighten up, sit up
réduire to reduce; *se* — to be reduced
réel, -le real; *le* — *quotidien* everyday
    reality
réellement really
refaire to do over, remake
référendum *m.* referendum; survey, poll
refermer: *se* — to close up again
réfléchir to reflect, cogitate
refléter to reflect, mirror
réflexion *f.* thought; *ça demande* —
    that's something to think about
refouler to beat down, repress
réfugier: *se* — to take refuge
refus *m.* refusal
refuser to reject, refuse, deny; *se* — to
    deny oneself
regagner to regain; return to; — *son lit*
    to go back to bed
regard *m.* look, glance, gaze; *du* — with
    a glance; *jeter un* — *sur* to cast a
    glance at; *porter son* — *vers* to turn
    one's eyes toward
regardant fastidious
regarder to look at
régime *m.* regime, government
registre *m.* ledger
règle *f.* rule; ruler; *la* — *du jeu* the
    rules of the game
règlement *m.* settlement; — *à l'amiable*
    friendly agreement
régler to settle
régner to reign, prevail, be prevalent
regretter to regret, be sorry
réguli-er, -ère regular
régulièrement regularly
rehausser to boost, enhance
rejeter to reject
rejoindre to rejoin
relâche *f.*: *sans* — unceasingly
reléguer (*à*) to relegate, banish to
relent *m.* odor, fumes
relever to raise, lift up again; heighten,
    enhance; relieve
relief *m.*: *prendre* — to be enhanced
relier to tie, link
religieu-x, -se religious
religieuse *f.* nun
relique *f.* relic, remembrance
relire to reread
remarier to remarry
remarque *f.* remark, observation; *en
    faire la* — to mention
remarquer to notice
rembourser to reimburse; — *de tout* to
    compensate for everything
remède *m.* remedy

remercier to thank

remettre to replace; hand over; postpone; —*en état* to mend, put back to rights; *sans—les pieds dans* without returning to

remonter to go (come) back up

remords *m.* remorse

remplacer to replace

remplir to fill

rencontre *f.* meeting, encounter

rencontrer to meet, encounter

rendement *m.* yield, output

rendez-vous *m.* appointment, 'date'

rendre to render; return, give back; express, convey; —*courage* to restore courage, cheer up; —*service* to do a favor; *se*—to betake oneself; *se*— *complice de* to be a party to; *se*— *compte* to realize

renfermé withdrawn, reticent

renforcer to strengthen, confirm

renier to repudiate

renom *m.* renown

renommé *f.* fame

renoncer (*à*) to renounce, give up

renseignement *m.* information

rentrer to return, come (go) back in

renversement *m.* reversal, overturn

répandre: *se*—to spread

répandu widespread

reparaître to reappear

réparer to repair

répartie *f.* retort, repartee; *aux vives—s* quick to reply

repartir to set out again

repas *m.* meal

répéter to repeat; *se*—to be repeated

réplique *f.* reply

répondre (*à*) to answer; correspond to; —*de* to be responsible for; —*par* to answer with

réponse *f.* answer

repos *m.* rest, repose

reposer to rest, be based; —*les mêmes questions* to ask the same questions over again

repousser to repress, reject

reprendre to resume, take back, take again; go on (after interruption); —*le dessus* to regain the upper hand; —*son souffle* to catch one's breath; *se*—to regain self-control

représentant *m.* representative; —*de commerce* travelling salesman

représenter to represent; *faire*—to have performed (theatre)

reprise *f.*: *à plusieurs—s* several times over

reproche *m.* reproach, blame; *éclater*

en—s to burst forth with reproaches

reprocher to reproach

reproduire to reproduce; *se*—to be repeated

réseau *m.* network; *abonné au*— regular commuter

résigné resigned

résolu resolved, determined

résonner to resound

résoudre to resolve; *se*—*à* to make up one's mind to

respirer to breathe

ressaisir: *se*—to get hold of oneself, regain self-control

ressembler (*à*) to resemble; *se*—to resemble each other

ressortir to come (go) back out; result; *faire*—to put into relief

ressurgir to re-emerge

restant *m.* remainder, trace

reste *m.* rest, remainder; remnant, scrap; *du*—moreover; *faire le*—to make up the difference

rester to remain; —*sur place* to stay still; *les choses en restèrent là* the situation remained unchanged

résultat *m.* result

résulter: *il en résulte* the result is

résumer: *se*—to sum up, summarize

rétablissement *m.* lifting oneself by the hands; *exercice de*—*psychologique* hypocritical shifts in behavior

retard *m.* delay, lateness; *en—de* behind the times with respect to

retarder to delay, postpone

retenir to hold back, check; delay; engage (a room, seat, etc.); —*son souffle* to hold one's breath; *se*—to restrain oneself

retentir to ring out

retenu delayed

retenue *f.* restraint

retirer to remove; *se*—to withdraw, retire

retomber to fall back, fall again

retour *m.* return; *de*—back again

retourner to return; turn over; —*sa langue* to roll one's tongue; *se*—to turn around; toss (in sleep); *se*— *contre* to turn against

retraite *f.* retreat, withdrawal, retirement

rétrospectivement in retrospect

retrouver to find again; —*le personnage* to resume the role; *se*—to return to normal

réunion *f.* meeting

réunir to put together; *se*—to meet

réussir to succeed

réussite *f.* success; solitaire (card game)
revaloir to repay, get even
revanche *f.* revenge; *en* — on the other hand
rêvasser to daydream
revaudrai (*fut. of revaloir*): *je vous* — *ça* I'll get even with you for that
rêve *m.* dream
réveille-matin *m.* alarm clock
réveiller to awaken, arouse; *mal réveillé* half asleep
révélateur revealing
révéler to reveal
revenir to return; recur; — *à l'esprit* to return to mind; — *sur* to repudiate; *me fit* — *à moi* brought me back to my senses; *revenu de loin* having returned to reality
rêver to dream
révérence *f.* bow, curtsey
revêtement *m.* road surface
revêtu (*de*) clothed (in)
rêveu-r, -se *n.* dreamer; *adv.* dreamily
rêveu-x, -se dreamy
revoir to see again
révolter to offend, shock; *se* — to revolt, rebel
révolu past, over
rhabilleuse *f.* mender
ricaner to grin, snicker
Ricard brand of alcoholic beverage
richissime very rich
ricochant ricocheting, glancing off
ricocher to rebound, ricochet
ride *f.* wrinkle
rideau *m.* curtain
ridicule ridiculous
rien nothing; — *de plus* nothing more; *il n'y avait* — *de changé* nothing had changed; *n'en* — *dire* to say nothing about it
rieur *m.* one who laughs
rigolade *f.* hearty laugh, hilarity
rigueur *f.* rigor
rigoureu-x, -se rigorous
rincer to rinse
rire to laugh
rire *m.* laughter, laugh
risible laughable
risque *m.* risk
risquer (*de*) to risk, run the risk of
rival (*pl.* **rivaux**) *m.* rival; *rivaux en affaires* business rivals
rivalité *f.* rivalry
rivière *f.* river
robe *f.* dress, gown
robot *m.* dummy
rocher *m.* rock, boulder
rocheu-x, -se rocky

rôder to roam
rogomme *m.* spirits, liquor (*colloq.*); *dans le genre* — of the raucous variety
roi *m.* king
roman *m.* novel; — *noir* Gothic novel; — *policier* detective story
romancé fictional, made up
romancier *m.* novelist
romanesque romantic
rompre to break
rond round; plump; wide-open (eyes)
ronfler to buzz
ronger to gnaw; — *son frein* to champ at the bit
rose pink
rosée *f.* dew
roue *f.* wheel: *pousser à la* — to put one's shoulder to the wheel
rouge red; blushing
rougir to blush
roulé rolled up, rolled back
rouleau *m.* roll, reel
roulement *m.* rolling around
rouler to roll
route *f.* road
routini-er, -ère commonplace
rou-x, -sse reddish
royaume *m.* kingdom, realm; *au* — *des ivrognes* amongst drunkards
ruban *m.* ribbon; — *de papier* ticker tape
rudimentaire primitive
rue *f.* street
ruelle *f.* narrow street, alley
ruer: *se* — to dash, rush
rugueu-x, -se rough, gnarled
ruiner to ruin
rumeur *f.* uproar; rumor; — *publique* rumors
rupture *f.* breaking off
rythme *m.* rhythm, music

S

sable *m.* sand
sac *m.* bag
sachant (*pres. p. of savoir*) knowing
sachet *m.* envelope, packet
sacré sacred; cursed
sage wise; well-behaved
sagesse *f.* wisdom
saignant bleeding, raw; (*fig.*) juicy
sain healthy
Saint-Cyr French military academy
sainte: — *Nitouche* hypocritical person posing as demure or pious; — *Maritorne* slavey, maid-of-all-work
saisi startled, impressed
saisir to seize, grasp
saison *f.* season; *la bonne* — better times

sale dirty
saleté *f.* dirt, dirtiness
salive *f.* saliva
salle *f.* room; — *à manger* dining room
salon *m.* living room, parlor
saluer to greet, salute
sang *m.* blood; parentage, ancestry
sang-froid *m.* composure
sanglot *m.* sob; *éclater en* — *s* to burst into sobs
sangloter to sob
sans without; — *cela* otherwise;
— *lendemain* short-lived; — *que* (*conj.*) without; — *quoi* otherwise
santé *f.* health
saoul drunk; surfeited, satiated
saphir *m.* sapphire
satirique satirical
satisfaire to satisfy
satisfait (*de*) satisfied with
sauf *prep.* save, except
saut *m.* jump, leap; *ne faire qu'un* — to go with one leap
sauter to jump, leap, dance (*fig.*); explode, pop
sauterelle *f.* grasshopper
sauvage wild, untamed, unsociable
sauvagerie *f.* shyness, wildness
sauver to save; — *les apparences* to keep up appearances; *se* — to run away
savant *adj.* learned; clever, well thought out (plans, etc.); *n., m.* scholar, scientist
saveur *f.* flavor
savoir to know, know how to; *faire* — to inform, let it be known; *je n'avais pas à le* — it was none of my business; *on ne sait quelles . . .* some unknown . . .
savon *m.* soap; — *dentifrice* toothpaste
scandaliser to scandalize
sceller to seal; confirm
scène *f.*: *mettre en* — to stage
scie *f.* saw; — *à os* butcher's saw
sciure *f.* sawdust
scolaire pertaining to school; *année* — academic year; *succès* — scholastic achievement
scrupule *m.* scruple, doubt
scrupuleu-x, -se scrupulous
sculpté carved
séance *f.* session
sec, sèche dry
sécheresse *f.* curtness
secondaire secondary
secouer to shake
secours *m.* help; *porter* — *à* to come to the aid of
secr-et, -ète secret

secrétaire *m. or f.* secretary
séculaire century-old
séduire to seduce
séduisant attractive, seductive
sein *m.* bosom, breast; entirety
seize sixteen
séjour *m.* sojourn, visit
séjourner to visit, stay
sélectionner to select
selon according to
semaine *f.* week; *en* — during the week, on weekdays
semblable similar
sembler to seem
semelle *f.* sole (of shoe)
semence *f.* seed
sens *m.* sense, meaning; direction;
— *figuré* figurative meaning; *au* — *propre* in the strict sense; *dans tous les* — in all directions, every which way; *perdre le* — to go out of one's mind
sensation *f.*: *faire* — to create a stir, cause a sensation
sensé sensible, rational
sensibilité *f.* sensitivity
sensible (*à*) sensitive (to); *point le plus* — most vulnerable spot
sentencieu-x, -se sententious
sentier *m.* path
sentiment *m.* feeling
sentir: *se* — to feel; smell, perceive;
— *bon* to smell good; *se* — *diminué* to feel insignificant
séparer to separate
sept seven
sépulture *f.* grave; burial
sérénité *f.* serenity
série *f.* series, set
sérieu-x, -se serious; *prendre au* — to take seriously
sérieusement seriously
serpentin *m.* coil
serre *f.* hothouse
serrement *m.* pang
serrer to squeeze, press; stuff; *se* — to tighten up; — *les poings* to clench one's fists
serrure *f.* lock; *trou de la* — keyhole
serrurier *m.* locksmith
serviable obliging
service *m.*: *faire son* — *militaire* to serve in the armed forces; *rendre* — to do a favor
serviette *f.* napkin
servir to serve; — *à* to be good for; — *de* to serve (act) as; *se faire* — to be waited on; *se* — *de* to use
seuil *m.* sill, threshold

seul sole, only, alone, single; just
seulement only
sève *f.* sap
sévère severe, stern
sévérité *f.* severity
sévir to prevail, be the rage
si if; so; yes (in contradiction); — *ce
n'est* except for
Sicile *f.* Sicily
sidéré dumbfounded
siècle *m.* century
siège *m.* seat
siffler to whistle, hiss; — *chopine* to
swig a beer (*colloq.*)
signaler to point out
signe *m.* sign, gesture; *faire — à* to
signal, wave at; *faire un — de tête*
to nod
signé signed
signer to sign
significati-f, -ve significant
signifier to signify, mean
silence *m.* silence; *conspiration de —*
silent conspiracy; *en —* silently;
passer sous — to say nothing about
silencieu-x, -se silent, taciturn
silex *m.* silex, flint
sillonner to plow
similitude *f.* similarity
simple simple; simple-minded
simplement simply, just, only
sincèrement sincerely
sincérité *f.* sincerity
singer to ape, mimic
singuli-er, -ère singular, peculiar
singulièrement singularly
sinon except; if not
sire *m.*: *beau —* fair sir; *moins beau —*
less gentlemanly
sirop *m.* syrup; — *d'érable* maple syrup
siroter to sip
situer to situate, account for; *se —* to
be located
smoking *m.* tuxedo, dinner jacket
Smyrne Turkish port on the Aegean
Sea
société *f.* society; — *anonyme*
corporation
sœur *f.* sister
soi: *chez —* in, at one's home
soigné neat
soigner to take care of; *se faire —* to be
cared for, nursed
soigneusement carefully
soin *m.* care; *prendre — de* to take care of
soir *m.* evening; *le —* in the evening
soit: — *que . . . — que . . .* whether
because . . . or because . . .
soldat *m.* soldier

solde *m.* balance; — *créditeur* credit
balance
soleil *m.* sun
solennel, -le solemn
solide solid, robust
solitaire *adj.* solitary; *n., m.* loner
sollicitude *f.* concern
sombre dark; gloomy, melancholy
sombrer to sink, settle
somme *f.* sum; *en —* to sum up
somnifère *adj. or n.* sedative
somptueu-x, -se sumptuous
son *m.* sound
songer (*à*) to think (of); *faire — à* to
remind of
sonner to ring, ring out, sound
sorcière *f.* witch, sorceress
sort *m.* lot, destiny, fate
sorte *f.* sort, kind; manner, way; *de —
que* so that; *de telle —* in such a way;
en — que in such a way that
sortie *f.* exit; sally, outburst
sortir to come (go) out; take out
sot, -te silly, foolish
sou *m.* coin, no longer minted, worth
1/20 of a franc
souche *f.* log
souci *m.* care, worry; marigold
soucier: *se — (de)* to be anxious about (to)
soucieu-x, -se anxious, worried,
careworn
soudain *adj.* sudden; *adv.* suddenly
soudainement suddenly
souder: *se —* to be joined (*lit.* soldered)
souffle *m.* breath; *avoir le — coupé* to
gasp; *reprendre son —* to catch one's
breath; *retenant mon —* holding my
breath
souffler to blow; whisper
soufflet *m.* slap
souffrance *f.* suffering
souffrant unwell
souffrir to suffer
souhaiter to wish
souillon *f.* scullery-wench, slut
soulagement *m.* relief
soulager to relieve
soulever to lift, raise; *se —* to raise
oneself up
souligner to underline, emphasize
soumettre to submit; *se —* to give in,
surrender
soumis subjected; submissive
soumission *f.* submissiveness
soupçon *m.* suspicion
soupçonner to suspect
soupçonneu-x, -se suspicious,
distrustful; *d'un air —* in a distrustful
way

soupir *m.* sigh
soupirer to sigh
source *f.*: *eau de*—spring water
sourcil *m.* eyebrow; —*froncé* knitted
  brow; *froncer le(s)*—*(s)* to frown
sourdine *f.* mute (for musical
  instrument); *en* – softly
souriant smiling
sourire to smile
sourire *m.* smile
sournois sly, cunning
sous under, beneath
sous-bois *m.* wooded area
sous-marin *m.* submarine
sous-préfecture *f.* sub-prefecture
  (secondary administrative town of a
  French department)
soussigné undersigned
soustraire: se—to be exempt
soutenir to support, sustain
soutenu prolonged, sustained
souvenir *m.* memory, recollection
souvenir: se—*(de)* to remember
souvent often
souverain supreme, sovereign
souveraineté *f.* supremacy,
  sovereignty
spacieu-x, -se spacious
Spartiate Spartan
spécialement specially
spirite *m. or f.* spiritist
spiritisme *m.* spiritualism
spirituel, -le spiritual; witty
strict strict, severe
studieu-x, -se studious
stylo *m.* fountain pen; ball-point
suave *m.* suavity
subir to undergo
subit sudden
substituer *(à)* to substitute (for)
subtil subtle
subvenir à to provide for
succéder *(à)* to follow, succeed
succès *m.* success, achievement
succinctement succinctly, concisely
succomber to succumb, give in
sud *m.* south
suer to sweat
suffire to suffice
suffisamment sufficiently
suggérer to suggest
suite *f.* rest, that which follows; *à la*—
  de in consequence of; *les*—*s*
  consequences; *par la*—thereafter;
  par—*de* in consequence of; *tout de*—
  immediately
suivant following, next
suivre to follow, go along
sujet *m.* subject; *à son*—concerning

him; *au*—*de* about, concerning
supercherie *f.* deceit, trickery
suppliant entreating
supplice *m.* torture, ordeal
supplier to beg, entreat
supporter to bear, withstand
supposer to suppose, assume; *laisser*—
  to suggest
suprématie *f.* supremacy
supprimer to suppress
sur on, upon; *un jour*—*deux* one day
  out of two
sûr sure, certain; *bien*—of course,
  certainly, undoubtedly; *œil*—sharp
  eye
surbaissé: *aux plafonds*—*s* low-
  ceilinged
sûreté *f.* safety
surgir to arise, loom up
surnaturel, -le supernatural
surnom *m.* nickname
surplus *m.*: *au*—besides, furthermore
surprenant surprising
surprendre to surprise
surpris surprised
sursaut *m.* start, jump, twitch
sursauter to start, twitch
surtout especially, above all
surveillance *f.* supervision, watch
surveiller to watch over, keep watch
survenir to come up, arrive
susceptible *(de)* capable (of), likely
  (to)
susciter to arouse, instigate;
  —*l'improbable* to bring about
  the improbable
suspect suspicious, suspect
suspendu suspended, hanging, tangled;
  —*aux fils téléphoniques* constantly
  on the phone *(iron.)*
sympathie *f.* sympathy, good feeling
sympathique congenial, likeable,
  sympathetic
synthèse *f.* synthesis
systématique systematic

T

tableau *m.* picture, painting
tache *f.* spot, stain
taillis *m.* copse, thicket
taire: se—to remain (fall) silent;
  faire—to silence
talon *m.* heel
talonner to dig with the heel; —*du*
  gauche to limp on the left foot
tambour *m.* drum
tamponner to dab
tandis que while
tant so much

tante *f.* aunt
tantôt ... tantôt at times ... at others
tapé: —*à la machine* typewritten
tapis *m.* rug, carpet
tapissé carpeted, covered, adorned
tapisserie *f.*: *côté*—among the wallflowers, on the on-lookers' side
tapoter to tap, flick
tard late
tarder to be late; delay
targuer: *se*—*de* to pride oneself on, boast of
tarif *m.*: *à petit*—at low cost
tartare Tartar
tas *m.* heap
tasser to pile up
tâtons: *à*—gropingly
technique technical
teint *m.* complexion
teint *adj.* dyed
teinte *f.* colour, hue
teinturier *m.* cleaner and dyer
tel, -le such; *prétendu*—so-claimed; *rien de*—*que* nothing like
téléphonique *adj.*: *fils*—*s* telephone wires; *communication*—phone call
tellement so, so much
téméraire bold, rash
témoigner to show, display
temporaire temporary
temps *m.* time; weather; *de*—*à autre* (*de*—*en*—) from time to time; *en même*—at the same time; *il était*— there was still time; *mettre du*—*à* to delay in; *par tous les*—in all kinds of weather
tendance *f.* tendency
tendre *v.* to hand, hand out; stretch out; —*à* to tend to; —*l'oreille* to strain the ears, listen intently
tendre *adj.* tender, affectionate
tendu tense
tenir to hold; —*à* to insist on; —*à cœur* to value highly; —*bon* to hold fast, hang on; —*de* to resemble, take after; *se*—to remain, stand; *se*—*à l'écart* to remain aloof; *se*—*éveillé* to remain awake; *s'en*—*à* to follow exactly; —*pour* to deem, consider
tennis *m.* tennis; tennis court
tentant tempting
tentation *f.* temptation
tentative *f.* attempt
tenté tempted
tenter to try
tenue *f.*: —*de soirée* formal evening wear; *en petite*—in one's underwear
terme *m.* term, expression
terminer to finish

terne dull, colorless, leaden
terrain *m.* terrain, ground; *sur ce*— (*fig.*) in this area
terrasse *f.* terrace; *en*—terraced
terrassier *m.* digger, road worker
terre *f.* earth, land; —*cuite* terra cotta; *par*—on the floor
terreau *m.* vegetable mould
terreur *f.* terror, fright; *stupide de*— stunned with fright
terrifier to terrify
territoire *m.* territory
tête *f.* head; *faire un signe de*—to nod; *se trouver à la*—*de* to be the head of
tiédeur *f.* warmth; indifference
tiens! well!
tiers *m.* third, third party
tignasse *f.* mop of hair
timidement timidly
tirebouchonner to twirl, spiral
tirer to draw, pull, extract; fire (a weapon); —*à leur fin* to draw to a close
tiroir *m.* drawer
titre *m.* title; headline; share of stock
toile *f.* cloth, canvas; painting; —*de maître* master painting
toit *m.* roof
tolérer to tolerate
tombant: *à la nuit*—*e* at nightfall
tombe *f.* tomb
tombeau *m.* tomb, grave
tomber to fall; —*dans la folie* to go mad; *laisser*—to drop
ton *m.* tone; *d'un*—*pénétré* with conviction; *sur le*—*de* in the tone of; *sur le*—*qu'il fallait* in the appropriate tone of voice
tonnelle *f.* bower
tonnerre *m.* thunder
torchon *m.* dish cloth
torchonner to wipe
tordre: *se*—to become distorted, to twist
tort *m.* wrong; *avoir*—to be wrong; *je ne lui donne pas*—I don't say she's wrong
tortiller: *se*—to wriggle
torturé tortured, tormented
torturer to torture, torment
tôt soon
touchant moving, touching
touche *f.* touch; —*de pinceau* brush-stroke
toucher to touch; concern, matter; —*à* to involve; —*juste* to strike home
toujours always, still; —*est-il que* nevertheless, the fact remains that

tour *m.* turn; — *à* — in turn; *à mon* — in my turn; *en un* — *de main* suddenly, quickly; *faire le* — *de* to make the rounds of; to review
tourmenter to torment
tournant *m.* curve, corner (of street)
tourner: *se* — to turn; — *autour* to revolve upon
tourniquet *m.* rotary display rack
tousser to cough
tout *m.* everything
tout, -e (*pl.* **tous, toutes**) *adj.* all, each, every, any; the whole; — *de même* just the same; — *e une année* a whole year; *tous* (*les*) *deux* both; *à* — *es jambes* as fast as possible; *en* — in everything; *en* — *cas* in any case; *pas du* — not at all; *plus que* — more than anything; *une fois pour* — *es* once and for all
tout *adv.* very, quite; — *à coup* suddenly; — *à fait* completely; — *à l'heure* soon, shortly; a while ago; — *au moins* at the very least; — *bonnement* quite simply; — *d'abord* first of all; — *de suite* immediately
traduire to translate
trahir to betray
trahison *f.* betrayal
train: *être en* — *de* to be in the act of
traîner to drag; hang around; *se* — to drag on
trait *m.* feature, characteristic
traite *f.:* *d'une* — at one clip, without stopping
traiter to treat
traître *m.* traitor
trajet *m.* trip
tranchant *m.* edge (of blade)
tranche *f.* slice
tranché clear-cut, settled
tranchée *f.* trench, excavation
tranchet *m.* knife
tranquille quiet, calm; *laisser* — to let alone
tranquilliser: *se* — to calm down
transformé changed
transiger to compromise
transpirer to leak out, be revealed
transporter to move, enrapture
transversalement crosswise
traqué hunted
travail *m.* work
travailler to work
travers: *à* — through, across; *de* — askance
traverser to cross, pass through
travestir to make a travesty of
teirze thirteen

treizième thirteenth
trembler to tremble, shake
trempé soaked
trentaine *f.* the age of thirty
trente thirty
très very
trésor *m.* treasure
tribunal *m.* court
tricherie *f.* trickery, deceit
tricoter to knit
triomphe *m.* triumph
triompher (*de*) to triumph, prevail (over); — *du pire* to overcome the worst obstacles
tripoter to paw, handle, 'fiddle' with
triste sad, dismal
tristesse *f.* sadness
triturer to handle, paw
troène *m.* privet
trois three
tromper to deceive; *se* — to make a mistake, be mistaken
tromperie *f.* fraud, imposture
trop too, too much; — *peu* too little, not enough; *par* — exceedingly
trotté: — *au pas de chasseur* rapidly strutted; in quickstep
trottoir *m.* sidewalk
trou *m.* hole; — *de la serrure* keyhole
trouble *m.* confusion, uneasiness
trouble *adj.* confused, dubious
troublé disturbed, upset
troué punctured, full of holes
troupeau *m.* flock, herd
trouvaille *f.* discovery, 'find'
trouver to find; — *son compte* to find it advantageous; *se* — to be, find oneself (in a place); *se* — *à la tête de* to be the head of; *Vous trouvez?* Do you think so?
truc *m.* gadget, thingamajig (*colloq.*)
truquage *m.* faking, cheating
tuer to kill
tueur *m.* killer, slaughterer
turc, turque Turkish
tympan *m.* eardrum
tyrolien Tyrolese
tzigane *m.* gypsy

U

ultime final, ultimate
un, -e one; a, an; **les** — (*s*) . . . *les autres* some . . . others
unanime unanimous
uni smooth, even
unité *f.* unit; unity
univers *m.* universe, world
universitaire *adj.* university
urbain urban

usage *m.* use; custom; *à l' — de* for the use of
usine *f.* factory
utile useful

V

vacances *f. pl.* vacation
vaciller to hesitate, waver
vagabonder to wander
vaguement vaguely
vaincu vanquished, overcome
vainement in vain
vairon of different colors (eyes)
vaisseau *m.* ship, vessel
valeur *f.* value; *pl.*, moral values; stocks, securities
valise *f.* suitcase
vallée *f.* valley
valoir to be worth; to earn; *— cher* to be worth much; *— la peine* to be worth the trouble; *— mieux* to be better; *il en vaut autant de* one might just as well
valse *f.* waltz
vanité *f.* vanity; futility
va-nu-pieds *m. or f.* vagabond, ragamuffin
vapeur *f.* steam; *renverser la —* to reverse the engines (of ship)
vaquer to be idle
variante *f.* different version
varier to vary, change
Varsovie Warsaw
vécu *p. part. of vivre*
vedette *f.* speedboat
végétal *adj.* vegetable
végéter to vegetate
veille *f.* day before, eve
veiller to keep watch; stay up late
velu hairy, shaggy
vendeur *m.* seller, sales clerk
vendre to sell
veng-eur, -eresse avenging
venir to come; *— à l'esprit* to come to mind; *— chercher* to come and get; *— de* to have just; *le moment venu* when the time comes; *faire —* to send for; *l'idée me vint de* it occurred to me to
vénitien, -ne Venetian
vent *m.* wind
vente *f.* sale
ventriloque *m.* ventriloquist
ver *m.* worm
verglas *m.* sleet, thin coating of ice
vérifier to verify
véritable real, true
vérité *f.* truth
vérole *f.*: *la petite —* smallpox

verre *m.* glass; *au —* by the glassful; *— de fine* glass of brandy
vers toward
verser to pour, shed (tears); pay out (money)
verset *m.* verse (Biblical)
vert *m.* green
vertige *m.* dizziness
vertu *f.* virtue
vestiaire *m.* cloakroom
veston *m.* jacket
vêtements *m. pl.* clothing
vêtu dressed
veuf *m.* widower
veulerie *f.* perversity
viande *f.* meat
victoire *f.* victory
victorien, -ne Victorian, old-fashioned
vide *adj.* empty
vide *m.* void, emptiness
vider to empty
vie *f.* life; *— antérieure* previous existence
vieillard *m.* old man
vieux, vieille old
vif, vive lively
vigoureu-x, -se vigorous
vilain ugly, wretched, nasty
vilain *m.* villain, nasty person; *Aboyer aux — es soulage le —* The cad delights in chiding the wretched
villageois *adj.* of the village, rustic
villageois, -e, *n.,* *m. or f.* villager
ville *f.* city, town; *à la —* in town
vin *m.* wine
vingt twenty; *— -deux* twenty-two
vingtième twentieth
vingt-quatre: *— heures sur —* twenty-four hours a day
violer to violate, desecrate
violet, -te violet (color)
vipère *f.* viper
visage *m.* face; *changer de —* to change in appearance
vis-à-vis towards, in regard to
visiblement visibly
visionnaire *m. or f.* dreamer, visionary
visite *f.*: *faire une —* to pay a visit
vite fast, quickly
vitesse *f.* speed; *à toute —* at full speed
vitre *f.* glass, pane, window
vitreu-x, -se glassy, vitreous
Vittel French town in the Vosges Mountains; bottled spring water from the town
vivant *adj.* alive; *de son —* during his lifetime
vivant *m.* living person
vivement quickly; intensely

vivoter to earn a small living, get along
vivre to live
vœu, (*pl.* **vœux**) *m.* wish, vow
voici here is (are)
voie *f.* road, way; —*ferrée* railroad track
voilà there is (are); behold; for (period
　of time); —*ce qu'il y a* that's what's
　wrong; —*que* it so happened that;
　—*qui . . .* that's what . . .
voile *m.* veil
voiler to veil, hide
voir to see; —*juste* to judge accurately;
　avoir à—*avec* to have to do with;
　dis—tell me; *façon de*—point of view;
　se—*obligé de* to have to
voirie *f.* department of streets and
　highways
voisin *m.* neighbor; *adj.* neighboring,
　next door
voisiner (*avec*) placed side by side
　(with)
voiture *f.* car, carriage; *en*—by car
voix *f.* voice; *à haute*—aloud; *d'une*—
　défaillante in a faltering voice
vol *m.* flight; *au*—in flight; on the fly
volatiliser: *se*—to disintegrate suddenly
voler to fly; steal; *il ne l'aurait pas
　volé* he would have deserved it
voleur *m.* thief
volontaire voluntary; wilful
volonté *f.* will; wish
volontiers willingly

vomir to vomit
voué doomed
vouer: *se*—(*à*) to devote oneself (to)
vouloir to wish, want; try; —*bien* to be
　willing; —*dire* to mean; *en*—*à* to be
　angry with; *me croie qui veut* believe
　me if you like; *que veux-tu?* what
　can you expect?; *sans le*—
　unintentionally
voûté vaulted; round-shouldered
voyager to travel,
voyageu-r, -se, *n.* traveler, passenger
voyant *m.* seer
voyante *f.* prophetess
vrai true; *à*—*dire* to tell the truth;
　mot de—word of truth
vraiment really
vraisemblable true to life, convincing
vue *f.* sight, view; *au point de*—from
　the point of view; *perdre de*—to lose
　sight of

W

wagon *m.* railroad car

Y

yeux *pl. of œil* eyes; *aux*—*de* in the
　eyes of; —*morts* expressionless eyes;
　sous les—before one's eyes

Z

zut! shucks!